Das Verhängnis

Roman

Eckhard Polzer

Zu diesem Roman

An einem strahlenden Frühlingstag, inmitten blühender Obstbäume, heiratet Sibylle Kolb Karl Wegener. Sie, eine erfolgreiche Journalistin, er ein bekannter Chirurg, Erfinder und Unternehmer am Ende seiner Karriere. Nach einer Zeit überschäumender Freude ziehen Gewitterwolken auf.

Sibylle war achtzehn, als sie ihren Sohn Stefan sofort nach dessen Geburt zur Adoption freigab. Der Vater des Kindes, ein Draufgänger und Rennfahrer, verunglückte tödlich. Die Familie verweigerte ihr jede Unterstützung und Sibylle konnte sich ein Leben als allein erziehende Mutter nicht vorstellen.

Stefan wurde von Karl Wegeners Schwägerin adoptiert, ohne dass Sibylle etwas davon ahnt, als Karl sie zur Frau nimmt. Es beginnt ein verhängnisvoller Tanz, bei dem Familien zerbrechen und Leben neu justiert werden.

Der Roman zeichnet das Bild einer Frau von großer Schönheit, die alles gewinnt, Liebe und Reichtum, um am Ende alles zu verlieren. Er handelt von einer Gesellschaft wo das Geld die Messlatte von Erfolg ist, und in der sich jeder selbst genügt. Von Menschen, deren Träume zerstieben, und sich von einander entfernen. Und anderen, die ihr Leben in die Hand nehmen und glücklich werden.

Eckhard Polzer, geboren 1943 in der Tschechoslowakei, wuchs in Deutschland auf. Er arbeitete in den USA, Asien und Afrika. Seit 2003 ist Polzer freier Schriftsteller. Er ist verheiratet, lebt in München. Er hat *Die Weltverbesserer, Tod am Sambesi, Dunkle Wahrheiten, Das Kuvert, Suchende* und mehrere Kurzgeschichten geschrieben.

Love is not an end but a process through which one person attempts to know another.

John Williams in *Stoner*

Eines Tages vielleicht, unterwegs in deiner Hölle,
Auf deinen blutigen Wegen, wirst du verstehen,
Dass man nie blindlings glauben darf
Und dass das Wahre dich zur Lüge führen kann

Naum Korschawin

Bibliografische Information der Deutschen Nationalbibliothek:
Die Deutsche Nationalbibliothek verzeichnet diese Publikation in der Deutschen Nationalbibliografie. Detaillierte bibliografische Daten sind im Internet über dnb.de abrufbar.

TWENTYSIX – Der Self–Publishing–Verlag
Eine Kooperation zwischen der
Verlagsgruppe Random House
und
BoD – Books on Demand

Copyright 2020 by Eckhard Polzer

Alle Rechte vorbehalten.

Herstellung und Verlag:
BoD – Books on Demand, Norderstedt

ISBN: 978-3-7407-6413-5

Sibylle

Als er ans Rednerpult tritt, weicht das Summen im Saal gespannter Erwartung. Karl Wegener ist der Star am deutschen Medizin-Firmament. Er spricht flüssig, routiniert, sogar witzig, trotz der trockenen Materie, die er präsentiert.

Sibylle Kolb erkennt ihn sofort. Das Material, das sie über ihn gefunden hat, ist umfassend. Sie mag große, schlanke Männer mit markanten Gesichtszügen. Ende fünfzig vermutlich, denkt sie, das Haar noch dunkel, an den Schläfen schon leicht ergraut. Er hält seinen Körper in Schuss, wirkt durchtrainiert. Seine übertriebene Neigung zum englischen Country-Look stört sie, weil sie diese Art Kleidung auch bei anderen Nicht-Engländern als aufgesetzt empfindet.

Trotz ihrer achtunddreißig Jahre wirkt sie, schön und elegant, noch jung. Ein Lichtschein unter all den Anzugträgern auf dem Ärztekongress. Eine Geschichte hinter der Geschichte soll das Interview mit Wegener erbringen.

Nach dem abgebrochenen Medizinstudium hat sie Journalismus studiert, und ihre Fähigkeit sich in andere Personen hinein zu denken hat sie zur Spezialistin für VIP's gemacht. Kleine, manchmal auch komplexe Kolumnen, die die Leser ihres Journals mögen, sind ihr Markenzeichen. Vor allem die Leserinnen versprechen sich mehr über die Person, die sie für ihre Kolumne interviewt. Sie suchen die Person hinter der Person.

Sibylle zieht Männer vor, bei Frauen gelingt es ihr weniger, sie aus der Reserve zu locken. Doch mit der Zeit wachsen die Zweifel, ob das Interesse der Interviewten nicht doch eher ihrem attraktiven Busen gilt, als ihren intelligenten Fragen. Vielleicht ist es auch mein strohblondes Haar, das sie anzieht, denkt sie. Simonetta, Botticellis Braut, haben sie mich an der deutschen Schule in Rom genannt.

Während des Studiums in München probierte sie verschiedene Rollen, die angepasste Studentin oder die aufmüpfige Rebellin, Party-Girl oder Spießerin, zynische Feministin oder Verführerin. Die Rollen funktionierten ein paar Tage, manchmal Wochen oder sogar Monate, dann fielen sie von ihr ab wie zerschlissene Kleider. Übrig blieb eine Frau, die keine Überzeugungen besaß, keinen Glauben und keine Ideen von einer besseren Welt.

Als sie Wegener nach dessen Vortrag daran erinnert, dass er ihr am Telefon ein Interview versprochen hat, erinnert er sich nicht, stimmt aber zu, vorausgesetzt es lässt sich gleich an Ort und Stelle erledigen.

Das Interview verläuft dann nicht so, wie sie es sich wünscht. Die Umgebung stimmt nicht, ein Ecktisch am Rand der Hotellobby. Leute, die Wegener kennen, gehen vorbei, er grüßt sie, und jedesmal ist die Konzentration weg. Es ist laut und nach einiger Zeit hat er genug. Neben dem, was er bereits während seines Vortrags über sich gesagt hat, hat er wenig preisgegeben.

Am Ende des Interviews, beginnt er, sie mit anderen Augen zu betrachten. Sie nimmt es sofort wahr, kann es aber nicht deuten. Es ist nicht die Anmache eines alternden, erfolgreichen Mannes, der ein Abenteuer sucht, eher das Prüfen von Einem, der etwas finden will in seiner Vergangenheit. Dem die Erinnerung aber nur Bruchstücke liefert, die kein vollständiges Bild ergeben. Schließlich, fragt er, wo sie wohne, ihr Tonfall höre sich leicht bayrisch an. Als sie München bestätigt, eher zurückhaltend, um keine falschen Hoffnungen zu wecken, lädt er sie zum Essen ein. Möglichst gleich am nächsten Abend, so lange sie noch in London seien. Er hasse Konferenzen und würde sich freuen, den Abend in anderer Gesellschaft zu verbringen, als mit seinen ärztlichen Kollegen. Der Termin mit einem Freund vom Groote Schur Krankenhaus in Kapstadt hätte sich zerschlagen und er wäre zu haben, sagt er lachend.

Also doch Anmache, denkt sie, und willigt ein, hoffend, in einer anderen Umgebung mehr über ihn zu erfahren, als das, was er in der Hotellobby zu geben bereit ist.

Zum Essen, im Dachrestaurant des Tate-Modern, mit Blick auf das pulsierende London und die Paulskirche, erscheint er mit einer weißen Rose. Sie solle nicht um die Bedeutung rätseln, es wäre nur so eine Regung gewesen, als er an dem Blumenladen vor dem Museum vorbeiging. Er dachte, sagt er, als er ihr die Blume überreicht, es könne vielleicht das Eis zwischen ihnen brechen, aber vielleicht gäbe es da ja auch gar kein Eis.

Sie wundert sich nur kurz, dann gefällt ihr die schüchterne Geste. Sie geht aber nicht weiter darauf ein, nur sein Blick am Ende des Interviews in der Hotellobby, kommt ihr wieder in den Sinn.

Im Laufe des Abendessens beginnt er von Botticelli zu sprechen, wie sehr er dessen Malerei bewundert. Seine Bilder in der Sixtinischen Kapelle gefielen ihm besser als *Die Geburt der Venus*, für das der Maler so geliebt werde. Die Frau in der Muschel, sein Modell, habe Simonetta geheißen, erwähnt er ganz beiläufig. Botticelli müsse sie verehrt haben, und sie wohl auch ihn, meint er. Anders wäre der fordernde Blick, mit dem sie den Maler betrachtet, nicht zu erklären.

Bis zu diesem Punkt verlief das Gespräch entspannt und locker. Sie erzählte ihm, dass sie als Teenager in Rom zur Schule ging, weil ihr Vater dort an der Deutschen Botschaft arbeitete. Wegener sprach über seine Zeit in Südafrika noch während der Apartheid. Dass er dort Fälle operieren konnte, Schusswunden und Messerstiche, die er in dieser Häufigkeit in Deutschland nie zu Gesicht bekommen hätte. Doch als Karl, ohne große Überleitung Botticelli, und dann auch noch Simonetta erwähnte, merkte sie auf. Vor Jahren hatte sie schon einmal ein Arzt Simonetta genannt.

Sie war siebzehn und vom Vater aus Rom zu seiner Schwester nach München verfrachtet worden. Eine Verbannung aus dem Paradies in Sibylles Augen. Die Familie wollte, dass sie die Beziehung zu Jonas, ihrem italienischen Freund, beendete. München schien ihnen weit genug entfernt zu sein. Sibylle hasste die Stadt, sie fühlte sich entwurzelt und einsam.

Eines Abends ging sie allein in eine Bar, um ihren Frust zu ertränken. Im Halbdunkel saß ein junger Mann vor einem Glas Bier. Sie setzte sich zu ihm und meinte, er sähe aus, wie eine verlorene Figur auf einem Edward Hopper Gemälde.

„*Night Hawks*", sagte er, und bot ihr einen Stuhl an. „Eine Kopie hing lange in meinem Zimmer, ich mochte das Gefühl von Einsamkeit, aber jetzt habe ich ja Gesellschaft", lachte er. Dann erzählte er, dass er hier sei, um eine gelungene Operation zu feiern, alleine, weil sonst keiner mitkommen wollte. Zu viel Arbeit im Krankenhaus.

Er befand sich auf dem Sprung nach Kapstadt ans Groote Schur, und erzählte wunderbare Geschichten, kleine Cameos, wie sie fand. Seine Souveränität, die Klarheit seiner Ansichten über alles, was ihr eher verschwommen erschien, beeindruckte sie. Nach der zweiten Flasche Sekt, sie fühlte sich großartig, erwachsen und respektiert, der Vergleich mit Botticellis berühmtem Bild machte sie stolz, nahm er sie mit in seine Wohnung. Nur vage konnte sie sich daran erinnern, dass sie miteinander schliefen. Danach hörte sie nie wieder etwas von ihm. Es war ihr auch egal, denn ein paar Tage später verunglückte ihr italienischer Freund tödlich an einem Alleebaum. Sie war überzeugt, dass sein Tod mit ihrem Fehltritt zu tun hatte.

Bald darauf begann die Morgenübelkeit, das würgende Erbrechen, das sie vor der Tante nicht mehr verbergen konnte. Der Arztbesuch ergab, dass sie schwanger war. Ihr Vater schlug vor, den Jungen gleich nach der Geburt zur Adoption freizugeben, und sie stimmte zu. Die Vorstellung mit achtzehn, als alleinerziehende Mutter leben zu müssen, erschien ihr unerträglich.

Danach driftete sie durchs Leben, wie ein Schmetterling der von einer Blüte zur nächsten flog. Es gab einige Männer, Mittzwanziger, noch unfertiger als sie, mit denen sie das Spiel ‚Feste Beziehung' ausprobierte. Und einmal reichte es sogar für eine Ehe, die noch schneller in die Brüche ging als manch andere Beziehung zuvor. Übrig blieb eine Frau, die keine Überzeugungen besaß und innerlich zutiefst verunsichert war. Manchmal dachte sie sogar an ihren Sohn, den sie verloren hatte.

Der Glockenschlag von St. Paul, auf der anderen Seite der Themse, reißt sie aus ihren Gedanken. Warum erwähnt er Simonetta, denkt sie, und betrachtet ihn genauer, misstrauisch eher. Sie überlegt, ob sie gehen soll, entschließt sich dann aber nachzufragen. „Ist Botticelli Ihre Überleitung zur Eroberung einer Frau?", fragt sie einen Tick zu scharf. „Zuerst die Blume, dann mit gebührendem Abstand die Kunst, als Überleitung auf ein weites Feld an Möglichkeiten."

„Erobern?", fragt er. Die Lachfalten um die Augen vertiefen sich, und um den Mund formt sich ein stilles Lächeln. Auf einmal gleicht er einem großen Jungen, der zu schnell gewachsen ist. „Das gilt nur für Territorien."

„Ich dachte, Ihre Generation denkt so. Kinder des Vietnamkriegs, oder so ähnlich. Da wollte ich die richtige Formulierung treffen."

„Touché. Aber ich hatte keine Zeit zu demonstrieren. Und manch einer in meiner Generation lebt auch mit einem Bein im Jetzt. Wie heißt es denn heute?"

„Sich jemand schnappen, nehme ich an", lacht sie. „Unsinn, erobern ist ganz in Ordnung."

Er grinst wie ein zufriedener Kater, und kommt auf Botticelli zurück: „Ich bewundere ihn, und ich bewundere Sie. Ihr blondes Haar, Ihre Haut, wie Alabaster, die graublauen Augen. Es sind die einer jungen Frau, die ich einmal eine Nacht lang lieben durfte, und dann aus den Augen verlor. Sie war gegangen, ohne mir ihre Adresse zu hinterlassen. Ich war auf dem Sprung nach Kapstadt und wusste nicht, wie ich sie hätte finden können. Vergessen habe ich sie nie. Verzeihen Sie, das war wohl etwas plump. Aber das ‚schnappen' hat mich herausgefordert", lacht er befreit auf und prostet ihr zu.

Nach einem Moment der Befangenheit sprechen sie erneut über ihn, den Werdegang eines Chirurgen und Erfinders, der neben seiner Universitätslaufbahn auch ein Unternehmen gegründet hat. Dabei wächst in ihr das Gefühl, ihn schon einmal getroffen zu haben. Vielleicht auf einer Veranstaltung der Zeitung, denkt sie. Es gibt so viele Menschen, die ich treffe, und dann verschwinden sie wieder aus meinem Blickfeld. Nur Jonas bleibt mir für immer. Die gemeinsamen Fahrten auf dem Motorrad durch die Hügel außerhalb Roms. Der Geruch seines verschwitzten Hemds und der Duft der Zypressen am Wegrand. Und der kleine Junge, den ich nur einmal gesehen habe, als sie ihn mir auf die Brust legten und dann wieder wegnahmen.

Zurück in München überschüttet sie Karl mit Geschenken. Jeden dritten Tag schickt er ihr einen Blumenstrauß, bis sie ihm gesteht, dass sie nicht genug Vasen hat, um sie Flut aufzunehmen. Doch sie genießt es umworben zu werden.

Während eines Abendessens im Norden Schwabings, Fabelwesen vor der Tür eines futuristischen Gebäudes in einer ansonsten tristen Umgebung, fragt er eher beiläufig, warum sie ihr Medizinstudium abgebrochen habe. „Noch dazu kurz vor dem Examen."

Sie zieht die Schultern hoch und lacht ihn an. „Ich hab mich schon gefragt, wann du es wissen willst. - Es war eine spontane Entscheidung. Mich graute vor der Anatomie. Jedesmal, wenn ich sezieren musste, kamen mir Bilder meines Freundes in den Sinn."

„Der mit dem Motorrad?"

„Ja, ich sah ihn ohne Kopf. Mein Vater hatte mir verboten ihn vor der Beerdigung zu sehen. Seine Reste, die sie nach dem Unfall vom Baum schälten, wären nicht sehr ansehnlich gewesen, hieß es. - Alles - Es war einfach zu viel."

„Alles?"

„Ich war nur siebzehn. - Warum hast du mich Simonetta genannt? Sind alle Frauen mit langem, blondem Haar und graublauen Augen Simonetta für dich. Ich finde es ungewöhnlich."

„Warum?"

„Weil mich vor Jahren, kurz vor Jonas' Tod schon einmal jemand Simonetta nannte. Ein junger Arzt, er war auf dem Sprung nach Südafrika. Kann es sein, dass du das warst?"

„Und wenn es so wäre?"

Sie betrachtet das Treiben im Saal, die aufgesetzte Freundlichkeit der Kellner und die devoten Gesten der jungen Frauen, die die Speisen anrichten. Plötzlich erträgt sie das ganze Brimborium nicht mehr. Das Stimmengewirr, ein Tisch mit Männern, die den Niedergang der Politik beklagen. Alternativlos, lacht einer, während die anderen ernst nicken. Frauen an einem anderen Tisch, deren helle, schrille Stimmen den Gesprächslärm übertönen. Wortfetzen über einzelne Artikel, die sie gelesen haben. Immer geht es um irgendeinen Verlust, um Geld, um Gesundheit, um das Land, als würde es ihnen gehören. Sie leben in der Vergangenheit, denkt Sibylle, und plötzlich ist Jonas wieder da, greifbar fast und schmerzhaft. Warum musste er ausgerechnet an einem Alleebaum sterben, denkt sie, während das Raunen um sie herum zum unverständlichen Rauschen verschwimmt. Sie legt ihre Serviette auf den Tisch und geht ohne Erklärung zur Toilette. Dort wäscht sie sich die Hände und schüttet etwas kaltes Wasser ins Gesicht. Mit einem der gerollten Handtücher trocknet sie sich ab, wirft sie in den Weidenkorb neben dem Waschbecken und zieht den Lippenstift nach. Zurück am Tisch legt sie Karl die Hand auf die Schulter, lächelt, und setzt sich auf ihren Stuhl.

„Ich hab mir Sorgen gemacht", sagt er.

„Seit wann weißt du es?"

„Seit unserem ersten Interview. Es gab zu viele Gemeinsamkeiten. - Bist du mir böse?"

„Wegen was? Wegen der gemeinsamen Nacht? Weil du dich nicht mehr gerührt hast? Weil du so lange nichts gesagt hast, obwohl du sicher warst, dass ich es war, die du damals verführt hast. Auf was soll ich böse sein?"

„Auf mich, auf alles was mich ausmacht. Den Kerl, der dich damals genommen hat, obwohl du betrunken warst. Den Mann, der so tut als wäre es sein Geburtsrecht, eine schöne junge Frau an sich zu binden. Dabei ist alles nur halbwahr. Ich war berauscht von dir, deiner Jugend, deiner Schönheit. Im Flugzeug nach Kapstadt habe ich mich gehasst. Noch heute wache ich auf und denke an dich. Ich gehe zu Bett und denke an dich. Ich muss mich zügeln meiner Sekretärin nicht andauernd von dir zu erzählen."

„Deiner Sekretärin?", lacht sie. „Komm lass uns gehen, wir müssen reden, das geht nicht hier."

Er nickt, als wäre das nur logisch. Er ruft den Kellner und bittet um die Rechnung. Ohne zu prüfen legt er ein paar Scheine auf den Tisch, die den geforderten Betrag weit übersteigen. „Das ist für das entfallene Dessert", sagt er, als ihn der Kellner fragend ansieht.

Karl steht auf und reicht Sibylle die Hand: „Wohin?"

„Zu mir, ich hoffe, das ist dir nicht zu intim."

Sie wohnt in einem Altbau, in einer Wohnung, die sie von ihrer Tante geerbt hat.

Es gibt keinen Aufzug, aber die Holztreppe, breit und ausladend geschwungen, geht sich gut. „Schön", sagt Karl, leicht außer Atem, als er durch die Eingangstür tritt. „Du willst mich testen?"

„Nein, du sollst wissen, wer ich bin. Danach kannst du immer noch die Flucht ergreifen. Möchtest du etwas trinken?"

„Ein Kaffee wäre wunderbar. Wir sind ziemlich abrupt aufgebrochen. Dich hat das Lokal genervt, ich sah's dir an. Ist auch nicht mein Stil, aber ich wollte dich beeindrucken."

„Brauchst du nicht. Komm in die Küche, wir machen den Kaffee gemeinsam."

„Wenn du erlaubst, setze ich mich gerne für einen Moment hin und sehe mich um", sagt er und steuert auf einen der Ratan-Stühle zu, die um einen niedrigen Couchtisch aus Glas gruppiert sind. „Hast du die Wohnung schon lange?", ruft er in die Küche.

„Ich hab sie von meiner Tante geerbt. Als Klara starb, habe ich die Wohnung behalten. Die Lage ist gut, ich mag den Blick auf den Park, auch wenn es lauter geworden ist, seit ihn die Flüchtlinge übernommen haben."

„Wann bist du nach München gekommen?"

Das müsste er eigentlich wissen, denkt sie. „Ein paar Wochen, bevor ich dich im Night-Club traf. Sie hatten mich aus Rom verbannt, weil sie Jonas für unter meiner Würde hielten. Und dann merkte ich, dass ich schwanger war. Ohne Klara hätte ich diese Zeit wohl nicht überstanden. Das Kind habe ich dann hier zur Welt gebracht. Das war vor zwanzig Jahren."

„Dein Kind?"

„Von Jonas, der sich umbrachte. Ich hab dir von ihm erzählt."

„Dem Rennfahrer!"

„Ja. Er war ein zu guter Fahrer und hatte dieselbe Kurve tausendmal geschafft. Er wusste also, wie er sie nehmen musste. Ich glaube nicht, dass es ein Unfall war."

„Wo ist das Kind? - Entschuldige, das hätte ich nicht fragen dürfen."

„Doch, deshalb sind wir ja hier, damit du erfährst wer ich bin. Es war ein Junge, ich habe ihn sofort zur Adoption freigegeben. Ich wollte es dir eigentlich nicht sagen, aber jetzt erscheint es mir wichtig, dass du alles über mich weißt."

„Kennst du seine Familie?"

„Nein, ich wollte es nie wissen, aber in letzter Zeit verfolgt mich der Gedanke, dass es einen Menschen gibt, der ein Teil von mir ist, und ich rein gar nichts über ihn weiß."

„Möchtest du mit mir über diesen Jonas reden?"

Wie kann er so etwas fragen, denkt sie. Und diesen Jonas, hat er gesagt, als wäre er ein Wettbewerber unter vielen. Es geht ihn nichts an.

„Ich war siebzehn, Karl, da ist die Welt ein offenes Buch."

„Und deshalb hast du auch mit mir geschlafen, um die Seiten deines Tagebuchs füllen zu können." Er scheint ihr keinen Vorwurf zu machen, doch er klingt traurig.

Tagebuch? Wie kommt er darauf?, denkt sie. „Ich ging in diese Bar weil ich verärgert war. Alles um mich herum schien sich aufzulösen. Du gabst mir Selbstvertrauen, ich war nicht betrunken."

„Bist du wirklich das Mädchen von damals?"

„Ja, ich bin mir sicher. Es gibt zu viele Parallelen, der Night-Club, die zwei Flaschen Sekt, die Spaghetti in Sepia, die ich nie mehr sonst gegessen habe. Du gabst mir ein Gefühl von Geborgenheit, und jetzt ist es wieder so."

„Wo hast du das Kind geboren?"

„In der Diakonie, nicht weit von hier in der Arcisstraße, meine Tante kannte dort einen Oberarzt. - Warum willst du das wissen? Es schmerzt wie ein offene Wunde."

„Wir müssen sie schließen." Als sie sich umdreht, um die Kaffeetassen zu füllen, tritt er hinter sie und küsst sie auf den Hals. Ganz vorsichtig lässt er seine Hände über ihre Arme gleiten und drückt ihre Hand. Er nimmt ihr die Kaffeekanne ab, stellt sie auf die Anrichte. Nachdem er Sibylle geküsst hat, sagt er: „Wir kriegen sie zu die Wunde, das verspreche ich dir."

Eine Hochzeit

Monate später, als Karl mit einem riesigen Strauß roter Rosen im Arm um ihre Hand anhält, ist ihr klar, dass auch Karl doziert, wie alle anderen zuvor. Er braucht keine Frau, sondern ein Publikum, denkt Sibylle. Die Überraschung besteht darin, dass es ihr nichts ausmacht. Er besitzt eine Fähigkeit, die ihr wie Magie erscheint. Er ist fähig, sich eine Meinung zu bilden und besitzt eine Ansicht zu fast allem, was er hört und sieht. Und weil er zu wissen scheint, was richtig und falsch ist, hat er es nicht nötig sich abzuschotten.

Im Gegensatz zu ihr, die ständig in einem Meer von Informationen zu ertrinken droht, packt er sein ‚kritisches Bewusstsein' in kleine Päckchen, die er dann großzügig verteilt. Nichts macht ihn sprachlos, nichts schüchtert ihn ein. Er nimmt es mit Krisen und Kriegen, Hungersnöten und Naturkatastrophen auf, verurteilt begangene Fehler, benennt die Schuldigen und kennt die bestmögliche Lösung.

Sibylle lächelt über die Altertümlichkeit seiner Formulierungen, fragt sich, ob er bei seinem Antrag auch noch vor ihr niederkniet. Doch sie ist glücklich, endlich kann sie sich in eine Person verwandeln, für die die Welt ein begehbarer Ort ist. Zum ersten Mal spürt sie festen Boden unter den Füßen.

Sie akzeptiert indem sie ihn in die Arme nimmt und küsst. „Du wirst es nicht einfach mit mir haben", sagt sie.

„Darauf bin ich vorbereitet. Das Risiko ist es wert. Und Jonas?"

„Den verbannen wir auf eine unbewohnte Insel", vorausgesetzt er lässt es zu, schiebt sie in Gedanken hinterher.

„Großmogul hast du mich einmal genannt, wird Großmoguln auch ein Harem gestattet?", fragt er verschmitzt.

„Ich glaube ja, aber es gibt immer eine Frau, die über allen anderen steht, du musst dich also entscheiden, wie viel Kraft zur Schlichtung dir noch bleibt. Und Großmoguln treffen ihre Entscheidungen allein, aber dann müssen sie auch damit leben."

Und so findet Mitte Mai, die Wiesen ein Teppich aus Löwenzahn und Hahnenfuß, im Obstgarten des Bauernhofs der Wegeners die Trauung statt. In einer kleinen Kapelle, auf einem Hügel hinter dem Hof, am Fuß der Alpen, mit Blick auf die Bodennebel des entfernten Staffel-Sees.

Nur ein kleines, ungutes Gefühl nagt in Karl. Hat er die junge Frau, die er heiraten will, verdient? Er besitzt alles, eine makellose Karriere, Anerkennung als Chirurg, und Wohlstand. Doch eine Ehe hatte er bisher nicht geschafft, zu sehr beherrschte ihn das Streben nach Erfolg.

Sie sind alle gekommen, Kollegen, Geschäftsfreunde und die erweiterte Familie, dazu die Anwälte, Notare und Steuerberater, mit denen Karl häufig zu tun hat. Nur Sibylles Kreis verläuft sich in der Menge. Der flüchtige Beobachter könnte meinen, sie wäre ganz allein. Die wenigen Bekannten, die sie auf Karls Drängen eingeladen hat, kommen aus ihrem Umfeld als Journalistin. Leute, die ihren Aussteiger-Traum wie eine Monstranz vor sich hertragen und mit den Honoratioren aus Karls Umgebung nichts anfangen können.

Sibylle spürt, dass sie zwischen den Fronten steht. Dort das etablierte Volk, dem sie jetzt angehört, und hier die prekären Lebensentwürfe, die sich von einem Projekt zum anderen hangeln. Die meisten hier glauben, ich habe mir Karl noch schnell geangelt, bevor sein Stern zu sinken beginnt, denkt sie. Neider, denen Karl zu groß, ich zu jung, und die Apfelblüten zu kitschig sind. Es stimmt alles, die Tafel unter dem Walnussbaum, die Gerichte, eine Mischung aus bodenständig bayrisch und einem Hauch von Toskana, das Silberbesteck, glänzend in der Sonne, und jeder bemüht seine beste Seite zu zeigen. Warum kann ich nicht fröhlich sein, denkt sie, in Gedanken an Rom, den letzten gemeinsamen Abend mit Jonas, in der Trattoria hinter dem Quirinale, wo er den Kellner begrüßte, als wäre er sein Freund. Und jetzt bin ich achtunddreißig, sie halten mich für stolz in dem cremefarbenen Seidenkleid mit dem zu offenherzigen Ausschnitt. Karl wollte, dass ich mich zur Schau stelle. Lass die langen Flechten in der Sonne glänzen, sagte er, als er mir einen Kranz aus Gänseblümchen in die Haare flocht.

Als die Musiker die ersten Lieder aus den siebziger Jahren anstimmen, zieht ein Hauch von Nostalgie durch die Reihen. Sibylles Stimmung wird nicht besser dadurch. Sie denkt an das Baby, das sie nicht behalten wollte. Ein Junge, sagte die Schwester eher widerstrebend, als sie danach fragte.

Karl ist längst in der Menge aufgegangen, Hände schüttelnd, als nähme er Huldigungen entgegen. Seine weiße Smoking Jacke tanzt zwischen den Leuten, wie ein von der Sonne gebleichter Korken auf dem Wasser.

Heide, Karls Schwägerin, sieht, wie Sibylle verloren an der Tafel sitzt und nur noch mechanisch auf die Fragen wildfremder Leute reagiert. Karl sieht nicht, was in Sibylle vorgeht, denkt sie, aber so ist er eben, es hat sich alles immer nur um ihn gedreht. Sie nimmt ihre beiden Teenager zur Hand und stellt sie Sibylle vor. „Ich glaube, du hast Stefan und Marie noch nicht kennengelernt."

Sibylle, erleichtert, dass sie jemand aus ihren Träumen reißt, steht auf und küsst Marie auf beide Wangen. „Stimmt, sie waren immer unterwegs, irgendwo in der großen weiten Welt. Aber Karl hat mir von euch erzählt. Schön siehst du aus, Marie. Beneidenswerte Jugend." Als sie dem jungen Mann, der unbeholfen neben seiner Schwester steht, die Hand reicht, erschrickt sie. „Stefan, dein Ältester?", fragt sie Heide, bemüht ihre Überraschung zu verbergen. Stefans Ähnlichkeit mit dem Jonas ihrer Erinnerung ist frappierend. „Wie gefällt euch die Veranstaltung?", fragt sie schnell.

Veranstaltung, denkt Stefan, kein schlechtes Wort für die eigene Hochzeit. Aber vielleicht redet man so, wenn man vierzig wird. Dabei hat sie recht, es ist Karls Veranstaltung, und sie ist nur der Anlass für seine Show. Ein Möbelstück, das besichtigt werden darf. - Ich hasse das Getue dieser Bildungsbürger, ihr Heucheln, ihr Darumherumreden, als wüssten sie auf alles eine Antwort. Ich hätte weg bleiben sollen, aber das konnte ich Mutter nicht antun. Was ist das überhaupt für ein komischer Name? Sibylle, ich dachte das wären Wahrsagerinnen gewesen, bei den alten Römern, zumindest hat das unser Geschichtslehrer gesagt. Aber was wusste der schon, es wäre nicht das erste mal gewesen, dass er Stuss erzählte.

„Ja, Stefan", sagt er, und blickt auf seine Hand, als könne er darin noch den Abdruck ihrer Finger erkennen.

Auf einmal dringt Karls Stimme durch das Geplätscher aus Stimmen, Lachen und Gläserklirren: „Ruhe bitte, ich muss euch etwas sagen." Noch bevor er beginnt, tritt er zu Sibylle und legt ihr den Arm um die Schultern. Dabei dreht er sich zu Heide und den Kindern. „Ihr habt euch also schon vorgestellt. - Unsere Hoffnungsträger, Marie, die in die Fußstapfen ihrer Mutter tritt und auch Medizin studiert. Du gehst doch noch für ein Semester nach Südafrika, oder hast du deine Meinung geändert?", fragt er Marie.

„Jetzt lass sie doch erst mal ihr Abitur machen", sagt Heide. „Dann kann sie immer noch entscheiden, was sie tun will."

„Und das ist Stefan, Einser-Abiturient mit Hang zum Kapital", lässt sich Karl nicht beirren. „Bevor es richtig losgeht hat er schon eine kleine Firma gegründet, die Computer-Software erstellt. Was sie genau machen, weiß ich nicht, das Thema Internet übersteigt mein Begriffsvermögen. Ich gehöre schließlich zu den Sauriern, deren handwerkliches Können von Automaten übernommen wird", fügt er kokett hinzu.

„Wir programmieren Applikationen für die neuesten Mobil-Telefone, damit sich die Nutzer in ihrer Umgebung besser auskennen. Wir helfen ihnen ein Restaurant oder auch ein Hotel zu finden", sagt Stefan spitz, als hätte er den Verweis erfolgreicher, alter Männer auf ihre Internet-Unfähigkeit gründlich satt. „Wolltest du nicht etwas sagen, Onkel Karl? Die Leute warten", schiebt er nach, um von sich abzulenken.

„Gut, dass du mich daran erinnerst." Karl steckt seine Nase in Sibylles Turban aus Haaren, als wolle er den Duft der Gänseblumen einsaugen. „Gestattest du, dass ich aller Welt gestehe, wie viel du mir bedeutest", fragt er, greift nach einem Glas, ohne ihre Antwort abzuwarten, und klopft mit dem Löffel dagegen. Als sich niemand darum schert, winkt er der Band und bittet um einen Tusch. Nur langsam ebbt der Lärmpegel ab. Karl breitet die Arme aus, als wolle er die ganze Gesellschaft umfangen: „Ihr könnt gleich weiter reden, aber ein paar Worte von einem glücklichen Bräutigam müsst ihr euch schon gefallen lassen. - Vor ein paar Tagen hatte ich noch befürchtet, dass uns die Eisheiligen das Fest vermasseln, aber dann hat Sibylles Schönheit alles zum Besten gewendet. Und jetzt seht ihr einen Mann, beschienen von zwei Sonnen. Einem Gestirn, das uns allen gehört, und das mich ein Leben lang beschenkt hat. Und einem irdischen Wesen, dessen innere Sonne auf meine alten Tage scheint. Ich weiß, manch einer neidet mir dieses Glück, fühlt sich herausgefordert durch meinen beruflichen Erfolg, aber der zählt jetzt nicht mehr. Ich werde ab heute nur noch Liebhaber sein. Und damit ihr es auch glaubt, will ich Sibylle, vor euch allen als Zeugen, ein paar Zeilen aus Shakespeares *Sommernachtstraum* schenken."

Er kramt einen kleinen Zettel aus der Jackentasche, stellt sich in Positur und beginnt zu rezitieren:

O Geist der Liebe, wie bist du reg und frisch
Nimmt schon dein Umfang alles in sich auf,
Gleich wie die See, nichts kommt in ihn hinein,
Wie stark, wie überschwänglich es auch sei,
Das nicht herabgesetzt im Preise fiele
In einem Wink! So voll von Fantasien
Ist Liebe, dass nur sie fantastisch ist.

Als er fertig ist, nickt er, lächelt, und weist auf seine Frau. „Seht, es hat ihr gefallen", ruft er in die Runde. Dann drückt er Sibylle an sich und küsst ihr eine Träne aus den Augen.

„Was ist das? Hat er es selbst gedichtet?", flüstert Stefan in Maries Ohr.

„Es ist Shakespeare, Karl hat es gesagt", antwortet Marie.

„Muss ich überhört haben, und woher weißt du das?"

„Ich lese. Karl hat mich gebeten ein passendes Zitat zu finden." Marie lacht kurz auf und erschrickt. Verschämt streicht sie ihre langen Locken hinter die Ohren. „Aber er hätte es wenigstens auswendig lernen können", fügt sie leise hinzu.

„Hätte ich eigentlich wissen müssen, dass es nicht von ihm kommt. Schau, wie Mutter strahlt. Manchmal denke ich, sie liebt Karl mehr als unseren Vater."

„Unsinn, die beiden sind Brüder."

„Ziemlich verschiedene Brüder."

„Genauso verschieden wie wir beide auch. Aber ich liebe dich trotzdem, auch wenn es mir zuweilen schwer fällt."

„So ein Quatsch. - Sibylle, Libelle, fliegt auf die Schnelle immer nur ins Helle."

„Was redest du da, du kennst sie doch gar nicht. Außerdem hörst du dich an, als würdest du Karl beneiden."

„Was für ein Blech. - Mutter meint, Sibylle kommt ihr wie ein männermordendes Insekt vor."

„Das glaube ich nicht. So sieht sie wirklich nicht aus."

„Libellen sind auch schön, schwirren so rum und zeigen ihre schillernden Flügel. Und doch weiß keiner, für was sie eigentlich gut sind."

„Manchmal bist du unerträglich." Marie klingt jetzt richtig verärgert. „Mutter mag sie vielleicht nicht, weil sie Karl bewundert. Manchmal sehen sie sich an, als wären sie ein altes Paar, das sich blind vertraut. Wie ein Nachhall aus der Zeit, als sie als Assistenzärzte zusammengearbeitet haben. Vielleicht ist sie aber auch nur neidisch. So ein Hochzeitskleid unter Apfelblüten, umgeben von einem Teppich aus Löwenzahn hat schon was. Sie und Gerhard hätten bescheiden in einer bayrischen Dorfkneipe gefeiert, hat sie mir erzählt. - Außerdem hast du die ganze Zeit nur auf Sibylles Busen gestarrt. - Ihr beide, du und Heide, seid neidisch", fügt sie noch schnell hinzu, als wäre ihr peinlich, was sie gerade gesagt hat. Dabei stupst sie Stefan kumpelhaft in die Seite.

"Kreativer Akademiker, 58, 1,85 in MUC, attraktiv, humorvoll, optimistisch, zerrissen, herzensgut mit einem Schuss Brutalität, selbstverliebt und leicht narzisstisch, sucht dich: eine warmherzige, schöne, gelegentlich kühle, berechnend taktierende, selbstbewusste Frau, um gemeinsam durchs Leben zu gehen", sagt Stefan, und tut, als hätte er die Bemerkung über Sibylles Busen überhört. „So oder so ähnlich muss die Anzeige wohl geklungen haben. Im ‚Zeit'-Magazin, das Mutter so gerne liest und überall herumliegen lässt, finden sich solche Anzeigen. Krass, was die Leute alles von sich behaupten, lauter hochmeinende und sensible Frauen, und Männer, die eigentlich nur vögeln und ihre Einsamkeit vertreiben wollen. Und da erfinden sie sich eben neu, und träumen vom großen Fisch. Vielfältige Interessen habe ich vergessen, ohne die geht es nicht. Oder gab es gar keine Anzeige? Wo hat er sie wirklich aufgetrieben, weißt du das?", fragt Stefan hartnäckig.

„Blödmann, jetzt hörst du dich wirklich mies an", sagt Marie, und wundert sich, als Stefan errötet.

Die Firma

Jahre später schlägt Karl Wegener mit der Hand auf den Schreibtisch in seinem Büro, als wolle er ein unbotmäßiges Kind bestrafen. Er hat in den letzten Wochen viel operiert, dazu ein paar Arbeiten für medizinische Fachzeitschriften geschrieben, und dachte, die Hand wäre überanstrengt, aber das Ziehen blieb und verstärkte sich. Als es in ein unkontrollierbares Rütteln überging, erst leicht und sporadisch, dann immer häufiger, konnte er es nicht mehr ignorieren.

Nachdem ihn Christian, ein Freund und Kollege in der Inneren Medizin, untersucht hat, sagt er, als er ihm den Befund reicht: „Es ist eindeutig, wenn du willst, können wir später darüber reden."

„Was ich vermute?"

„Ja, im Anfangsstadium."

Karl überfliegt die Papiere, Parkinson, denkt er, Dr. Dr. Karl Wegener, Professor und Leiter der Chirurgie einer Universitätsklinik, hat Parkinson. Im Anfangsstadium, sagt Christian, weil er weiß, dass ich weiß, wie die Krankheit verläuft. Ein paar Jahre bleiben mir noch, mehr oder weniger, eher weniger. Er hebt den Befund in die Höhe und lächelt, wie einer, der gerade eine Niederlager erlitten hat, die er nicht akzeptieren will. „Kann ich den behalten?"

„Natürlich, es ist deiner."

„Na dann." Karl geht zurück in sein Büro, legt die Papiere auf den abgenützten Schreibtisch und sieht auf die Buche vor dem Fenster, deren Blätter sich bereits verfärben.

Als er den Lehrstuhl übernahm, hatte er einen Schössling aus dem Garten seines Elternhauses hierher verpflanzt und seither zugesehen, wie er sich entwickelte. Karl liebt den Baum im Wechsel der Jahreszeiten, wie er auch die alten Buchen auf dem parkähnlichen Gelände seines Hauses in Grünwald liebt. Sie sind meine ältesten Freunde, auf alle Fälle die verlässlichsten, denkt er. Sie werden älter als wir Menschen, wenn wir sie in Ruhe lassen, und wissen vermutlich längst, was in mir vorgeht. Schließlich haben sie Generationen von uns kommen und gehen sehen. Er atmet tief ein, bläst die Luft durch die Zähne und geht zurück in Christians Büro. „Was denkst du? Wie lange kann ich noch operieren? Gib mir deine ungeschminkte Meinung."

„Das hängt davon ab, ob noch etwas dazu kommt, und, und.... Du wirst es merken, wenn es nicht mehr geht. Zwei, drei Jahre vielleicht, es kommt in Schüben. Ich würde dir empfehlen eine zweite Meinung einzuholen, um sicher zu sein, wie weit du schon bist. Bei komplizierten, langwierigen Operationen ist es wahrscheinlich besser, du gibst sie gleich ab. Du kannst natürlich weiter zu mir kommen, wenn du willst, aber ich glaube du bist jetzt bei den Neurologen besser aufgehoben. Alles andere, Diät umstellen, weniger Alkohol, all die schrecklichen Dinge, die keinen Spaß machen, kennst du ja sowieso."

„Danke, ich brauche keine zweite Meinung. Immerhin kann ich mir jetzt schon mal die Karten legen. Ihr habt also noch nichts Neues in eurem Köcher?"

„Leider, es ist immer noch der alte, langsame Killer."

„Dann weiß ich ja, was mir bevorsteht."

„Was ist eigentlich aus dem Jungen geworden, den ich deiner Schwägerin zur Adoption vermittelt habe? Ein passendes Kind solle es sein, hast du gesagt, als du mich aus Kapstadt angerufen hast. Als gäbe es die Kinder im Supermarkt", lacht Christian, dabei versucht er nur Karl abzulenken und auf andere Gedanken zu bringen.

„Er wächst und gedeiht, ein großer, junger Mann, Stefan heißt er. Ich hätte euch längst miteinander bekannt machen sollen, immerhin hast du eine entscheidende Rolle in seinem Leben gespielt."

Christian lächelt, als käme ihm die Erinnerung an die damalige Zeit immer noch unwirklich vor. „Hattest du mit Heide etwas?", fragt er schließlich. „So wie du dich für sie engagiert hast .... Ich hatte mich gewundert."

„Wir waren einmal zusammen, sie wollte mehr, aber ich nicht. Familie, Kinder, all das, was ich damals nicht brauchen konnte."

„Und jetzt?"

„Sibylle ist anders."

„Es war nicht leicht gewesen, den Jungen loszueisen, aber offensichtlich hat es sich gelohnt. - Bedauerst du, keine Kinder zu haben?"

„Ja, gelegentlich. Wenn ich Stefan so ansehe, denke ich manchmal schon, dass er zum Besten gehört, was mir mit deiner Hilfe gelungen ist. Er hätte auch in einem Heim landen können."

„Wirst du jetzt bescheiden auf deine alten Tage? Mann, Karl, du bist unser Aushängeschild."

„Das bedenklich wackelt." Karl dreht sich um, hebt zum Abschied die Hand und zieht vorsichtig die Tür hinter sich zu. Auf dem Weg ins Büro, versucht er, wie immer, zielstrebig und selbstbewusst aufzutreten. Keiner soll ihm ansehen, was in ihm vorgeht. Aber als er sich an seinen Schreibtisch setzt, spürt er, wie müde er ist.

Das Spiel ist aus, denkt er. Ich habe mich zu sehr darauf verlassen, dass es immer so weiter geht. Der strahlende Karl, dem die öffentliche Anerkennung nur so zufliegt. Der Erfinder, Unternehmer und Held, der im hohen Alter noch eine Frau heiratet, die seine Tochter sein könnte. Und jetzt entgleitet mir alles.

Sibylle betrügt mich wahrscheinlich, wie könnte es auch anders sein, sie ist voller Leben, und ich bin leer und ausgebrannt. Die Firma trudelt nur noch vor sich hin, und Gerhard kriegt sie nicht in den Griff. Routine allein reicht eben nicht. Und jetzt auch noch Parkinson. Wahrscheinlich kann ich mich noch eine Weile durchmogeln, bis mir irgendwann das Skalpell verrutscht.

Er schüttelt sich, drückt auf die Taste der Gegensprechanlage und ruft seine Sekretärin zu sich: „Frau Walter, bitte bringen Sie Ihren Kalender mit, wir müssen neu justieren."

Als sie ihm mit gezücktem Notizblock gegenüber sitzt, betrachtet er für einen Moment ihre gefärbten Haare, das welke Gesicht, in dem die Schminke die tiefen Falten auf der Stirn nicht mehr überdecken kann. Sie war schon da, bevor ich kam, mochte mich anfangs nicht, denkt er. Vielleicht war ich ihr auch nur zu überheblich, wer weiß das schon. „Ich muss ein paar Sachen in der Firma ordnen. Bitte streichen Sie den Kongress, nächsten Monat in den USA. Oder besser, fragen

Sie Dr. Hanig, ob er meinen Vortrag übernehmen kann. Vielleicht freut er sich ja. Und rufen Sie Dr. Meyer zu mir, wir müssen den Operationsplan überarbeiten." Er lehnt sich zurück, verschränkt die Arme hinterm Kopf und betrachtet die Buche vor dem Fenster, als hätte er die Sekretärin vergessen.

„Ist alles in Ordnung?", fragt sie, verwundert über die lange Pause, bevor er zu diktieren beginnt.

„Ja, doch. Ich habe in der Firma Einiges schleifen lassen, um das ich mich jetzt dringend kümmern muss."

„Ihr Bruder hat angerufen, er bittet um Rückruf."

„Mach ich gleich."

Gerhard spürt wahrscheinlich, dass sich etwas zusammenbraut, denkt er, als sie gegangen ist. Ich kann es nicht länger treiben lassen. Aber ich kann ihn auch nicht einfach an die Luft setzen, wie einen bezahlten Manager. Er ist mein Bruder, aber er schafft es einfach nicht mehr. Ich brauche einen Mann mit Kraft, mit neuen Ideen, das, was ich früher einmal war. Gerhard wird in ein tiefes Loch fallen, er wird mich verdammen, aber das ist der Preis.

Karl hasst ziellose Gedanken, die in seinen Augen nur dazu beitragen, ihn von längst gefassten Entschlüssen abzubringen. Und doch hadert er mit sich, bevor er den Hörer abnimmt. Schließlich schiebt er die wirren Gedanken zur Seite und wählt Gerhards Nummer.

Es ist Marie, die abhebt. „Seit wann bist du wieder zu Hause?", fragt er, ohne sich zu melden.

„Seit einer Woche, Onkel Karl".

„Und, wie war's?"

„Unglaublich. Mein Kopf ist immer noch dort. Ich muss dir alles erzählen, wenn du hier bist. Am Telefon geht das nicht, sonst reden wir stundenlang, das würdest du sicher nicht wollen. Es hat geklappt, sie nehmen mich für ein Jahr, haben sie gesagt. Danke für die Vermittlung."

„Ist doch selbstverständlich. Ich war immerhin zwei Jahre am Groote Schur. Da war ich nur ein paar Jahre älter als du." Zehn genau, denkt er, aber was soll's. „Wenn ich einmal aufhöre, bist du die einzig aktive Medizinerin in der Familie. Das macht mich richtig stolz, die kleine Marie, wer hätte das gedacht."

„Du willst sicher Vater sprechen. Er ist leider nicht da. Soll ich Mutter fragen, wo du ihn erreichen kannst?"

„Lass mal, ich versuch's in der Firma."

Gerhard Wegener wartet schon länger auf den Anruf seines Bruders. Der Monatsbericht der Firma ist noch schlechter ausgefallen, als er befürchtet hatte. Der Auftrag aus China, der immer noch in der Schwebe hängt, denkt er. Ich hätte nie vorab produzieren dürfen, aber es sah so gut aus. Jetzt habe ich die Bestände am Hals und kann sie, falls überhaupt, nicht schnell genug abverkaufen. Die Bank gibt mir keinen Kredit mehr solange wir Verluste schreiben. Dabei war es Karl, der unbedingt nach China wollte. China ist der neue Markt, hat er gesagt, da müssen wir hin. Aber er hat nicht daran gedacht, dass wir so ein Land gar nicht stemmen können. Und jetzt bin ich schuld an der Misere. So war es immer, wenn es gut ging, heimste er die Lorbeeren ein, wenn nicht, war ich die arme Sau, die den Kopf hinhalten musste. Er wird mich mit eisigem Schweigen bestrafen, nur um mich dann mit umso heftigeren Vorwürfen zu überhäufen. Ich kenne sein Ritual zum Erbrechen, dabei kann mir sonst keiner ungestraft auf der Nase herum tanzen. Die letzten, die es versuchten, waren diese Banker in ihren grauen Anzügen und roten Seidenkrawatten. Die Fertigung wollten sie sehen, aber als sie das Öl auf dem Fußboden fanden, haben sie nur die Nase gerümpft. Es hat gut getan, sie hinauszuwerfen.

Als Junge prügelte sich Gerhard gerne, egal, um was es ging. Den Vater interessierte nur, dass er gewann. Die Mutter gab ihn früh auf. So sehr er sich um ihre Zuneigung bemühte, ihre Andeutungen und Halbwahrheiten blieben ihm ein Rätsel.

Karl dagegen flog die Anerkennung von allen Seiten zu. Er verstand nicht, weshalb Gerhard laufend aneckte. All das Schwermütige und

Negative, das in Gerhard steckte, war ihm fremd. Gerhards gelegentliche Tobsuchtsanfälle betrachtete er als das hilflose Aufbegehren des jüngeren Bruders, der sich nicht aus seiner, Karls, Überlegenheit befreien konnte.

Als Heide in die Familie kam, festigte sich die Beziehung zwischen den Brüdern. Sie war Karls Kollegin und Vertraute gewesen, die er nach einer kurzen Liaison wie ein gebrauchtes Kleidungsstück abgelegt hatte. Dass sie von ihm schwanger wurde hatte sie ihm nie gestanden. Sie fand es besser, das Kind abzutreiben, als ihn um Hilfe zu bitten.

Nach der Abtreibung, glaubte Heide, kein eigenes Kind mehr bekommen zu können. Es gab Phasen, in denen sie sich tagelang ins abgedunkelte Schlafzimmer zurückzog und nicht ansprechbar war. Jeder Lichtstrahl tat ihr weh. Als Gerhard, nach Karls Weggang nach Südafrika, um ihre Hand anhielt, akzeptierte sie. Danach besserte sich ihr Zustand, und als sie ein neugeborenes Kind adoptieren konnten, begann sie wieder zu leben. Zwei Jahre später, als sie trotz negativer Prognosen mit Marie schwanger wurde, verwandelte sich Gerhard in einen sorgenden Vater.

Karl kehrte nach mehreren Jahren in Südafrika nach Deutschland zurück. Er wurde Chef der Chirurgie einer namhaften Universitätsklinik und gründete seine eigene Firma für minimal invasive Verfahren. Er fand es völlig normal Gerhard die Leitung der Firma zu übertragen, solange er nur das Sagen behielt. Ein tumber Bruder war ihm immer noch lieber, als ein betrügerischer Manager. So dachten die Wegeners: Das Blut hält den Laden zusammen.

Mit der Zeit begann Gerhard Karls Ideen als Erfinder zu schätzen. Neue Produkte ergaben sich dadurch, die Firma wuchs und gedieh. Ein Teil von Karls Erfinderglanz strahlte auch auf Gerhard ab.

Mitten in der weltweiten Dotcom-Krise, am Anfang das neuen Jahrtausends, begann der Niedergang. Auf einmal war Gerhard nur noch der geduldete, ungehobelte jüngere Bruder, dem es nicht gelang, Karls Ideen erfolgreich zu vermarkten. Und als Karl sich immer häufiger in Tagesentscheidungen einmischte, zog sich Gerhard beleidigt in sein Schneckenhaus aus Frustration und Hilflosigkeit zurück. Er trank, häufig mehr als er vertrug, und war oft tagelang nicht auffindbar. Dann stieg er in seinen großen Mercedes, legte Schuberts Winterreise in die Stereoanlage und fuhr ziellos durchs Alpenvorland. Nachts, er konnte schon lange nicht mehr schlafen, hörte er bei voller Lautstärke *In a gadda da vida*, Iron Butterflys harten Rock seiner Studienzeit, bis sich die Nachbarn beschwerten. Idioten nannte er sie daraufhin, kulturlose Rindviecher.

Es gab nicht mehr viel, was Gerhard Spaß machte. Am meisten liebte er die Tage, an denen der frische Schnee die Landschaft in eine konturlose, schweigend erstarrte Ödnis verwandelte. Dann war er mit sich im Reinen. An guten Tagen, wenn er sich fragte, was er hätte anders machen können, in der Firma, in seinem Leben, fuhr er zurück ins Büro, um in seinem uralten Computer zu stöbern, als könne er dort Antworten auf seine Misere finden. Am schlimmsten war es, wenn er begann, über sein Verhältnis zu Karl nachzudenken. Dann landete er meist in einer Kneipe und betrank sich. Gelegentlich ging er auch zu einer lokalen Hure, die er dafür bezahlte, dass sie sein grantelndes Jammern ertrug. Das andere war ihm nicht so wichtig.

Mit Heide sprach er kaum noch. In den Monaten, als ihm die Firma entglitt, hielt er alles, was sie belasten könnte von ihr fern. Eigentlich gab es niemand, dem er sich anvertrauen konnte. Zuweilen dachte er daran, mit Marie zu reden, nur um den Gedanken gleich wieder zu verwerfen. Und Stefan? Mit ihm konnte er nichts anfangen, der Junge blieb ihm fremd.

Wenn ich kein neues Geld auftreibe, kann ich in einem halben Jahr die Löhne nicht mehr bezahlen, denkt er, als das Telefon klingelt - es ist Karl.

Karl

„Ich habe lange mit Gerhard gesprochen", sagt Karl ein paar Tage später zu Sibylle. Er sagt es eher beiläufig, als wäre es ohne Belang. „Ein ziemlich unerfreuliches Gespräch. Er streitet glattwegs ab, dass die Verluste auch mit ihm zu tun haben könnten. China, sagt er, wäre schuld an allem. Wegen des Groß-Auftrags hätte er in Vorleistung gehen müssen, um die Termine halten zu können. Und geplatzt wäre der Auftrag, weil ich mich weigerte zur Unterstützung nach China zu fliegen. Deshalb säßen wir jetzt auf den Beständen, und er wisse nicht wohin damit. Wenn er den ganzen Krempel in die Tonne schmeißen muss, wäre es das Ende der Firma. Er schiebt einfach alles mir in die Schuhe", wiederholt er sich. „Ich wäre schließlich wie wild auf den chinesischen Markt gewesen, er dagegen hätte China schon immer als zu riskant betrachtet. Dabei fand er es eine glorreiche Idee, wir würden Millionen machen, jubelte er, als die Anfrage ins Haus flatterte. Und dann tat er nichts, um dranzubleiben. Schließlich gab es ja mich, dem er die Schuld in die Schuhe schieben konnte." Karl hört sich bitter an. - „Ich werde ihn ablösen müssen, wenn wir nicht alles verlieren wollen. Was hältst du davon?"

Er will mich mit in die Verantwortung nehmen, denkt Sibylle, aber wie soll ich zwischen den Brüdern entscheiden. Wenn es darauf ankommt halten sie ja doch zusammen. „Du brauchst jemand mit Erfahrung", sagt sie zurückhaltend. „Gerhard kann es nicht mehr. Irgendwie kommt er mir vor, als wäre er aus der Zeit gefallen. Heide sagt, er würde immer seltsamer, hört nächtelang Musik bei voller Lautstärke, und am Morgen kommt er dann nicht aus dem Bett. Sie weiß nicht, was in ihm vorgeht."

„Was hältst du von diesem Magnus, den Stefan kürzlich erwähnt hat? Er scheint große Stücke von ihm zu halten. Wenn ich Gerhard ablöse, muss ich sicher sein, den richtigen Mann als Ersatz zu haben."

„Ich dachte, er investiert nur. So wie ich Stefan verstanden habe, legt er sein Geld nur möglichst gewinnbringend an."

„Er war früher Manager in einer großen Firma. Vielleicht hat er genug Geld und will wieder etwas Richtiges tun. Leute, die mit Produkten groß geworden sind, wollen etwas in der Hand halten, nicht nur Geld zählen. Soll ich mit ihm reden?"

„Ja. Aber vielleicht sollte Stefan zuerst herausfinden, ob Magnus überhaupt interessiert ist."

„Stefan ist noch sehr jung."

„Aber clever. Und schließlich hat er ihn ja ins Gespräch gebracht."

„Da dachte ich aber nur an Beratung, zu Gerhards Entlastung. Und damit ich endlich bessere Informationen kriege, was wirklich in der Firma läuft. - Ich möchte Stefan nicht dazu benützen seinen Vater zu entsorgen. Er würde mich für verrückt halten, wenn ich auch nur eine Andeutung machte."

„Er würde es verstehen, wenn du fair mit Gerhard umgehst."

„Was ist schon fair in so einer Situation."

„Dann lass Stefan halt aus dem Spiel und sprich direkt mit Magnus."

„Du magst Stefan nicht besonders. Die Art wie du das gesagt hast...."

„Wie kommst du darauf, ich mag ihn, sehr sogar. Aber in meinen Augen ist er ein großes Kind", lacht sie. „Trotzdem weiß er, was er will. Seine Software Firma scheint gut zu laufen."

In Gedanken sieht Karl Stefan vor sich, wie er vor Wochen am Tisch gegenüber mit jungen Leuten diskutierte. Laut und ungestüm ging es zu. Plötzlich hatte er den Eindruck, als agierten sie bereits, wie die Repräsentanten eines neuen Jahrhunderts. Sie arbeiten nicht mehr für Vorgesetzte, kennen keine überheizten Büros, keine grauhaarigen Sekretärinnen und keine Telefone, die über Kabel mit der Wand verbunden sind, dachte er. Sie kennen keine Abteilungen und deren Abteilungsleiter, keine kurzen und langen Dienstwege und auch nicht den Geruch von frisch gesaugten Teppichböden. Schon gar keine sterilen Gänge, in Krankenhäusern voller Betten mit todkranken Menschen. Sie sind selbstständig, selbstsicher, selbstsüchtig, wandelnde Selfies, ihr eigenes Selbstporträt. Wenn ich sie mir beim Arbeiten vorstelle, sehe ich sie mit ausgestecktem Arm, nicht zum Führergruß, sondern um das eigene Gesicht mit dem Smartphone aufzunehmen. Ich fühle mich alt in ihrer Gegenwart. Es fällt mir schwer, einem von ihnen meine Firma anzuvertrauen, auch dann, wenn er mein Sohn sein könnte. Trotzdem muss ich es versuchen, dann weiß ich wenigstens, was Stefan wirklich drauf hat.

Er sieht, wie Sibylle auf eine Antwort wartet. „Stefan soll uns diesen Magnus vorstellen, als Berater, danach sehen wir weiter. Vielleicht ist der Mann ja eine Pfeife, dann erledigt sich alles von allein", sagt er und denkt: Egal, wen er berät, Gerhard oder Stefan, ich weiß danach, wie ich dran bin.

Stefan

In der Schule nannten sie ihn Latte, lang und dürr, wie eine dieser Zaunlatten an den Umzäunungen der Bauernhöfe seiner oberbayrischen Heimat. Als in der zehnten Klasse die Muskelmasse wuchs und die Schultern in die Breite gingen, hieß er nur noch Stefan. Marie, seine Schwester, hatte ihn immer nur Stefan genannt. Und als er in der zwölften Klasse den ersten Fünfkampf in der Leichtathletik gewann, musste er sich entscheiden, ob die Laufbahn eines Sportlers für ihn das Richtige war.

Als Teenager lag er mit Marie oft unten an der Mole des Wegener'schen Bootshauses und träumte davon die Welt zu retten. Am wohlsten fühlte er sich, wenn er mit der O-Jolle, kurz vor dem Sturm, hinaus auf den Starnberger See segeln konnte, um das Boot scharf in den Wind zu legen. Zehnkampf wäre das richtige, meinte der Sportlehrer, doch die Vorstellung, Stunde um Stunde auf der Tartanbahn Trainings-Runden zu drehen, erschien Stefan völlig abwegig. Und als er sich für ein Studium der Volkswirtschaft entschied, spielte die Aussicht schnell an Geld zu kommen eine entscheidende Rolle.

Stefan war achtzehn, als er von einem Klassenkameraden erfuhr, welche Rolle der alte Wegener unter den Nazis gespielt hatte. Er begann nachzufragen, aber der Vater wiegelte nur ab. Doch Heide weihte ihn ein, so gut sie es eben wusste. Danach meinte Stefan, es wäre ihm nicht länger zumutbar, die Luft in der Nähe einer alten Nazigröße zu atmen.

Er zog in eine Wohngemeinschaft in der Münchner Innenstadt, und Heide versank in Depression. In ihrer Verzweiflung erzählte sie ihm von seiner Adoption. Es machte alles nur noch schlimmer. Erst als sie ihm versicherte, die Adoption nur deshalb erwähnt zu haben, um ihm die Last der Familienvergangenheit zu ersparen, beruhigte er sich wieder.

Die Software-Firma, die er noch im Studium gründete, florierte überraschend schnell. Er befand sich auf einem Pfad, auf dem Geld,

Erfolg und die Macht, sein Leben bestimmen würden. Doch das war ihm zu diesem Zeitpunkt noch nicht bewusst.

Auf einer Familienfeier, zu der Stefan nur auf Drängen Heides gekommen ist, zieht ihn Sibylle zur Seite. In einer Hand das Rotweinglas in der anderen eine brennende Zigarette, erzählt sie ihm eher beiläufig von Karls galoppierender Krankheit.

Stefan fragt sich, weshalb sie ausgerechnet ihn ins Vertrauen zieht. Er hält Sibylle für eine Karrieristin, die ganz gut in seine verquere Familie passt. Gleichzeitig fasziniert ihn die Frau. Er bewundert ihre Schönheit, die Klarheit ihrer Gedanken, die sie ohne Hemmungen ausspricht. Wie ein Sonnenstrahl in der Familie kommt sie ihm vor. Er fühlt sich zu ihr hingezogen und gleichzeitig abgestoßen, ein Gefühl, das er nicht erklären kann.

„Gerhard hat anscheinend ein paar Entscheidungen in der Firma getroffen, die schief gegangen sind", sagt Sibylle. „Karl meint, Gerhard wäre nicht mehr in der Lage, das Ruder herum zu reißen. Es müsse etwas geschehen, bevor alles noch schlimmer wird. Er hat sich daran erinnert, dass du von einem Berater erzählt hast, von dem du sehr angetan warst." Ihre Stimme klingt einen Tick zu hoch, als fühle sie sich unwohl in ihrer Rolle als Übermittlerin schlechter Nachrichten.

„Wen meinst du? Ich habe viele geschäftliche Kontakte."

„Einer, der Firmen saniert."

„Vermutlich meint er Magnus, der macht so Sachen."

Sie nickt. „Karl meint, die Firma braucht eine neue Dynamik. Könntest du eventuell ein Gespräch vermitteln mit dem Mann, den du erwähnt hast?"

„Magnus ist heute ein reiner Geldmensch, selber managen sei ihm zu anstrengend, hat er gesagt." Stefans Augenbrauen schnellen hoch, als könne er mit so einer Aussage nichts anfangen. „Ich müsste wissen was Karl wirklich will. Gerhard beraten geht gar nicht, Vater duldet keinen neben sich, der ihm täglich über die Schulter schaut. Karl müsste seinen eigenen Bruder zuerst an die Luft setzen, aber will er das?", denkt Stefan laut nach. Er riecht ihren Atem, ein Gemisch aus Rotwein und Zigarettenrauch. Außerdem stört ihn, wie sie ihn fixiert, als suche sie etwas in seinen Zügen. Vorsichtig geht er auf Distanz, doch sie scheint es nicht zu merken.

„Ich weiß nicht, auf was Karl hinaus will", sagt sie. „Die Idee, mit Magnus zu reden kam von ihm. Könntest du das Gespräch wenigstens vermitteln, verhandeln muss dann Karl schon selbst, falls es überhaupt soweit kommt."

„Warum fragt er mich nicht selbst?"

Sie zuckt mit den Schultern, ringt sich dann aber doch eine Antwort ab. „Karl macht eine schwere Zeit durch. Seine Krankheit hat sich verschlimmert, und ich glaube, die Sache mit Gerhard schafft ihn mehr, als er zugeben will."

„Aber mir traut er zu, meinen eigenen Vater ans Messer zu liefern." Stefans Vorwurf kam zu schnell, um sein Misstrauen zu verbergen.

„Das erwartet niemand von dir", sagt sie verärgert. „Du sollst nur den Kontakt herstellen, alles andere muss Karl dann schon selbst entscheiden. Willst du, oder willst du nicht?"

„Ok, ich rufe Magnus an. Versprechen kann ich aber nichts."

Bald darauf wartet Stefan im Luna Café, am Eingang zum Englischen Garten, auf Magnus. Der ist längst überfällig, und als Stefan gerade wieder gehen will, sieht er ihn die Treppen zur Terrasse hochsteigen.

„Tut mir leid, Stefan, ich fahre seit einer halben Stunde im Kreis, um einen Parkplatz zu finden", stöhnt Magnus und lässt sich auf einen Stuhl fallen.

„Nichts passiert, ich hatte inzwischen einen Panoramablick auf die weibliche Studentenschaft Münchens. Sie quellen aus dem Englischen Garten, als gäbe es dort Vorlesungen. Wie geht es Ihnen?"

„Bis auf die Parkplatzsuche gut." Magnus, reicht Stefan die Hand und winkt die Bedienung herbei. „Einen Espresso, ein stilles Wasser, und ein Sandwich, egal was, entscheiden Sie", sagt er. „Ok, what's up, Stefan. Du hast dich am Telefon ziemlich bedeckt gehalten. Schieß los. Aber anscheinend geht es gar nicht um deine Software-Firma. Hast du den dicken Fisch am Haken, nach dem du bei unserem letzten Treffen noch geangelt hast?" Magnus klingt, als hätte er es eilig.

„Das dauert noch eine Weile", sagt Stefan kurz angebunden. „Sie haben recht, es geht nicht um meine Firma. - Mein Onkel sucht einen guten Berater, der dem Geschäftsführer seiner Firma über die Schulter schaut. Würde Sie so etwas interessieren?"

„Kommt darauf an. Ein paar Details bräuchte ich aber schon."

„Natürlich", lacht Stefan. „Die Firma ist in der Medizintechnik, minimal invasive Chirurgie. Sie war früher mal eine solide cash-cow, aber seit zwei, drei Jahren nur noch rote Zahlen. Veraltete Produktlinie vermutlich. Zusätzlich haben sie sich mit China überhoben, bevor sie überhaupt dort waren."

„Wie geht das denn?", lacht Magnus. „Klar, wenn man produziert bevor der Auftrag im Haus ist. Und wenn der trotz fantastischer Versprechungen dann nicht kommt, sitzt man auf den Beständen und gerät in die Liquiditätsfalle. Ein bisschen naiv, oder?", gibt er sich selbst die Antwort.

„So ähnlich." Stefan fragt sich, ob er Magnus schon jetzt in alles einweihen soll. Aber wenn ich ihm nichts gebe, sagt er gleich nein, und Karl glaubt, ich könne nicht verhandeln, denkt er. „Das letzte Detail kenne ich nicht, aber in groben Zügen sieht es so aus: Mein Onkel war früher Professor für Chirurgie an einem großen Klinikum. Als er die Firma vor zwanzig Jahren gründete, wollte er die Professur nicht aufgeben und übertrug meinem Vater die operative Führung. Von der Uni konnte Karl das Unternehmen besser mit Ideen füttern, dachte er. Post-Doc's, und so, Sie wissen schon. Das ging jahrelang gut, aber seit Karls Krankheit sind die Ideen ausgeblieben."

Magnus nickt. „Wo sitzt die Firma deines Onkels?"

„Im Süden Münchens."

„Und dein Vater managt die Firma immer noch?"

„Ja, aber er will nicht mehr. Warum, verstehe ich nicht ganz. Ich dachte immer, die Firma wäre sein Baby, zumindest hatte er für uns Kinder nie Zeit."

„Kinder, du hast Geschwister?"

„Ja, eine Schwester."

„Und wie kommt ihr auf mich?"

„Sie meinen Karl?"

„Egal, wer immer."

„Vor ein paar Wochen habe ich Karl von Ihnen erzählt, Ihrer Management-Vergangenheit, daran hat er sich erinnert."

„Was hat dein Onkel?"

„Parkinson, schon weit fortgeschritten, aber das tut jetzt nichts zur Sache. Falls Sie grundsätzlich interessiert sind, würde ich mit Vater reden. Ich kann mir vorstellen, dass er ganz froh wäre einen Partner zu kriegen."

„Partner? Ich dachte es geht um Beratung."

„Ja doch, ich hab mich versprochen."

Magnus zieht die Augenbrauen hoch. „Das müsste ich mir genauer ansehen, bevor ich zusage. Hört sich eher nach Familiendrama an. - Gibt es eine Planung oder Ähnliches?"

„Ja, kann ich besorgen."

Entscheidungen

Vater wird nicht begeistert sein, dass ihm jemand in die Suppe spuckt, denkt Stefan, als er vor Karls Haus in Grünwald steht. Gerhard muss abtreten, wenn Magnus überhaupt eine Chance haben soll.

Er klingelt, eine junge, platinblonde Frau öffnet. „Tut mir leid, ich konnte nicht gleich kommen, ich war noch bei Professor Wegener."

„Er erwartet mich", sagt Stefan, und reichte ihr die Hand. „Sind Sie neu, ich habe Sie noch nie hier gesehen. Wo ist Frau Wegener?"

„Sie lässt ausrichten, Sie sollen allein mit Professor Wegener sprechen. - Ich bin erst seit ein paar Wochen hier. Zuvor war ich Krankenschwester in der Ukraine."

„Wo haben Sie so gut deutsch gelernt?", fragt Stefan, als er in das vertraute Haus tritt.

„In der Schule, noch in der Ukraine. Aber ich bin schon seit ein paar Jahren in Deutschland."

„Immer schon als Krankenschwester?"

„Nein, nicht immer."

„Und, gefällt es Ihnen hier?"

„Ja, ich mag den Professor."

Na, wahrscheinlich weil du ihn noch nicht kennst, denkt Stefan. Im Hintergrund sieht er Karl, der in seinem Schaukelstuhl am Kamin sitzt. Verloren wirkt er in dem riesigen, weißen Raum, dessen Decke bis unter das tief gezogene Walmdach reicht.

Der alte Wegener hat die Villa erbaut, als er noch an das tausendjährige Reich glaubte. Viel Muschelkalk an den Tür- und Fensterumrahmungen, die Außentür mit Kupfer beschlagen. Innen hat Karl alles von Grund auf renoviert und einen Kunsttempel daraus gemacht. Zumindest kommt es Stefan so vor, wenn er das Haus mit dem seiner Familie vergleicht, wo die schweren Möbel der Großeltern herumstehen.

Über dem Kamin hängt der Kopf eines mächtigen Hirsches, den der alte Wegener eigenhändig erlegt haben soll.

An Sibylle erinnert nichts. In der Familie geht das Gerücht, dass sie eine Wohnung in Schwabing besitzt, die sie auch gelegentlich benützt.

Stefan überquert den riesigen Buchara-Teppich vor dem offenen Kamin und ergreift Karls ausgestreckte Hand. Das leichte Zucken stößt ihn ab, doch er lässt sich nichts anmerken. Karl sieht müde aus.

„Wie geht es dir, Onkel?"

„Jeden Tag ein wenig schlechter. Ich musste dir die Linke geben, die Rechte hat sich verselbstständigt. Komm setz dich, zieh den Stuhl näher heran, dann brauche ich nicht zu brüllen. Willst du etwas trinken?"

„Ein Glas Wasser vielleicht."

„Dorothee, bitte", wendet sich Karl an die Krankenschwester, die sich still im Hintergrund gehalten hat. „Für mich bitte einen Kaffee, so stark wie möglich, aber das wissen Sie ja", ruft er der Schwester hinterher. „Soll ich zwar nicht, aber wen kümmert's. Erzähl nur Sibylle nichts davon", sagt er mit einem verschmitzten Lächeln.

„Dann nehme ich auch gerne einen Kaffee, wenn du erlaubst."

„Hoppla, ein höflicher junger Mann. Ist das neu?"

Stefan spürt, wie er rot wird. Er steht auf und geht in die Küche, um seinen Kaffee zu bestellen. Immer noch derselbe Karl, er wechselt die Stimmung von einem Moment auf den anderen, denkt er.

„Sibylle hat mir erzählt, dass du als Jungunternehmer ziemlich erfolgreich bist. Ich dachte immer, du hättest dich für die Finanzbranche entschieden. Das ist es doch, was man heute so macht, Geld hin und her schaufeln und bei jeder Transaktion bleibt ein bisschen etwas hängen. Und jetzt Computer?", fragt Karl mit einem leicht verächtlichen Unterton, als Stefan zurück kommt.

„Software", sagt Stefan, während sich langsam ein sattes Grinsen auf seinem Gesicht ausbreitet.

„Was grinst du so? Vermutlich, weil du gemerkt hast, wie wenig ich davon verstehe", gibt sich Karl selbst die Antwort.

„Es ist nur, als würdest du das Auto und das Benzin in einen Topf werfen. Sie gehören zusammen, haben aber sonst wenig gemeinsam. Entschuldige, ich will dich nicht belehren. Du wolltest mich wegen der Firma sprechen?"

Karl wirkt plötzlich viel konzentrierter, als wolle er, den jungen Mann, den er hauptsächlich als ungestümen Jungen kennt, ernst nehmen. „Sie geht uns gerade vor die Hunde, und Gerhard will einfach nicht zugeben, dass er ein Gutteil dazu beiträgt. Er ist mein Bruder, aber wir können trotzdem nicht so weiter machen. Wir brauchen Hilfe von außen, einen, der emotionslos auf die Zahlen sieht und dann handelt, ohne sich von einem Rucksack an Vergangenheit die Sicht verstellen zu lassen. Du hast kürzlich von einem Berater gesprochen, den du kennengelernt hast. Mir schien, er hätte dich beeindruckt. Erzähl mir mehr. Vielleicht kann er uns helfen."

„Ich kenne ihn eher flüchtig. Das Wenige, das er von sich erzählt hat, weist auf eine erfolgreiche Managerkarriere hin. Zumindest kein Mann für fertige Lösungen, denke ich. Als ich vor ein paar Tagen mit ihm sprach, schien er nicht ganz abgeneigt zu sein, Vater an die Hand zu gehen. Ich weiß nur nicht, ob das Sinn macht. Du kennst Vater besser als ich", Stefan zögert, als hätte er sich verplappert, doch dann redet er einfach weiter. „Vater ist keiner, der sich gerne etwas sagen lässt. Er müsste diese Beratung selbst wollen, und dann ist immer noch nicht sicher, ob es gut geht. Ich glaube, so sieht es dieser Magnus auch. Zumindest schließe ich das aus seinen Bemerkungen. In jedem Fall will er zuerst mit dir reden, bevor er sich entscheidet."

Für eine Weile hört Karl in sich hinein, wobei sein Kopf auf und ab nickt, als hätte er Stefan vergessen. „Ja", sagt er auf einmal. „Anscheinend braucht er kein Geld, sonst würde er nicht so herumeiern. Macht nichts, bedeutet nicht, dass er ein schlechter Manager ist. - Ich werde Gerhard bitten, dass wir drei uns zusammensetzen. Danke, dass du es eingefädelt hast."

„Willst du, dass ich dabei bin?"

„Nein, lass mal, das müssen wir alten Männer schon allein hinkriegen."

Als er Gerhard zu erreichen versucht, geht niemand ans Telefon. Erst beim dritten Mal nimmt Gerhard ab. „Wo warst du?", fragt Karl.

„Was soll das, es hat dich doch sonst nie interessiert, wo ich mich herumtreibe. Was willst du?"

„Absolut überwältigend, deine Freundlichkeit."

„Warum sollte ich freundlich zu dir sein. Was willst du?"

„Wir müssen über diesen Berater reden. Er kommt nicht, ohne dass wir ihm etwas anbieten. Hast du dir Gedanken gemacht?"

Natürlich habe ich mir Gedanken gemacht, denkt Gerhard, aber du bist der Letzte, mit dem ich darüber reden werde.

„Was ist, du sagst nichts."

„Was soll das, Karl. Du willst mir einen Aufpasser vor die Nase setzen, und ich soll das auch noch gut finden. Mach doch was du willst, es ist schließlich deine Firma, das hast du mir ziemlich klar zu verstehen gegeben."

„Hör auf Gerhard, wir sitzen beide im selben Boot. Es hilft niemandem, wenn du dich in deine Schmollecke zurückziehst. Egal, wer dafür verantwortlich ist, wenn wir jetzt nicht gegensteuern, fährt uns die Firma an die Wand. Und was dann? Nichts haben wir, beide haben wir nichts, nur du bist noch schlechter dran als ich. Ich hab immerhin meine Pension, und Sibylle kommt schon irgendwie durch, wenn ich nicht mehr da bin. Frustriert rumbrüten hilft nicht. Komm vorbei und lass uns über diesen Magnus reden."

Gerhard zögert, er weiß, wie recht Karl hat. Mein beschissener Bruder, geriert sich als Menschenfreund, dabei geht es ihm immer nur um sich selbst, geht ihm durch den Kopf. Blöd nur, dass ich ihn mehr brauche als er mich. „Heute kann ich nicht, geht es bei dir morgen?"

„Natürlich, wo sollte ich denn noch hin. Wann kommst du?"

„Um drei Uhr, nur mit dir, niemand sonst." So war es immer, er ruft und ich komme, denkt Gerhard.

Als er das Auto am nächsten Tag in Karls Einfahrt parkt, denkt er an Marie. Schon als Kind hat Karl sie gefördert, und jetzt, als Ärztin, ist er stolz auf sie, als wäre sie seine eigene Tochter. Wenigstens eine, die in seine Fußstapfen getreten ist.

Gerhard verriegelt den Mercedes, geht die paar Schritte auf regennassen Travertinplatten zum Haus und öffnet die angelehnte Eingangstür.

„Ich hab dich schon erwartet", tönt Karls Stimme aus dem trüben Halbdunkel der Halle.

„Tut mir leid, Stefan hatte angerufen. Anscheinend geht ihm der Arsch auf Grundeis. Wenn er die Lizenz aus den USA verliert, ist es aus mit seiner Software Bude. Ob ich nicht wüsste, wie man bei so etwas vorgeht, hat er gefragt. Ausgerechnet mich, den du den Säuen vorwerfen willst. Was für ein absurdes Theater du angezettelt hast."

„Ich weiß, ich hätte Stefan aus dem Spiel lassen sollen, aber immerhin hat er uns Magnus gebracht. Komm rein und setz dich zu mir, bitte."

„Wie geht es dir heute?" Gerhard klingt versöhnlich, als er durch die Halle auf Karl zugeht. Im Halbdunkel sieht er eine menschliche Ruine, das Gesicht eingefallen, die Augen tief in den Höhlen, Hände wie Krallen, festgebissen auf den Armlehnen.

„Es ist schlimmer geworden, an manchen Tagen kaum noch zu ertragen. Ich muss meine Sachen ordnen. Die Firma ...", die Stimme verliert sich im Raum.

„Du willst mir Magnus als Aufpasser vorschlagen, nehme ich an", kommt Gerhard sofort zur Sache.

Überrascht zucken Karls Mundwinkel nach oben, aber nur kurz. Er geht sofort darauf ein: „Ich glaube, er könnte das Unternehmen führen, wenn dir etwas zustößt, und ich nicht mehr da bin. Wir sind beide nicht mehr die Jüngsten. Wenn wir ihn als Berater anheuern, wissen wir, was er kann und was nicht. Was meinst du?"

Gerhards Gesichtsausdruck zeigt, wie wenig er davon hält. „Es ist deine Entscheidung."

„Ich möchte aber, dass es unsere Entscheidung wird."

Als hätte er Kreide gefressen, denkt Gerhard. Schon spannend, was so eine Krankheit alles bewirkt. „Kannst du dich noch an Wolf, meinen Hund, erinnern?", fragt er, ohne weiter auf Magnus einzugehen.

„Wie kommst du jetzt darauf?"

„Weil ich klar Schiff haben will, bevor du dich verabschiedest. Du denkst, ich hätte die Karre in den Dreck gefahren, und müsse daher alles tun, sie wieder heraus zu ziehen. Aber ich muss gar nichts tun. Die Firma ist dein Baby. Es waren deine Ideen, die uns groß gemacht haben, stimmt, aber als sie ausblieben hast du mich daran gehindert das Ruder herumzureißen. Wir halten Kurs, hast du gesagt, und jetzt, wo wir in ein schwarzes Loch schauen, gibst du mir allein die Schuld an der Misere."

Karl sieht ihn nur schweigend an. „Was hat das mit Wolf zu tun?", fragt er ganz ruhig. „Es war dein Hund, er hat dich geliebt und mich hat er gehasst."

„Genau, er hat mich geliebt und ich hab ihn geliebt. Aber du hast ihn vergiftet, weil du nicht ertragen konntest, dass er nur mich haben wollte."

„Du fantasierst." Für eine Weile herrscht Stille. Sie trennt die beiden und hindert sie am Atmen. „Und diesen Groll hast du all die Jahre mit dir herumgeschleppt? Warum hast du nicht schon früher etwas gesagt?" Karl klingt resigniert, als hätte er mit noch einer Komplikation nicht gerechnet.

„Wir sind stundenlang durch den Wald gestreift. Keiner konnte mir etwas anhaben, solange er in der Nähe war", sagt Gerhard versonnen. „Als er immer schwächer wurde, bis er nur noch Blut spuckte, habe ich dein wahres Gesicht gesehen." Gerhard hört einfach auf, erleichtert, es endlich ausgesprochen zu haben.

Karl hat sich aufgerichtet und betrachtet ihn gespannt. „Und was war das?"

„Das Gesicht eines erbarmungslosen, nur auf den Erfolg fixierten Menschen, der schon damals nur an sich dachte. Ich habe stundenlang Wolfs glühende Nase befeuchtet, weil ich gelesen hatte, dass gesunde Hunde eine kalte, feuchte Nase bräuchten. Ich habe dich um Hilfe angefleht, du warst schließlich mein großer Bruder, doch du hast nur mit den Schultern gezuckt."

„Es war Rattengift, Gerhard. Unser Nachbar hatte es vermutlich ausgelegt, weil er Wolfs nächtliches Bellen nicht ertrug. Der Tierarzt, die Eltern, alle hatten Wolf längst aufgegeben. Sie wollten nicht, dass er so lange leidet, aber du hast bis zur letzten Minute gekämpft. Und als er tot war, hast du dich in dein Zimmer eingeschlossen und kaum noch gegessen. Du hast dich geweigert, zur Schule zu gehen und lange danach nur das Allernötigste gesprochen. Was sollten wir denn tun?"

„Ich durfte nicht dabei sein, als Vater den Kadaver in einer abgelegenen Ecke des Gartens verscharrte. Ein glatter Verrat. Und du hast mich einen melodramatischen Schauspieler genannt, um bei Mutter ein paar Pluspunkte zu sammeln. Sie konnte Wolf so wenig leiden, wie du."

„Du spinnst. Wie konntest du das all die Jahre in dich hinein fressen? Natürlich habe ich gemerkt, wie sehr du mir den Erfolg an der Uni geneidet hast. Aber ich dachte, du wüsstest, dass es durch die Firma unser gemeinsamer Erfolg wurde. Die ganzen Ideen kamen nicht nur von mir, es waren meine Assistenten, Kollegen, alle haben dazu beigetragen."

„Aber du hast den Erfolg wie eine Monstranz vor dir hergetragen."

„Tut mir leid, wenn du das so siehst. Es ist lange her und lässt sich nicht mehr ändern. Wir müssen über Heute reden, ich hab nur noch wenig Zeit. Schuldzuweisung, wer letztlich für was verantwortlich war, bringt nichts."

„Du hast leicht reden. Über dir schien immer die Sonne. Die Schattenseiten hast du einfach an mich durchgereicht."

„So wird es wohl gewesen sein, zumindest in deinem Kopf", sagt Karl kalt. „Und jetzt hat mich die Sonne verbrannt. Hast du je daran gedacht, dass dich der Neid vergiftet haben könnte? Tut mir leid, das hätte ich nicht sagen sollen, aber ich habe nicht gewusst, wie sehr es in dir kocht. Meine Welt scheint so anders gewesen zu sein, und ich frage mich, wie ich übersehen konnte, was in dir vorgeht. Es tut mir leid, Gerhard. Es tut mir leid, dass ich nichts mehr daran ändern kann."

Gerhard sieht lange auf den Bruder, ohne etwas zu sagen. Er sieht auf den Hirsch über dem Kamin, als fände er dort eine Antwort. Er spürt das Haus, in dem er als Vaters Liebling geherrscht hatte, in dem er und Heide aber nicht leben wollten. Zuviel Vergangenheit, denkt er. „Ich schlafe schlecht", sagt er plötzlich, mehr zu sich selbst. „Und dann höre ich laute Musik. Die Nachbarn beschweren sich, und Heide kann nur noch mit Ohrenstöpseln schlafen. Wie im Flugzeug", lacht er.

„Mensch Gerhard, du bist ja kranker als ich."

„Das habe ich mir auch schon gedacht. Nur anders. Wahrscheinlich tust du gut daran, mich in die Wüste zu schicken."

„Quatsch, mit der Wüste hat das nichts zu tun. Du hast keine Ahnung von der Wüste. Wenn man dich aus Bayern wegbrächte, gingst du ein, wie eine vertrocknete Pflanze."

„Wie der Schweizer Typ, den Werfel beschrieben hat, der auch nie über Zürich hinaus gekommen ist."

„Fängst du auf deine alten Tage an zu lesen?"

„Die Nächte sind lang, wenn man nicht schlafen kann. Aber jetzt sag endlich, was du von mir willst, außer, dass ich abdanken soll. Vielleicht tust du mir ja auch einen Gefallen, wenn du mir die Verantwortung abnimmst. Ich wüsste nur gern, wer es dann macht. Welcher Esel sich vor diesen Karren noch spannen lässt."

„Nein, mein Lieber, so leicht kommst du nicht davon. Es ist schließlich auch deine Firma", sagt Karl erleichtert.

„Du meinst, wir sollten aufhören uns anzugiften und uns auf das Wesentliche konzentrieren. Wenn ich wüsste, was das ist, hätte ich es schon längst getan."

„Wie Jahre zuvor", sagt Karl. „Jetzt sind wir nur noch zwei böse, alte Männer, die am Ende versagt haben. So einfach ist das."

„Wie du willst, du hattest immer Recht. Also sag schon, was ich tun soll."

Karl atmet tief durch, bevor er antwortet. Die Stimme kräftig und bestimmt: „Ich möchte, dass du dabei bist, wenn ich mit Magnus rede. Und ich möchte, dass du den Gesellschafterausschuss leitest, wenn Magnus zusagt, die Firma zu führen."

„Du glaubst also, er kann es? Er hat noch nie so ein kleines Unternehmen wie unseres geführt. Es wird ihm schwer fallen den Schalter umzulegen, vom Großkonzern zu uns."

„Wir müssen es riskieren. Wir haben zu lange gezögert und jetzt ist er die einzige Option, die wir noch haben. Gerhard, wir beide sind am Ende unseres Lateins angekommen. Ich ein paar Jahre früher als du, aber irgendwann musst auch du einsehen, dass du kein junger Mann mehr bist. Wir brauchen frisches Blut in der Firma, wenn sie überleben soll."

„Na, ganz so frisch ist dieser Magnus auch wieder nicht."

„Lass uns nicht länger streiten, wir haben das immer und immer wieder durchgekaut. Sibylle ist mehr als zwanzig Jahre jünger als ich. Sie braucht eine Perspektive, wenn ich nicht mehr lebe."

Sechsundzwanzig genau, du Idiot, denkt Gerhard. Du hast sie geheiratet, weil du geglaubt hast, du könntest sie als deinen ganz persönlichen Jungbrunnen benutzen. Und jetzt hast du einen Brunnen, aber kein Wasser mehr. „Dann mach doch sie zur Geschäftsführerin", sagt er.

„Daran hatte ich auch gedacht, aber es kommt zu früh. Sie braucht einen erfahrenen Manager zur Seite."

„Und das soll dieser Magnus sein."

„Ja. Und du passt auf, dass er uns nicht betrügt. Es ist auch in deinem Interesse, dass der Übergang klappt."

„Darüber lohnt es sich nachzudenken. - Aber sag mir noch eins: Bist du Stefans leiblicher Vater?"

Karl schüttelt vehement den Kopf, er wirkt hilflos und perplex. „Wie kommst du überhaupt darauf", stammelt er.

„Heide war einmal deine Freundin. Sie verehrt dich noch immer. Wir wären fast auseinander gegangen, damals, und auf einmal tauchte dieses Baby auf."

„Du bist verrückt. Du hättest ihre Schwangerschaft doch bemerkt. Ich war in Südafrika, wie hätte das denn gehen sollen?"

„Du kamst ein paarmal zu Besuch."

„Mensch Mann, wie viel von der Sorte trägst du denn noch mit dir rum. Alles was ich tat, war, ihr bei der Adoption zu helfen. Die Hauptarbeit hat sowieso Christian gemacht. Heide wollte unbedingt ein Kind, und dir schien es egal zu sein, wo das Kind herkommt. Zumindest kann ich mich nicht daran erinnern, dass du dich sehr für Heide bemüht hast, also hab ich geholfen, so gut es eben ging. Ich habe Stefans Unterlagen aus dem Krankenhaus noch. Sein Vater ist ein italienischer Student, der an einem Alleebaum zu Tode kam. Seine Mutter war eine siebzehnjährige Schülerin, die sich nicht zutraute das Kind allein groß zu ziehen. Heide war glücklich, als ich das Kind für euch fand, und du warst es ja letztlich auch. Wie kannst du überhaupt so etwas denken?"

„Ich traue dir alles zu." Gerhard sieht zweifelnd auf Karl, als glaube er ihm immer noch nicht. Dann gibt er sich einen Ruck. „Und wann soll meine Ablösung stattfinden?"

„So schnell wie möglich. Du siehst doch, wie es um mich steht. Du bist also einverstanden?"

„Ja, ja."

„Was heißt das? Ja oder nein?"

„Es heißt ja, ja, nichts anderes."

Magnus

Über Berlin hängt eine dichte Wolkendecke, was Jeremy Magnus' Stimmung nicht unbedingt aufhellt. Er hat sich gerade zum Frühstück in den Hackeschen Höfen niedergelassen und noch eine der ausliegenden Zeitungen ergattert. Der Leitartikel spricht über den fortschreitenden Niedergang der griechischen Wirtschaft und die damit verbundenen Gefahren für die europäische Währung. Quatsch, denkt er, deren Brutto-Sozial-Produkt ist kleiner als das Bayerns. Was soll der ganze Unsinn, Europa aus den Angeln heben und so. Wenn wir es nicht hinkriegen, das Land zu stabilisieren, brauchen wir auch keine Union mehr.

In dem Moment rüttelt sein Mobiltelefon. Magnus wundert sich über den Anruf so früh am Morgen, das Display zeigt eine unbekannte Nummer an. Als er entgegen nimmt, hört er die Stimme eines älteren Mannes: „Spreche ich mit Jeremy Magnus?" Der Mann klingt gepresst, als säße ihm ein Kloß im Hals.

„Ja. Und wer sind Sie?"

„Gerhard Wegener, ich bin Stefans Vater und der Bruder von Karl Wegener, dem Mehrheitsgesellschafter der Firma, über die Sie mit Stefan gesprochen haben. Zumindest hat er das gesagt."

„Stefan, natürlich, Wegener. Ich hab nicht gleich geschaltet. Ist noch zu früh am Tag", lacht Magnus gequält. Eigentlich hat er keine Lust mit diesem Wegener zu reden. „Ist schon eine Weile her, dass Stefan mit mir gesprochen hat. Wie geht es ihm?"

„Stefan geht's gut, aber deshalb rufe ich nicht an. Mein Bruder und ich würden Sie gerne kennenlernen."

„Um was geht es, Herr Wegener? Das Thema, das Stefan angedeutet hat?"

„Ich weiß nicht, was Stefan gesagt hat. Wir brauchen einen erfahrenen Manager, der uns bei der Neuausrichtung unserer Firma unterstützt. Sie wohnen in München, könnten Sie eventuell für ein erstes Treffen nach Grünwald kommen? Mein Bruder wohnt dort, seine

Krankheit bindet ihn ans Haus. Es wird nicht lange dauern, eine Stunde, zwei höchstens."

„Sie wissen, dass ich keinen Job suche?"

„Ja, wir würden trotzdem gerne mit Ihnen reden."

Für eine Weile überlegt Magnus, ob er einfach ablehnen soll. Was soll das, denkt er, zwei alten Männern aus der Patsche helfen. Ich kann nur dabei verlieren. „Wann würden Sie mich denn treffen wollen?"

„Morgen vielleicht, so am frühen Nachmittag, da geht es meinem Bruder meist am besten."

„Da bin ich noch in Berlin. Erst am Freitag bin ich zurück in München."

„Ginge es Freitagnachmittag?"

Wow, die haben's aber eilig, so hörte sich Stefan gar nicht an, denkt Magnus. „Lassen Sie mich nachsehen. Freitagnachmittag wäre ok. Wo soll ich hinkommen?"

„Am besten zu Karl nach Hause, haben Sie seine Adresse?"

„Nein, leider."

„Haben Sie etwas zu schreiben?"

„Moment. - Professor Karl Wegener, Meichelbeckstraße 8, Grünwald. Hab ich. Ist das in der Nähe des Harlachinger Krankenhauses?"

„Ja, ein paar Straßen weiter stadtauswärts. Es ist das dritte Haus rechts, wenn Sie von der Grünwalder in die Meichelbeckstraße einbiegen."

„Gut, so grob kenne ich mich aus. Dann bis Freitag."

„Dann bis Freitag."

Seltsam, denkt Magnus, als er das Telefon zur Seite legt. Wäre wahrscheinlich besser gewesen ich hätte nein gesagt. Aber so bin ich nun mal, ja nichts liegen lassen, es könnte ja noch etwas bei rauskommen.

Das Haus liegt verborgen hinter einer mit Efeu überwucherten, hohen Mauer. Magnus meldet sich über die Gegensprechanlage, worauf sich das Einfahrtstor mit leisem Quietschen öffnet und den Blick auf ein gepflegtes Grundstück mit Swimmingpool freigibt. Die Auffahrt führt vor ein zweistöckiges Gebäude im Stil der dreißiger Jahre, dessen Fassade von Glyzinien bedeckt ist. Ihr erstes Grün strahlt eine fröhliche Vitalität aus, die den langsamen Verfall des Mauerwerks aber nicht verdecken kann. Auf der Südseite des Hauses erstreckt sich eine große, mit grauem Schiefer gedeckte Terrasse, die nach ein paar Stufen in den Pool übergeht. Hier also hat er sein Geld versteckt, denkt Magnus, als er das Auto unter der ausladenden Buche neben dem Haus abstellt. Sieht renovierungsbedürftig aus, ähnlich wie die Firma, die vermutlich auch etwas in die Jahre gekommen ist, wenn ich Stefan richtig verstanden habe.

Er lächelt, während er um das Auto herum die paar Schritte zum Haus geht, in dessen Eingangstür Gerhard bereits auf ihn wartet.

Als Magnus ihm die Hand schüttelt, fällt ihm das protzige Eingangsportal auf. Kupferbeschlagene Eiche, umgeben von Muschelkalk. Da hatte einer das Münchner Haus der Kunst vor Augen, als er diese Burg entwarf, denkt Magnus. Aber so ganz konnte er den Alpenkitsch nicht verleugnen. Ein wenig Albert Speer, verbunden mit bäuerlicher Bodenständigkeit.

„Wegener", sagt Gerhard, „wir haben telefoniert. Sie haben uns gleich gefunden?"

„Ja, Ihre Beschreibung war perfekt."

„Kommen Sie, mein Bruder wartet bereits."

Gerhard trägt einen oberbayrischen Loden-Anzug, den er vor Jahren wahrscheinlich besser ausgefüllt hat. Seine leicht gebeugte Haltung lässt ihn älter aussehen, als er tatsächlich ist. Das ehemals dunkelbraune Haar ist völlig ergraut, wuchert aber immer noch auf seinem quadratischen Schädel, der fast ohne Hals auf breiten Schultern sitzt. Die tief liegenden Augen tränen.

Allergie, denkt Magnus, kann an den Birkenpollen liegen, oder es ist das Gerangel in der Familie, das ihn mitnimmt. Ausgebootet werden, nach dreißig Jahren am Steuer, steckt keiner so leicht weg.

„Mein Bruder erträgt das Frühlingslicht nicht mehr. Ich hoffe, die Dunkelheit stört Sie nicht, man gewöhnt sich schnell daran", sagt Gerhard entschuldigend, als sie in die trübe, abgedunkelte Welt des Hauses treten, die nach Pfeifentabak und teurem Aftershave riecht. Im Hintergrund der weitläufigen Wohnhalle sieht Magnus die schemenhafte Gestalt eines Mannes im Rollstuhl. Er sitzt vor dem offenen Kamin, dessen Feuer die eine Hälfte seines Gesichts wie ein rotes Mal leuchten lässt. Der Mann trägt ein englisches Jackett mit Lederbesatz auf den Schultern und an den Ellenbogen. Aus dem offenen, blauen Hemd hängen unterm Kinn ein paar welke Hautlappen. Den Oberkörper hält er aufrecht, bemüht mit der Linken die zappelnde Rechte zu beruhigen, als wäre sie ein ungeduldiges Kind. Parkinson, denkt Magnus, im fortgeschrittenen Stadium, er muss sich beeilen.

„Setzen Sie sich zu mir, ich bin Karl Wegener. Schön, dass Sie so pünktlich sind. Pünktliche Menschen geben mir Vertrauen", sagt eine nuschelnde Stimme. Die Wörter kommen stockend, als suche Karl jedes einzelne aus einem schwindenden Vorrat.

Pünktlichkeit, denkt Magnus, wenn das alles ist, damit kann ich dienen. „Jeremy Magnus", sagt er, und reicht Karl die Hand. „Sie wollten mich sprechen."

Karl nimmt die angebotene Hand mit der Linken. „Die Rechte tut's nicht mehr, wie sie ja sehen. Ja, Gerhard und ich. Wir brauchen frische Ideen. Stefan, Gerhards Sohn, hat sie uns empfohlen als erfahrenen Manager. Ich hoffe Sie bringen Zeit und Geduld mit, damit wir uns ausführlich unterhalten können. Das Sprechen fällt mir schwer, deshalb dauert alles länger, als mir lieb ist. Aber ich kann noch klar denken. - Darf ich ganz offen sein?"

„Selbstverständlich."

Karl mustert Magnus neugierig, ein flüchtiges Lächeln huscht über das magere Gesicht. „Möchten Sie etwas trinken?"

„Ein Wasser gern, still wenn möglich."

„Gerhard, könntest du dich darum kümmern. Wenn ich Dorothee rufe, hört sie mich vermutlich gar nicht, und du weißt ja, wo du alles findest. – Was hat Sie bewogen, zu kommen?", fragt er, nachdem Gerhard gegangen ist. „Ist es nicht ungewöhnlich für einen Mann ihres Kalibers, sich mit einer vergleichsweise kleinen Firma zu beschäftigen? Wir haben uns gewundert."

Magnus' Mundwinkel verziehen sich zur Andeutung eines Lächelns, als verstünde er, auf was Karl hinaus will. Ich werde ihm nicht den Gefallen tun, denkt er. „Als Stefan über Ihre Firmensituation sprach, ging es um Beratung, zumindest habe ich das so verstanden. Es schien mir eine spannende Aufgabe."

„Ja, Beratung", sagt Karl bestimmt, wie jemand, der daran gewöhnt ist, seinen Willen durchzusetzen.

Anscheinend hat ihm meine Antwort nicht gefallen, denkt Magnus. Der Mann ist noch nicht ganz erledigt. Entweder ich nehme ihn ernst, oder ich gehe gleich wieder. Small Talk brauche ich nicht, hier schon gar nicht.

In dem Moment kommt Gerhard zurück. Er trägt ein Tablett mit drei Gläsern und einer großen Flasche Wasser. „Ich habe für alle dasselbe gebracht." Um Zustimmung heischend sieht er sich um. Als keiner reagiert, schenkt er ein.

„Danke, Gerhard", sagt Karl, und wendet sich an Magnus. „Lassen Sie uns gleich zur Sache kommen, bevor ich zu müde werde. – Gerhard hat das Unternehmen viele Jahre gut geführt, ich nehme an, Sie wissen das", sagt er, ohne sein Glas anzurühren.

„Ja, ich weiß."

„Aber jetzt müssen wir ein paar Dinge regeln, bevor wir beide zu alt werden. Und wie es um mich steht, sehen Sie ja selbst."

Dinge regeln? Warum sagt er nicht, dass die Firma an die Wand fährt, wenn keiner das Steuer herumreißt, denkt Magnus. Er hört nur mit halbem Ohr zu und sieht sich um, während Karl weiter spricht. Seit sich die Augen an die Dunkelheit gewöhnt haben, sieht er die Bilder an den Wänden. Neunzehntes Jahrhundert, Böcklin, Stuck. Sein Blick bleibt auf einem wilden Tanz hängen, der so gar nicht in diese Umgebung passt.

„Das gehört meiner Frau", sagt Karl, der Magnus' Blick gefolgt ist. „Ein Schmidt-Rottluff. Für einen Puristen gehört er nicht hierher, aber sie liebt das Bild. - Wären Sie so freundlich und würden uns ein paar Worte über sich erzählen?", wechselt er abrupt das Thema.

Magnus streckt sich, sieht kurz auf Gerhard und blickt dann nur noch auf Karl, der ihn gespannt fixiert. „Herr Professor Wegener, Sie haben mich gerufen und ich bin gekommen, weil ich Stefan mag und Ihre Firma mich interessiert. Ich kam, weil ich von Beratung ausging, aber jetzt sprechen Sie von Dinge regeln. Mit Dinge regeln will ich nichts zu tun haben, am wenigsten innerhalb einer Familie. Wenn Sie wollen, dass ich Ihnen bei der Sanierung der Firma helfe, können wir darüber reden. Alles andere interessiert mich nicht." Magnus lächelt, als wolle er die Aussage abschwächen.

Für eine Weile herrscht Stille in dem großen Raum, dann sagt Karl. „Oh, Sie sind aber schnell eingeschnappt."

„Nein, ich mag nur keine Spiele, bei denen die Regeln nicht klar sind."

„Gut, gefällt mir", sagt Karl, und richtet sich im Rollstuhl auf. Seine Gesichtszüge sind starr, während die linke Hand die unbändige Rechte zügelt. „Erzählen Sie trotzdem ein paar Worte über sich, oder gibt es da Geheimnisse", fügt er mit feinem Lächeln hinzu.

Der Mann versteht sein Geschäft, denkt Magnus. „Wie Ihnen Stefan sicher berichtet hat, habe ich lange ein renommiertes Unternehmen der Medizintechnik geführt. Ich habe es aufgebaut und zu einem weltweiten Spieler gemacht. Nachdem ich das Unternehmen an einen Finanzinvestor verkauft habe, wollte der, dass ich es weiterführe, aber das ging nicht lange gut. Jetzt gründe ich Unternehmen und verabschiede mich, sobald sie ohne Hilfe laufen können. Das ist alles."

„Und wie sehen Sie unsere Situation? Ich nehme an, Sie haben sich erkundigt, bevor Sie kamen."

Magnus zuckt mit den Schultern, ein Lächeln spielt um seine Lippen. „Ich wäre dumm, hätte ich es nicht getan."

„Nehmen Sie sich kein Blatt vor den Mund, es hilft niemandem, wenn wir darum herum reden."

Magnus fragt sich, weshalb er gekommen ist. Zwei Brüder, denkt er, der eine will mich benützen, der andere wünscht mich zum Teufel, auf jeden Fall so weit weg wie möglich, damit ich ihm nicht in die Quere kommen kann. „Sagen Sie mir zuerst, weshalb wir dieses Gespräch wirklich führen? Warum sollte ich mich über Ihre Firma auslassen, die ich, außer deren Zahlen, überhaupt nicht kenne. Wie kann ich Ihnen jetzt schon Ratschläge geben, wenn selbst die beiden Protagonisten hier im Raum unterschiedlicher Meinung über den Kurs der Firma sind. Ich habe keine Lust, beschimpft zu werden, nur weil Ihnen meine Ansichten nicht gefallen."

„Warum sollten wir das tun?", fragt Karl. Ihn scheint Magnus' Argumentation langsam nervös zu machen.

„Sie wären nicht der erste Unternehmer, der einen Berater sucht, damit der ihm seinen Kurs bestätigt. Und wenn ihm nicht passt, was er hört, schimpft er ihn einen Idioten. Aber eigentlich erträgt er nur keinen Widerspruch." Magnus hat ein breites Lächeln aufgesetzt, als wolle er das Gesagte weniger krass klingen lassen. Als keiner der Brüder antwortet, fährt er fort: „Ihr Bruder hat die Firma seit zwanzig Jahren geführt, er ist hier und hat bisher kein einziges Wort gesagt. Das ist zumindest ungewöhnlich, finden sie nicht? In einer Situationen wie der Ihren, gibt es genügend Gründe, Dampf abzulassen. Ich hätte volles Verständnis dafür, aber ich will nicht dort stehen, wo der Dampf hin bläst."

„Möchten Sie, dass Gerhard geht?"

„Nein, ich möchte mir nur kein Blatt vor den Mund nehmen, weder vor ihm noch vor Ihnen."

„Deshalb haben wir Sie doch gebeten zu kommen. Warum sagen Sie nicht, was Sie denken."

„Ihr Bruder ist verantwortlich für das, was passiert ist, denken Sie, oder liege ich falsch?", fragt Magnus nach.

„Und was ist passiert?", kommt Gerhards Stimme aus dem Hintergrund. „Hören Sie endlich auf, um den Brei herum zu reden."

„Gerhard, bitte", sagt Karl. „Aber eigentlich hat er Recht. Ich verstehe nur nicht, weshalb Sie gekommen sind, wenn Sie nichts sagen wollen."

„Na gut. - Meiner Meinung nach stehen Sie mit dem Rücken zur Wand. Ihr Eigenkapital ist aufgebraucht und Sie können sich nicht darauf einigen, wo sie ansetzen müssen, um nachhaltigen Gewinn zu machen. Nicht ungewöhnlich für einen Familienbetrieb", schiebt er versöhnlich hinterher. „Neues Geld können Sie vergessen, wer sollte schon in ein Unternehmen investieren, dessen Produktlinie veraltet ist, und das nur noch von seinem guten Namen lebt. Außerdem fehlt ihnen beiden die Kraft, das Ruder herum zu reißen. Reicht das?"

Für einen Moment herrscht beklemmende Stille. Dann sagt Karl: „Ziemlich ehrlich, findest du nicht, Gerhard?"

Der räuspert sich erst einmal. „Es ist immer leicht von außen zu urteilen. Scheint viel Lehrbuchwissen in der Analyse zu stecken, aber kein Wort dazu, was wir konkret machen könnten, um aus unserer Zwickmühle heraus zu kommen", sagt er achselzuckend.

„Herr Wegener", wendet sich Magnus an Karl, ohne auf Gerhards Bemerkung einzugehen. „Sagen Sie, was Sie von mir wollen. Ansonsten ist es Zeit für mich zu gehen."

Karl schüttelt den Kopf, als gefiele ihm Magnus' Auftreten nicht. „Also gut", sagt er nach einigem Überlegen. „Ich möchte, dass sie uns beraten und eventuell das Unternehmen führen, lieber früher als später. Mein Bruder, zusammen mit meiner Frau, wird in den Gesellschafterausschuss wechseln. Das Unternehmen hat Schwierigkeiten, nicht ganz so schlimm, wie Sie es schildern, aber wir müssen schnellstens gegensteuern. Es braucht einen Profi als Manager, und es braucht frisches Geld, sonst kommen wir aus unserem Loch nicht mehr heraus. Sie haben Recht, wir haben die Einführung neuer, attraktiver Produkte verschlafen, aber das lässt sich beheben. Wäre ein Engagement dieser Art für Sie denkbar?"

Magnus zögert, er ist verblüfft. Diese Offenheit hat er nicht mehr erwartet. Schon gar nicht mit Gerhard im Hintergrund.

„Denkbar ist vieles", sagt er ausweichend. „Aber macht es auch Sinn? Um nur den Hauch einer Chance zu haben müssten eine Menge Fragen vorab geklärt sein."

„Und die wären?"

„Wie steht ihr Bruder dazu? Was denkt ihre Frau darüber? Will sie überhaupt einsteigen? Sie ist Journalistin, sagt Stefan. Reicht so ein Erfahrungsprofil für die Aufgabe, die hier ansteht, oder habe ich bei jeder wichtigen Entscheidung ein feindliches Aufsichtsgremium gegen mich, das mich lieber heute als morgen wieder loswerden will. Wie viel Einfluss können und wollen Sie noch nehmen, Sie sind immerhin die Seele des Betriebs. Sie sind es, auf den die Mitarbeiter schauen, nicht auf einen externen Manager. Jeder von außen hätte nur eine Chance mit Ihrer erklärten Unterstützung. Mein Gefühl sagt mir, dass es sehr schwer würde."

„Warum? Wir, alle drei, meine Frau eingeschlossen, wollen es so."

Entweder seid ihr naiver als ich dachte, oder es steht so schlimm um die Firma, dass euch gar keine andere Wahl mehr bleibt, denkt Magnus. „Welche Rolle spielt Stefan bei diesem Plan?"

„Stefan? Keine, zumindest nicht auf absehbare Zeit. Warum fragen Sie?"

„Stefan ist Investmentberater. Ein guter, glaube ich. Er hat mich ins Gespräch gebracht. Investmentberater tun das nicht, wenn sie keinen Plan haben. Für mich stellt sich daher die Frage, was Sie wirklich wollen, Herr Professor. Wollen Sie das Unternehmen verkaufen, zu einem guten Preis, und brauchen daher einen Vorzeigeonkel, der die Braut schmückt und bei potenziellen Käufern gute Stimmung macht? Oder wollen Sie das Unternehmen von Grund auf erneuern, um dann in zwei, drei Jahren zu sehen, welche Optionen Sie noch haben. Das sind zwei komplett unterschiedliche Ansätze. Sie lassen sich nicht im Nachhinein miteinander verheiraten."

„Sie denken, wir wollen Sie nur benützen? Ist es das, was Sie uns sagen wollen?"

Magnus zögert. „Benützen", sagt er endlich, „trifft es nicht." Den Rest kann ich ihm nicht sagen, denkt er. Die Krankheit ist zu weit fortgeschritten, und was mache ich dann? An seinen Bruder rapportieren, der, seit ich hier bin, kein vernünftiges Wort gesagt hat. Oder an seine Frau, die heute das will und morgen jenes. Keine guten Voraussetzungen. Aber ich sollte nicht zu voreilig urteilen. Wenn sie meine Konditionen akzeptieren, kann ich darüber nachdenken. Die Firma hat Substanz, einen guten Namen, da lässt sich möglicherweise etwas daraus machen.

„Und?", fragt Karl. Seine Stimme klingt unsäglich müde.

„Ich muss es mir überlegen, Herr Wegener, das Angebot kommt zu überraschend."

„Wie lange?"

„Ein paar Tage."

„Gut, wir rufen Sie in drei Tagen an. Für den Moment sollten wir es dabei belassen. Ich muss mich jetzt zurückziehen, unser Gespräch hat mich stärker gefordert, als ich dachte. Gerhard, kannst du Herrn Magnus bitte hinaus begleiten?"

Karl greift nach dem Stock neben seinem Rollstuhl und erhebt sich schwerfällig. Vor Magnus steht die Ruine eines vormals stattlichen Mannes, in dessen Körper nur noch die wachen Augen richtig zu leben scheinen. Mit einer unsicheren Geste reichte er Magnus die linke Hand. „Sie hören von uns." In kleinen Tippelschritten verlässt er den Raum, nicht ohne Gerhards Hilfe abrupt abgelehnt zu haben.

Draußen, noch bevor Magnus das Auto starten kann, kommt Gerhard hinterher. „Hätten Sie noch Zeit für einen Kaffee?", fragt er.

„Gibt es noch etwas?" Magnus ist überrascht, denn eigentlich hat er das Kapitel Wegener abgeschlossen.

„Es wurde nicht alles gesagt. Sie denken vielleicht, ich mag Sie nicht, aber das wäre falsch. Wenn Sie hundert Meter weiter stadtauswärts fahren, kommt ein Gasthaus. Unscheinbar, aber der Wirt kennt mich und weiß, dass ich um die Zeit einen starken Espresso brauche. Ich kann Sie dort in zehn Minuten treffen. Ich muss nur noch sehen, dass mit Karl alles in Ordnung ist. Er sah mir ziemlich mitgenommen aus. Einverstanden?"

„Gut, ich habe Zeit."

Er findet das von Gerhard beschriebene Lokal, parkt das Auto und setzt sich in eine hintere Ecke, wo sie ungestört reden können.

Als Gerhard das Lokal betritt, winkt er kurz dem Mann zu, der den Tresen wischt, hebt zwei Finger in die Luft und geht sofort an Magnus' Tisch.

„Ich habe zwei Espresso bestellt, wenn Sie etwas anderes mögen, trinke ich Ihren mit", lacht er, irgendwie befreit, als habe ihn Karls Gruft zuvor bedrückt. Dann kommt er sofort zur Sache. „Sie sollen sämtliche Risiken kennen, bevor Sie sich entscheiden. In Karls Haus konnte ich nicht offen reden. Ich sträube mich anscheinend immer noch, in seiner Gegenwart eine selbstständige Rolle zu spielen, dabei wäre es höchste Zeit. Sie haben ja gesehen, wie es um ihn steht."

Magnus betrachtet Gerhard, Mitte sechzig, ich konnte es vorhin in der Dunkelheit nicht erkennen. Er sieht müde aus, aber irgendwie ist mir der Kerl in all seiner Hilflosigkeit sympathischer als der Andere, denkt er. „Ich habe vorhin kein Blatt vor den Mund genommen. Ihr Bruder hat gefragt, also habe ich meine Meinung gesagt. Ich wollte Sie nicht verletzen", sagt er versöhnlich.

„Ist schon gut. Aus Ihrer Sicht stimmt ja alles, was Sie gesagt haben. Ich bin nicht verletzt, aber bei Karl weiß ich nie, wie er es aufnimmt. Als ich ging, hat er nur vor sich hin gebrütet. Er kann sehr nachtragend sein. Immerhin ist es seine Produktstrategie, die Sie angegriffen haben. Am Anfang waren wir Weltmeister, jedes Jahr ein neues Produkt, auf das die Ärzte warteten, um es uns dann aus den Händen zu reißen. Das ist uns vermutlich zu Kopf gestiegen, und jetzt sitzen wir seit Jahren auf dem Trockenen. Ich bin kein Mann von Ideen, ein ordentlicher Macher, ja, aber nicht mehr. Gute Leute in der Entwicklung konnten wir nicht halten, die hat Karl, als er noch gesund war, immer gleich weggebissen in seiner unnachahmlichen Art. Keiner konnte es ihm recht machen, und dann haben wir schlicht und einfach den Anschluss verpasst. Es tut mir in der Seele weh."

Das alte Lied, denkt Magnus. Ihr wärt nicht die einzigen, die in Konkurs gehen, weil sie den Anschluss verpassen. „Was erwarten Sie von mir, Herr Wegener? Ich bin kein Zampano, der mit einem Wink seines Zauberstabs alles ins Lot bringt."

Gerhard sieht ihn lange an, setzt an, als wolle er antworten, lässt es aber und brütet weiter still vor sich hin.

Magnus wartet geduldig ab, nippt nur gelegentlich an seinem Kaffee.

„Es gab eine Zeit, da wollte ich alles hinschmeißen", sagt Gerhard plötzlich, als wäre er aus seinem Gedankenstrudel aufgetaucht. „Ich weiß nicht, ob Sie das verstehen können. So eine Sehnsucht nach einem Leben, das nur mir gehört. Selbstmörder müssen sich so fühlen, habe ich gedacht. Aber ich bin kein Selbstmordtyp, also habe ich weiter gemacht und wurde immer schlechter. Jetzt würde ich die Firma am liebsten verkaufen. Dabei habe ich schreckliche Angst alles zu verlieren. Jeden Morgen wache ich auf und denke, es ist vorbei. Dann liege ich paralysiert im Bett und warte auf den Anruf des Insolvenzverwalters, der mir knapp und klar zu verstehen gibt, ich könne meine Sachen packen, die Firma hätten sie längst verschrottet. Diesen Wachtraum erlebe ich mit offenen Augen, immer wieder, bis ich endlich genug Kraft habe, unter die Dusche zu gehen. - Könnten Sie dabei helfen, einen Käufer zu finden?"

„Sie haben zu lange gewartet", sagt Magnus zögernd. Es klingt nicht nach Vorwurf, eher nach Bedauern über eine vertane Chance. „Die Firma steht nicht gut da, und mir ist nicht klar, ob Sie Ihrem Bruder reinen Wein eingeschenkt haben. Bei ihm habe ich nicht den Eindruck, dass er verkaufen will. Eher so ein: Das schaffen wir schon, wenn wir nur den richtigen Mann finden. Ich glaube, Sie müssen innerhalb der Familie erst einmal Klarheit schaffen."

„Ich habe befürchtet, dass Sie das sagen, genau das. Ich weiß, wir müssten uns an einen Tisch setzen und miteinander reden, aber das geht nicht, aus welchen Gründen auch immer."

„Ohne wird es nicht klappen, Herr Wegener. Warum sollte sich ein Käufer auf ihr familiäres Tohuwabohu einlassen. Sie müssen Ihren Bruder dazu bringen Ihnen eindeutige Vollmachten zu geben, damit Sie handlungsfähig werden, danach kann ich Ihnen helfen. Wenn Sie mir sagen, wo Sie hinwollen, sanieren oder verkaufen, oder sanieren und später verkaufen, finde ich den richtigen Partner für sie. In jedem Fall brauchen Sie erst einmal frisches Geld. Es wird Sie Anteile kosten, machen Sie sich da keine Illusionen. Und rechnen Sie nicht mit den Banken, für die sind Sie nur noch Risiko, Sie brauchen Wagniskapital."

Magnus sieht, wie alle Spannung aus Gerhards Körper weicht, als hätte er das Szenario immer und immer wieder durchgespielt. Als hätte er seine Karten geprüft und festgestellt, dass sie nicht gut genug sind. Er ist nicht mit sich im Reinen, denkt Magnus, er kann sich gar nicht vorstellen, noch einmal in den Ring zu steigen und für seine Interessen zu kämpfen. Ich sollte die Finger von der Sache lassen, hier ist nichts mehr zu gewinnen. „Der Schlüssel ist ihr Bruder, er besitzt die Mehrheit, ihn müssen Sie überzeugen", sagt er schließlich doch noch, weil ihm der Mann leid tut. „Wenn Ihnen das gelingt, helfe ich Ihnen. Rufen Sie mich an, meine Nummer haben Sie ja."

Erlösung

Karl Wegener liegt schon eine Weile in seinem abgedunkelten Schlafzimmer und sieht zu, wie die Morgensonne durch die Ritzen der schweren Vorhänge sticht. Er fühlt sich gestärkt, will aber noch nicht aufstehen. Vorsichtig prüft er, ob die Gedanken weniger stockend durch den Kopf fließen, als es die Krankheit in den letzten Wochen zugelassen hat.

An manchen Tagen ist ihm völlig klar, dass mit der Firma etwas geschehen muss. An anderen, fragt er sich, was ihn das überhaupt noch angeht. Es dauert sowieso nicht mehr lange, führt er als Entschuldigung an, wenn er jede Entscheidung vor sich her schiebt.

Vor allem die Gewissheit, Gerhard ablösen zu müssen, macht ihm zu schaffen. Ich kann ihn nicht einfach fallen lassen, denkt er. Ausgerechnet jetzt, wo wir beide alt sind, soll ich ihm seinen Lebenstraum zerstören. Er wird in ein tiefes Loch stürzen, wenn ich ihm die Geschäftsführung entziehe. Aber er schafft es nicht mehr, vernünftig zu führen. Ihm fehlt die Kraft, ihm fehlen die Ideen, einfach alles, was es braucht, um aus diesem Sumpf heraus zu kommen.

Während er den Schattenspielen zusieht, die das wechselnde Licht auf die Wand zeichnet, nimmt er sich vor, alles zu regeln. In ein paar Monaten ist es soweit, dass ich nicht einmal mehr unterschreiben kann, geschweige denn etwas durchsetzen, denkt er.

Als der Schub an Energie nachlässt und irgendwie in seinen Gliedmaßen versickert, gibt er seinen Gedanken freien Lauf. Prof. Dr. Dr. Karl Wegener, ist dabei, sich zu verabschieden, denkt er. All mein Wissen hat mir nichts genützt. Er sieht Gerhard vor sich, als sie die ersten Frösche sezierte, und er sich trotz seiner rauen Schale strikt weigerte des Messer auch nur anzufassen. Er denkt an Heide, Stefans Mutter, die während ihrer Assistenzzeit am Klinikum, immer besser wurde als Operateurin, besser als er selbst. Und dann hat sie alles hingeschmissen und meinen cholerischen Bruder geheiratet, weil ihr die Kinder mehr bedeuteten, als eine Karriere in der Klinik. Wie schön sie war, vielleicht wäre alles ganz anders gekommen, wenn ich mich damals für sie entschieden hätte. Aber der Aufenthalt am Groote Schur war zu verlockend, es war wie ein Turbo für meine Karriere. Dass ich Heide half, ein Kind zu finden war eigentlich nur logisch. Ich fühlte mich schuldig, weil ich sie fallen ließ, als würde sie mir nichts bedeuten. Stimmte aber nicht, es ging nur um meine Karriere.

So viel wie damals in Kapstadt habe ich nie wieder operiert, zwei bis drei Tote gab es in den Townships pro Tag. Die Überlebenden kamen mit entsetzlichen Wunden auf meinen Tisch. Damals habe ich kapiert, wie nahe Leben und Tod sind.

Was habe ich mich gefreut, als Mandela von Robben Island zurück kam. Ein Hoffnungsschimmer, aber ich konnte mir nicht vorstellen, dass es gut gehen würde. Und jetzt fährt Zuma das Land an die Wand, wenn der ANC nicht bald die Reißleine zieht. So ist es immer, einer muss sich hinstellen und den Leuten sagen, wo es lang geht. Heinrich der fünfte hat es in Agincourt getan und gewonnen. Churchill im Zweiten Weltkrieg, die Engländer haben es ihm nicht gedankt.

Er sieht auf das leere Bett neben sich, in dem früher Sibylle schlief, und das jetzt mit Medikamenten bedeckt ist. Ihre Kraft, die seinen alternden Körper, in ungeahnte Höhen trieb, fällt ihm ein. Es war schon richtig, denkt er, auch wenn manche glauben, sie hätte es nur wegen des Geldes getan. Dabei kriegt sie wenig, außer diesem Haus, das sie nicht mag. Wenn die Firma kaputt geht, sieht es düster aus für sie. Aber sie ist jung, sie kann noch einmal neu anfangen. Die verfluchte Krankheit, sie kam zu früh.

In dem Moment steckt Sibylle den Kopf durch die Tür. „Bist du schon wach?"

Ihr dichtes Haar fällt offen auf die Schultern und leuchtet in den Sonnenstrahlen wie Gold. Sie trägt den japanischen Seidenmantel, den er ihr vor Jahren geschenkt hat, und ihre Brustwarzen zeichnen sich darunter ab. Sie sieht immer noch blendend aus, denkt er, um dann unvermittelt zu fragen: „Glaubst du wirklich, Stefan könnte es?" Es klingt wie eine Attacke.

Sie scheint die Frage längst erwartet zu haben. „Ich weiß es auch nicht, Karl, aber nachdem dieser Magnus abgesagt hat, bleibt uns keine Wahl. Stefan scheint mir besser, als die Dinge mit Gerhard weiter schleifen zu lassen. Er hat nur noch Angst, die falsche Entscheidung zu treffen, also trifft er gar keine mehr. Lass uns beim Frühstück darüber reden. - Soll ich dir helfen?"

„Danke, ich schaff es schon." Gerade noch, fügt er leise hinzu, als er sich aus dem Bett wälzt.

Im Esszimmer sieht er, mit welcher Sorgfalt sie den Tisch gedeckt hat. Sie will mich verwöhnen, denkt er, und kommt sofort wieder auf die Firma zurück. „Du glaubst also Stefan könnte es?" Seit einiger Zeit kann er das Besteck nur noch mit der linken Hand benützen. Um das Zittern der Rechten zu unterbinden, klemmt er sie gewöhnlich unter den Oberschenkel. Er sieht versonnen auf die letzten Tropfen des Nachtregens, in denen sich die Sonne spiegelt, während er auf Sibylles Antwort wartet. Sie weiß auch nicht, was wir tun sollen, denkt er. Wie könnte sie auch, sie ist Journalistin, wir brauchen einen Manager.

„Hoffentlich", sagt sie, knapp aber bestimmt, als gäbe es für sie keine andere Lösung. „Hast du dich schon entschieden?"

Die Antwort gefällt ihm nicht. Warum die Gegenfrage, wenn ich wüsste, was ich tun soll, hätte ich nicht gefragt. „Hoffentlich, was meinst du damit? Du willst dich um eine klare Antwort drücken. Oder bist du dir längst sicher, dass er es nicht kann, aber der Einzige ist, der uns hilft Gerhard loszuwerden? Sag schon, ich brauche deinen Rat." Sie wird sich herausreden, denkt er. Die Sibyllen der Römer gaben auch keine klaren Antworten, genau wie sie.

„Ich weiß nur, dass es mit Gerhard nicht mehr geht." Sie überhört seine versteckte Anschuldigung, weil sie spürt, wie ernst es ihm ist. „Er verschweigt uns, wie es wirklich um die Firma steht. Wir wissen nur, dass er Verluste macht. Woher die kommen und wie er sie abstellen will, sagt er nicht. Allein kann ich Gerhard nicht zur Rede stellen, er hört nur auf dich. Mit Stefan könnte ich immerhin herausfinden, was wirklich los ist. Was mache ich, wenn es dich nicht mehr gibt?

Lass es bitte nicht soweit kommen, Karl", sagt sie, während sie ihm Orangensaft nachschenkt.

Wenn es mich nicht mehr gibt, denkt Karl, wie recht sie hat. Er sieht hinaus auf den sattgrünen Rasen, doch eigentlich denkt er an Gerhards schweren Körper, der aussieht, wie ein Sack Kartoffeln, wenn er deprimiert ist. Und er wird deprimiert sein, wenn ich ihn fallen lasse.

Insgeheim wundert er sich, mit welcher Klarheit Sibylle das Unvermeidliche ausspricht. Das ist neu, sie wollte es nie hören, wenn ich darauf zu sprechen kam. Aber jetzt glaubt sie anscheinend, dass es nicht mehr lange dauert. „Hast du bereits mit Stefan gesprochen?"

„Nein, nur, dass du mit ihm reden willst."

„Ich dachte immer, ihr beide hättet ein gespanntes Verhältnis. Aber vielleicht liegt das an Stefan. Glaubst du, er hasst Frauen?"

„Nein, bestimmt nicht, ich mag ihn. Aber ich spüre, dass zwischen ihm und Gerhard nicht alles rund läuft."

„Rund laufen ist ziemlich untertrieben." Karl zeigt die Andeutung eines Lächelns. „Stefan ist ein Adoptivkind. Mit achtzehn ist er von zu Hause abgehauen und in eine Wohngemeinschaft gezogen. Es hat Heide fast das Herz gebrochen und sein Verhältnis zu Gerhard war schon vorher nicht gut."

„Adoptivkind. Heide hat nie etwas gesagt."

„Warum sollte sie, sie liebt ihn."

„Und Marie?"

„Die ist ihr eigenes, das passiert manchmal, wenn der Druck von den Frauen abfällt, unbedingt schwanger zu werde."

„Warum ist Stefan weggegangen?"

„Er wollte wohl mit unserer Familien-Vergangenheit nichts mehr zu tun haben."

Eigentlich verständlich, denkt Sibylle. „Und du, hattest du kein Problem damit?"

Karl sieht sie lange schweigend an. „Loaded question", sagt er, und deutet ein Grinsen an, das sofort wieder in sein steinernes Gesicht übergeht, das die Krankheit geprägt hat. „Ich habe Mutter vertraut, die Vaters Nazi-Vergangenheit als einen verzeihlichen Fehltritt darstellte, der sich in der damaligen Zeit nicht vermeiden ließ. Erst später merkte ich, dass sie log. Er wollte in die Partei, und er wollte aufsteigen. Mit Gerhard habe ich nie darüber gesprochen. Vermutlich hatte ich Angst, eine Pandora-Box zu öffnen, die wir dann nicht mehr zukriegen würden. Die Nazizeit war in der Familie ein Tabu. Ich hätte nachfragen müssen, aber vermutlich war ich immer nur mit mir selbst beschäftigt. Seit unserem letzten Gespräch, glaube ich, dass Gerhard irre Probleme mit mir hatte. Noch so etwas, das ich hätte spüren müssen."

„Was hat er dir erzählt?" Sibylle will das Thema Nazizeit vermeiden, ihr selbstgerechter Vater reicht ihr schon.

„Wir sprachen über diesen Magnus, ob er uns helfen könnte, da ist Einiges aus Gerhard heraus gebrochen. Er sagte, er hätte schon als Junge unter mir gelitten. Gab mir die Schuld am Tod seines geliebten Hundes, dabei ist der an Rattengift gestorben, das ein Nachbar ausgestreut hatte. Und dann, zur Krönung seiner Tirade, sagte Gerhard, dass er mich immer für den leiblichen Vater Stefans hielt. Vermutlich hat er mir das so en passant unter die Haut gerieben, weil ich früher, lange bevor er Heide heiratete, eine Zeit lang mit ihr zusammen war. Durch mich hat er sie überhaupt erst kennen gelernt."

„Und stimmt es?", fragt Sibylle gespannt.

„Was, meine Beziehung zu Heide? Sie war meine Kollegin."

„Das weiß ich, ich meine die Vaterschaft."

„Unsinn, das hätte ich dir doch gesagt. Ich habe Heide nur bei der Adoption Stefans geholfen. Aus der Distanz gewissermaßen, ich war in Südafrika. Ein Kollege, Christian, du kennst ihn, hatte mir von einer hochschwangeren Patientin erzählt, deren Freund und Vater des Kindes sich tot gefahren hatte. Eine Tragödie, denn sie wollte das Kind absolut nicht haben. Anscheinend hatte sich auch ihre Familie geweigert ihr bei der Aufzucht zu helfen."

Aufzucht, denkt Sibylle, wie bei den Tieren. Ob alle Ärzte so denken? Oder liegt es an seiner Familie, wo solche Wörter früher benutzt wurden. „Wie konntest du helfen, wenn du in Südafrika warst?"

„Wenig, Christian hat alles getan. Ich hab mich nur für Heide verbürgt. Sie war damals ziemlich deprimiert, weil sie glaubte, keine eigenen Kinder mehr bekommen zu können. Ich wollte ihr helfen und hab sie gefragt, ob sie sich eine Adoption vorstellen könnte. Sie hat sofort zugestimmt, nahm das Kind in Pflege und hat Stefan später adoptiert. Und jetzt soll ich auf einmal der leibliche Vater Stefans sein. Wie absurd kann es eigentlich noch werden. Lachhaft das ganze, aber es ging Gerhard anscheinend all die Jahre durch den Kopf. Kannst du dir das vorstellen, all die Jahre hat er keinen Mucks gemacht, und jetzt bricht es plötzlich aus ihm heraus."

Ein Unfall, wie bei Jonas, denkt Sibylle. „Ich habe keine Geschwister. Keine Ahnung, wie die miteinander umgehen." Sie steht auf und küsst ihn. „Ich weiß also nicht, was Geschwister alles an Ungesagtem mit sich herumtragen, bevor es irgendwann ausbricht. Du und Gerhard, ihr beide scheint mir aber schon ein spezielles Paar zu sein."

„Womit habe ich das verdient?", fragt er.

Sie antwortet nicht, setzt sich nur wieder an ihren Platz und lächelt ihn an.

„Wenn die Krankheit schlimmer wird, Sibylle, hilfst du mir dann? Wir haben darüber gesprochen."

„Ich weiß, aber du hast noch lange Zeit. Wir sollten Stefan eine Chance geben. Lass mich in dem Chaos nicht allein, ich kann damit nicht umgehen."

„Dann sag ihm bitte, er soll morgen vorbeikommen."

Abrechnung

Die Kaskaden von Keith Jarrets Köln Konzert begleiten Stefan auf der Fahrt zum Notar. Erinnerung an den Abend mit Sibylle, als sie ihn überredete doch in die Geschäftsführung von Karls Firma einzutreten. Nach dem Gespräch mit Karl wollte er eigentlich ablehnen, zu unklar, zu kompliziert erschien ihm das ganze Unterfangen. Marie hatte ihm abgeraten und Heide hatte gemeint, er müsse selbst damit klar kommen, wenn sich Gerhard von ihm lossagen würde, und er würde es bestimmt tun.

Dieser Abend bei Sibylle, die kalte Stadt eingehüllt in nebliges Grau, das sogar die Neugierde erdrückte. Ihre Wohnung, sympathisch einfach, ohne jeden Anspruch des Besonderen. Sie mittendrin, wie gewachsen aus dem Allen und dazwischen diese Musik. Fließend, machtvoll im Wegtragen von Träumen, wie ein Fluss. An diesem Abend war sie die Frau aller Frauen. So wie sie es seit Jahrhunderten schon immer waren und vermutlich noch Jahrtausende sein werden. Gebend und ängstlich auf die Reaktion wartend, die sie längst kannte, bevor sie ihn zu sich einlud.

Es musste alles stimmen, um ihn zu überzeugen den Job doch noch anzunehmen. Sie hatte gekocht und guten Wein serviert, aber das war ihm egal. Sie war anders, als bei den Gelegenheiten, wo er sie in Gesellschaft traf. Sie wollte etwas, was er nicht geben konnte. Er brachte nichts als Neugierde, ein Fenster in eine Welt, die sie nicht kannte. Er suchte Anerkennung und wollte mehr, aber nicht schon an diesem Abend.

Der Abschied fiel ihm schwer, ihr wohl auch. Zwei Menschen, die wussten dass sie sich ab jetzt häufiger sehen würden, weil die Zeit und die Umstände sie dazu zwangen. Was sind wir schon, dachte er im Auto, eine Ansammlung von Gelegenheiten, die, falls wir sie zulassen, dem Leben eine neue Richtung geben. Er fühlte sich hingezogen zu ihr und wollte es doch verborgen halten. Wie ein Buch, das man ablegt und nur noch weiß unter welchem Stichwort es wieder auffindbar ist.

Gedanken reihten sich wie Perlenketten entlang der Tongemälde, die Weiten öffneten. Träume und Erinnerungen, die sich einnisten und irgendwie mit der Musik verschmelzen. Dann ist die Musik sie, und sie die Musik, und der Nebel liegt über München, gehört zu den hilflosen Gesten, weil man ja doch nichts anderes machen kann.

Und die Städte wechseln und die Personen wechseln. Und nichts ändert sich, es ist immer der gleiche Schmerz in den Gesichtern beim Abschied. Erst wenn wir alt sind, grau, und so vernarbt, dass wir uns daran gewöhnen, dass die Züge ohne uns fahren, und die Flugzeuge ohne uns fliegen, und wir nichts dagegen tun können, dann ist es gut.

All das geht Stefan durch den Kopf, als er vor der Tür des Notars steht. Er weiß, dass er Sibylle und Gerhard gleich hier treffen wird. Er fürchtet sich nicht mehr und öffnet die Tür.

Das Verlesen der Verträge und die Belehrungen das Notars lassen sie schweigend über sich ergehen. Gerhard schaut aus dem Fenster, Stefan auf seine Schuhspitzen und nur Sibylle scheint zuzuhören. Als die Papiere über den Tisch geschoben werden, greift Gerhard als erster nach dem Stift, unterschreibt und lässt den Kugelschreiber fallen, als hätte er sich die Finger daran verbrannt. Er springt auf und reicht Hans Bittner, dem Notar, die Hand zum Abschied. „Ich nehme an, das ist alles?"

„Nein, wo soll ich die Unterlagen hinschicken?"

„An die Firma, und einen Satz an mich persönlich, die Adresse kennst du ja."

„Immer noch dieselbe, nehme ich an."

„Ja, ich geh dann mal."

„Könntest du noch einen Moment auf uns warten? Bitte, Gerhard", sagt Sibylle, während Stefan die Szene mit gesenktem Kopf über sich ergehen lässt.

„Gibt es noch etwas?", fragt Gerhard, und sieht sie zweifelnd an.

„Wir müssen einfach reden."

„Gut, ich warte draußen. Hier ist es mir zu stickig. Entschuldige, Hans, ist nicht persönlich gemeint."

Nachdem Gerhard gegangen ist, setzen Sibylle und Stefan die fehlenden Unterschriften unter die Verträge und nehmen die Standardgratulation des Notars entgegen. Als hätten wir geheiratet, denkt Stefan, und fragt sich, ob Gerhard wirklich auf sie wartet.

Draußen auf der Straße stehen sie sich etwas hilflos gegenüber, bis Stefan fragt: „War das wirklich nötig, Vater?"

„Was?", bellt Gerhard zurück.

„Diese Demonstration, den Schreiber hinschmeißen, aufspringen als hättest du dir den Hintern verbrannt."

„Willst du mir jetzt auch noch vorschreiben, wie ich mich verhalten soll", knurrt Gerhard ungehalten. Er kann nicht verbergen, wie unwohl er sich fühlt. „Ich arbeite seit zwanzig Jahren mit Hans zusammen. Er weiß, wie sehr mir das Unternehmen am Herzen liegt. Er sollte wenigstens sehen, dass mir die ganze Scharade, die Karl angezettelt hat, auf den Sack geht. Und du, mein lieber Sohn, hör auf mir gute Ratschläge zu geben. Kümmer dich lieber um die Firma, für die bist du ja jetzt verantwortlich."

„Gerhard, bitte. Hans hat nur getan, was Karl wollte, und du weißt das", wirft Sibylle ein.

„Natürlich, aber Karl hätte wenigstens dabei sein können, mir in die Augen sehen." Gerhards Stimme trieft vor Sarkasmus. „Zu feige, nicht wahr."

„Es geht ihm nicht gut", sagt Sibylle.

„Und Stefan soll dir jetzt den Rücken stärkt. Oder gibt es noch einen Grund, weshalb du hilfst, deinen Vater in die Wüste zu schicken?", fragt er Stefan.

In der Wüste, denkt Stefan, bist du doch schon längst, Vater. Und dahin gekommen bist du von ganz allein. „Ich versuche nur zu helfen."

„Helfen", lacht Gerhard gehässig. „Wie ein Kuckuck, der alle anderen aus dem Nest drängt, damit er selbst die dicken Brocken abkriegt."

„Gerhard, bitte", sagt Sibylle. „Stefan hat sich nicht aufgedrängt. Er wollte eigentlich mit der ganzen Sache nichts zu tun haben. Karl hat gesagt, dass du ganz froh warst, alles abgeben zu können. Und jetzt...."

„Karl hört immer nur das, was er hören will."

„Aber es sind auch deine Anteile, die auf dem Spiel stehen. Deshalb ist Stefan eingestiegen. Ich hab ihn angefleht, mich nicht allein zu lassen."

Gerhard schüttelt nur ungläubig den Kopf. „Ich fass es nicht. Du bringst Karl gegen mich auf, und jetzt tust du so, als wäre es das normalste auf der Welt vom eigenen Bruder entlassen zu werden. Dass ich mehr als zwanzig Jahre die Firma aufgebaut und erfolgreich geführt habe, bedeutet dir nichts. Aber so ist es halt mit Leuten, die einheiraten, weil...", er stockt, als ginge das, was er eigentlich sagen will, doch zu weit. „Würde mich nicht wundern, wenn ihr mich bittet, euch beim Einstieg zu helfen, nachdem dieser Magnus abgesagt hat."

„Genau", sagt Sibylle. Gerhards Gejammer geht ihr langsam auf die Nerven. „Warum essen wir nicht zusammen, da können wir die Überleitung in Ruhe besprechen."

„Wow. Ihr werft mich ganz offiziell hinaus und erwartet, dass ich euch helfe, die Karre aus dem Dreck zu ziehen."

„Macht doch Sinn, Papa. Bitte...", sagt Stefan. „Immerhin bist du im Gesellschafterausschuss und kontrollierst, was wir tun. Eigentlich ein normaler Vorgang: Die Geschäftsführung wechselt und der Gesellschafter kümmert sich um das Wohl der Firma. Verstehe nicht, warum dich das so aufregt. Ich dachte, du hättest alles vorab mit Karl geklärt."

„Sag bitte nicht Papa. Hier ist nichts normal. Ich krieg die Krise, wenn ich dieses Geschwätz noch länger ertragen muss."

„Was willst du denn, dass ich sage? Für mich hat sich nichts geändert zwischen dir und mir, nur du scheinst auf einmal etwas hinein zu interpretieren, das mit mir nichts zu tun hat. Ich hab mich nicht um den Job beworben, ich dränge niemand aus der Firma, mir wäre lieber, ich könnte mich auf meine eigenen Sachen konzentrieren. Karl hat mich gefragt, ob ich helfen kann und ich habe ja gesagt. Wenn das nicht gewollt ist, bitte, hier sind die Schlüssel." Er greift in die Tasche, zieht einen Schlüsselbund hervor und reicht ihn Sibylle. „Ich bin heilfroh, wenn ihr mich außen vor lasst."

„Stefan, bitte, jetzt dreh du nicht auch noch durch", sagt Sibylle verzweifelt, als sie von einem zum anderen sieht. „Ich kann das nicht allein. Du hast versprochen mir zu helfen. Können wir nicht wenigsten wie zivilisierte Menschen miteinander umgehen?"

Gerhard hebt resigniert die Arme. „Ist sowieso alles zu spät. Wo gehen wir hin? Nicht zu Karl und nicht zu mir, also bleibt uns nur die Alte Post. Sehr viele Optionen gibt es nicht. Genau wie bei mir", schiebt er sarkastisch hinterher. „Im Innenhof der Post kann man notfalls auch schreien, ohne, dass einem der Kellner die Tür weist."

Anscheinend hat er Erfahrung damit, denkt Stefan. „Dann machen wir das doch, ist ja gleich um die Ecke."

Kaum, dass sie sich gesetzt haben, kommt Sibylle auf ihr voriges Thema zurück: „Karl blieb nichts anderes übrig. Was hätte er denn noch tun können, nachdem Magnus hingeschmissen hat. Er hat sich sehr schwer getan, vor allem mit…"

„Meiner Entlassung", vollendet Gerhard den Satz. „Hör auf mit dem Gewäsch, ich weiß doch, was hier läuft."

Sibylle sieht Hilfe suchend auf Stefan, der eher unbeteiligt zuhört. Ihr helfen, denkt er, Vater verlieren, Karl enttäuschen, Mutter und Marie gegen mich aufbringen, ist das der Preis? Vermutlich ja, aber ich kann sie sehen, jeden Tag. Die Firma schweißt uns zusammen, ob wir das wollen oder nicht. Und für einen Rückzug ist es sowieso zu spät. Reiß dich zusammen, die Tinte beim Notar ist noch nicht trocken und du machst dir schon in die Hosen. Beiläufig hört er, wie sich Gerhard weiter ereifert.

„Ich hab genug Rechtfertigungen gehört, Sibylle. Karls Entscheidung ist falsch, es macht einfach keinen Sinn, zwei Anfänger an die Spitze der Firma zu setzen. Aber so ist es nun mal. Du hast alle Vollmachten, ihr beide könnt jetzt tun und lassen, was ihr wollt. Ich hoffe nur, dass ihr's auch könnt."

„Aber ich will nicht, dass du dich komplett zurückziehst, Gerhard. Du bist wichtig für das Unternehmen. Wenn ich nur wüsste, wie ich dich davon überzeugen kann. Sag doch etwas, Stefan."

Was für eine Schauspielerin, denkt Stefan. Er blickt auf seinen Adoptivvater, wie der reagiert. „Natürlich ist Gerhards Rat immer willkommen, schließlich kennt er die Firma in- und auswendig. Aber letztlich liegen die Entscheidungen jetzt bei uns. Sonst macht die ganze Rochade doch keinen Sinn, Sibylle."

Gerhard richtet sich auf, er sieht verwundert auf seinen Sohn, als sähe er eine neue Seite an ihm. „Stimmt", sagt er verblüfft, je früher ihr anfangt, desto besser. Aber du wirst dich noch wundern, wie schnell du vor einem Berg an Entscheidungen stehst, denen du nicht gewachsen bist. Als Spieler schlägst du dich dann achselzuckend in die Büsche, Karl verflucht dich und Sibylle steht mit leeren Händen da. Die Mitarbeiter - aber die zählen ja nicht - gehen brav zum Arbeitsamt. Nur ist das ja dann nicht mehr dein Problem." Mit einem Ruck stemmt er seinen schweren Körper aus dem Korbsessel, stützt sich auf die Tischkante und beugt sich schwer atmend zu Sibylle: „Ich glaube, es ist besser, ich gehe jetzt. Die Idee eines gemeinsamen Essens zur Feier meines Rauswurfs ist wohl doch nicht so gut. - Viel Glück", sagt er, und verlässt das Lokal.

„Er hat recht", meint Stefan, der sich schrecklich unwohl fühlt. „Es ist zu früh, um vernünftig mit ihm zu reden. Das kommt schon noch."

Er sieht Sibylles Körper, die weiße Bluse unter ihrem dunkelblauen Blazer zur engen, cremefarbenen Hose. Ihre Haare, die sie zum Turban hochgebunden hat, aus dem sich einzelne Strähnen lösen. Er kennt ihren Ruf als Männer verschleißende Diva und fragt sich, wie sie wohl im Bett ist. Aber mir scheint sie viel zu verletzlich, um wie ein Schmetterling von einem zum anderen zu wandern. Ich glaube, sie mag Karl wirklich, nur mit Vater hat sie ein Problem, aber da ist sie nicht die Einzige.

„Bereust du es schon?", fragt Sibylle.

Er schüttelt den Kopf. „Nein, ich bin nur neugierig, was auf uns zukommt. - Gerhard kann halt nicht über den eigenen Schatten springen. Jetzt sind wir zum Erfolg verdammt, sonst verzeiht er uns nie." Mit einem verschämten Grinsen hebt er sein Glas und prostet ihr zu. „Und sogar dann fürchte ich, dass mir eine gestörte Vater-Sohn Beziehung erhalten bleibt. Aber so ganz harmonisch ging es zwischen uns ja eh nie zu."

„Warum tust du dir das überhaupt an, Stefan?"

„Was?"

„Die Firma, den ganzen Stress mit Gerhard."

„Weil ich nicht will, dass alles auseinanderbricht. Karl ist krank und Vater hat den Kontakt zur Realität verloren. Ich weiß nicht, wann das passiert ist, ich weiß nur, dass es so ist. Deshalb kann er es auch selbst nicht mehr ausbügeln. Früher war er ganz anders. Er hat mich oft in die Fertigung mitgenommen, wo ich bei der Montage zusehen durfte. Ich war wirklich gern dort, und ich will nicht, dass alles vor die Hunde geht, bloß weil die beiden alten Männer den Absprung verpasst haben."

„Aber, tust du es nicht auch ein bisschen wegen mir?"

„Was meinst du?"

„Wir müssen zusammenarbeiten, und ich freue mich darauf. Ich bin gerne mit dir zusammen."

Stefan errötet über beide Ohren. Er fragt sich, was sie damit andeuten will. Ob das zusammen sein über die reine Arbeit hinaus geht? Ob sie womöglich dasselbe für ihn empfindet, wie er für sie. Mit einer lästigen Handbewegung verscheucht er die Gedanken und sagt: „Ich werde noch einmal mit Magnus reden, vielleicht gelingt es mir ja doch, ihn als Berater anzuheuern. Vielleicht hatte er nur keine Lust mit Vater zu arbeiten."

Hybris

Magnus lässt sich nur kurz darauf ein, doch nach ein paar Wochen wirft er endgültig hin. Er verfolge andere Pläne, sagt er, ohne sich näher zu erklären. Und so bleibt Stefan nichts anderes übrig als selbst Hand anzulegen. Sibylle sieht es mit gemischten Gefühlen.

Innerhalb weniger Monate beginnt er alles auf den Kopf zu stellen. Er fuhrwerkt ohne Plan und Verstand, baut die Verwaltung um, richtet die Entwicklung neu aus und ersetzt einzelne Mitarbeiter, die ihm nicht genehm sind. Das Unternehmen ertrinkt in unproduktivem Aktionismus.

Bei einer der immer häufigeren Sitzungen mit dem Management wächst der Widerstand. Als der Leiter der Fertigung offen rebelliert und geordnetes Arbeiten einfordert, wirft ihn Stefan hinaus. „Ich musste ihnen zeigen, wer des Sagen hat. Und außerdem hasse ich unqualifizierte Kritik", sagt er zu Sibylle, als sie andeutet, dass er zu weit gegangen sein könnte.

Er wird selbstherrlicher, denkt sie, als wolle er Gerhard kopieren, dabei kehrt er nur dessen schlechte Seiten heraus. „Es läuft nicht rund, Stefan, das weißt du so gut wie ich. Die Leute respektieren uns nicht, vielleicht sollten wir ihnen besser zuhören. Nicht alles, was sie sagen, ist falsch", deutet sie vorsichtig an.

„Der Kerl wollte mich provozieren. Vermutlich hatte er sich längst verabschiedet und wartete nur noch auf seine Abfindung."

Die wir uns nicht leisten können, denkt sie. „Siehst du nicht, wie uns das Unternehmen entgleitet? Seit unserem Einstieg hat sich nichts zum Besseren gewendet."

„Entgleitet? Wie sieht man das?", lacht er gequält. „Rutscht es weg, wie eine Seife in der Badewanne?"

„Die Mitarbeiter sind frustriert. Früher haben sie Gerhard wegen seiner Gutsherrenart gehasst. Jetzt fragen sie sich, ob seine Selbstherrlichkeit nicht doch besser war als das Theater, das wir ihnen vorspielen. Wir starten eine Aktion nach der anderen, scheuen aber vor den wirklich harten Entscheidungen zurück. Und wenn wir gelegentlich doch etwas riskieren, ist es meistens falsch."

Sie sagt wir und meint mich, denkt er. „Und, was schlägst du vor?"

„Vielleicht sollten wir uns darauf konzentrieren, das Unternehmen zumindest so weit zu stabilisieren, dass es für einen Finanzinvestor schmackhaft wird. Nicht alles gleichzeitig, neue Produkte, neue Märkte, das schaffen wir nicht, wir sind zu klein."

„Ich höre schon, mein Stil, Taktik, Strategie, egal was, es gefällt dir nicht. Dabei versuche ich genau das: Die Firma einem Käufer schmackhaft machen. Das ist mein Ziel. Dass mehr nicht geht, habe ich schon nach ein paar Wochen gemerkt. Kein Investor setzt auf ein Fass ohne Boden, das er erst mal abdichten muss, bevor er neu loslegen kann. Ich merke doch, wie du dich verspannst, wenn ich stundenlang im Netz surfe, und nach passenden Kooperationspartnern suche. Wir schaffen es nicht allein, Sibylle."

Er ist schon weiter als ich dachte, vielleicht tue ich ihm Unrecht, denkt sie. „Aber wie willst du vorgehen?"

„Wir müssen die Verluste reduzieren, koste es was es wolle. Dann kenne ich einen Fonds, der sehr gezielt in malade Unternehmen investiert. Die päppeln uns auf und verkaufen uns mit Gewinn weiter. Klar müssen wir Anteile abgeben, aber am Ende profitieren alle davon."

„Hast du mit Karl gesprochen?"

„Nein, dafür ist es noch zu früh."

Ein paar Wochen später sitzt Sibylle an der Kante eines Hotelbetts und starrt auf den Bildschirm, ohne die Nachrichten aufzunehmen. Es ist ihre dritte Station auf einer Rundreise, die Stefan für sie organisiert hat, damit sie einige ihrer wichtigsten Kunden persönlich kennenlernt.

Sie fühlt sich nutzlos, und weiß nicht, was sie sich überhaupt davon versprochen hat. Alle hassen sie Karl, neiden ihm den Erfolg, denkt sie. Sie glauben, er müsse stinkreich sein, Unternehmer und Klinikchef, wie könnte es anders sein. Und jetzt kommt seine Frau und biedert sich an, wie eine kleine Vertriebsmitarbeiterin. Wie erniedrigend das ist. Ich kann es in ihren Augen sehen.

Sie nimmt eine Flasche Rotwein aus der Minibar und dreht den Schraubverschluss auf. Als sie sich einschenkt, läutet das Mobiltelefon. Auf der Anzeige erscheint Stefans Nummer. Ich hasse ihn für das, was er mir antut, denkt sie. Sie nimmt den Anruf entgegen und sofort bricht es aus ihr heraus: „Stefan, es war furchtbar, rundweg furchtbar, warum tust du mir das an?"

Für einen Moment herrscht Stille, und als sie schon glaubt, er hätte aufgelegt, hört sie sein glucksendes Lachen: „Hey, die Reise war deine Idee. Du wolltest ein paar Kunden treffen, um selbst zu sehen, wie sie uns einschätzen. Du hast gesagt, solche Gespräche hättest du in deiner Zeit als Journalistin massenhaft geführt. Also erzähl, wie war's wirklich bei Professor Heinlein. Anscheinend hat er dich nicht so gut behandelt."

„Er hat mich nicht ernst genommen. Ich glaube, er wollte nur wissen, wie schlimm es wirklich um Karl steht. Danach hat er mich an seinen Assistenten weitergereicht, der mir mit jedem Wort zu verstehen gab, wie sehr ihn das Gespräch langweilte. Unsere Produkte, und dass ich das Unternehmen zusammen mit dir leite, hat ihn überhaupt nicht interessiert. - Ich hatte die ganze Zeit das ungute Gefühl, dass Heinlein Karl eigentlich nie ausstehen konnte, und jetzt glaubt, dass es den richtigen erwischt hat."

„Hat er das gesagt? Und der Assistent?"

„Der ist ein Idiot, ein eingebildeter Idiot."

„Hast du das schriftlich?", lacht Stefan laut auf.

„Wie blöd du sein kannst. Wir Frauen spüren so etwas", sagt sie indigniert.

Frauen spüren das, denkt Stefan, was für ein Quatsch. „Was hast du denn erwartet, dass dir alle um den Hals fallen und dir einen Strauß Rosen spendieren? Es sollte ein reiner Höflichkeitsbesuch sein, so war es zumindest geplant", versucht er, sie zu beruhigen.

„Ach Stefan, ich bin völlig daneben. Früher stellte ich die Fragen, und wenn ich Glück hatte wurden sie auch beantwortet. Jetzt, in dieser komplizierten Produktwelt, läuft es ganz anders, da wird vieles gar nicht ausgesprochen, weil jeder davon ausgeht, dass der Gesprächspartner schon weiß, wie alles funktioniert. Aber ich kenne gar nichts, außer ein paar schlaue Artikel, die mir Karl zu lesen gab. Das ist nicht meine Welt. Ich kann Worte finden und suggestive Bilder malen, aber…. Ich glaube, ich kann das nicht."

„Sibylle, ich mach das für uns beide. Wenn nötig, finden wir einen richtigen Vertriebsleiter."

„Ja, einen der sich auskennt und tut was wir wollen. Nicht wie dieser Magnus, der uns dauernd zu verstehen gab, wie klein wir sind. Schließlich gehört das Unternehmen doch mir."

„Hat Karl seine Anteile schon auf dich übertragen?"

„Nein, warum sollte er. - Er geht durch eine schwere Zeit, umso mehr hasse ich es hier zu sein. Ich komme mir völlig nutzlos vor, in einem dämlichen Hotelzimmer, mit einem schlechten Rotwein in der Hand."

Stefan schweigt, die Erkenntnis, in einer Sackgasse zu stecken, trifft ihn wie ein Schlag. Alle haben mich gewarnt, denkt er, wie konnte ich nur auf diese Frau setzen. Sie ist völlig unberechenbar. Alles, was sie zu bieten hat, ist ihr Körper, und der lässt sie langsam in Stich. Sie dachte wohl, sie böte sich mir als Geschenk, dabei kann sie froh sein, einen jungen Liebhaber gefunden zu haben. Es wäre besser, ich hätte nicht mit ihr geschlafen, aber es ist nun mal passiert. „Hast du Anzeichen, dass Karl seine Meinung über uns geändert hat?"

„Weil du mit mir geschlafen hast?", fragt sie überrascht. „Er weiß nichts, ich hätte dich für weniger naiv eingeschätzt. Außerdem hat das an meiner Beziehung zu Karl nichts geändert."

Die Verbindung rauscht, der Ton schwillt an und ab, und Stefan würde am Liebsten auflegen, aber Sibylle ist noch nicht fertig. „Vielleicht hast du Recht, Karl ist misstrauischer in letzter Zeit. Er fragt immer mal nach der Firma, als wüsste er, dass es nicht gut läuft. Dass dieser Magnus abgesprungen ist, hat nicht gerade geholfen. Hättest du den nicht bewegen können noch eine Weile zu bleiben?"

„Er passte nicht zu uns. Ein typischer Konzernmanager, der eine große Mannschaft braucht, um etwas zu bewegen. Die haben wir aber nicht. Du darfst jetzt nicht den Mut verlieren. Schlaf dich aus, und morgen kommst du nach Hause. Ich sage die restlichen Termine ab, wenn du einverstanden bist."

„Du glaubst, das geht so einfach?"

„Ich sage, du hättest dir eine Magenverstimmung eingefangen. Krankheiten werden toleriert."

„Danke Stefan."

„Schon gut. Wo bist du überhaupt?"

„Im Fischerhaus in Seefelden, am Bodensee. Es ist zauberhaft hier, gleich am Fuß der Birnau. Es wäre schön, dich einmal hier zu treffen, nicht nur im Büro."

Das heißt wohl, dass sie mehr von mir will, denkt Stefan, als er die Verbindung trennt.

Stefan

Er brauchte wohl Teppiche an den Wänden, damit sein Gebrüll nicht nach draußen drang, denkt Stefan, als er Wochen später allein in Gerhards ehemaligem Büro den Soll-Ist-Vergleich prüft. Jeden Abend, häufig bis in die Nacht, versucht er, sich einen Reim aus den Zahlen zu machen, doch sie formen sich zu keiner sinnvollen Strategie.

Wenn ich noch mehr an der Kosten-Schraube drehe, habe ich keine Geschäftsbasis mehr, denkt er, greift nach der Zigarettenschachtel, legt sie aber gleich wieder zurück. Dabei ist es komisch, je hoffnungsloser es wird, desto ruhiger werde ich. Als hätte ich alles getan, was in meiner Kraft liegt, und warte jetzt darauf, dass es von allein besser wird. Tut es aber nicht. Wenn ich nur wüsste, was mich immer noch an diese Firma bindet. Hoffentlich mehr, als die Angst vor dem Versagen.

Gedankenverloren nimmt er eine Zigarette aus der Schachtel, zerknüllt sie und wirft sie in den Papierkorb. Ich darf nicht soviel rauchen, denkt er, das Zeug bringt mich noch um. Er schaltet den Computer aus, schließt das Büro ab und macht sich auf den Weg zum Auto. Wir brauchen Geld, von irgendwo her muss Geld kommen. Morgen rufe ich Magnus an und sage ihm, dass wir soweit sind: Fertig zum Ausschlachten, Zusammenlegen, Umbauen, egal was, Hauptsache wir überleben. Schließlich war es genau das, was er vorschlug, als er die Nase hier reinsteckte.

Vor ihm steht die Ampel auf Rot. Die Automatik des Mercedes schaltet geschmeidig herunter, und als der Wagen ausrollt, hört er nur noch das leise Surren des Motors. Stefan genießt das Geräusch, wie ein modernes Schlaflied, kommt es ihm vor. In der Auffahrt zur Autobahn trägt es ihn ums Haar aus der Kurve. Ups, denkt er, reiß dich zusammen, du hast einen Boliden unterm Hintern, nicht den Topolino deiner Studienzeit.

Ich muss Marie anrufen, sie ist die einzige, der ich vertrauen kann. Gleich morgen, noch bevor ich nach Peking reise. Ein weiterer Trip, der vermutlich nichts bringt, aber noch gebe ich nicht auf. Warum schmeiße ich nicht einfach hin? Wohl weil Sibylle es nicht verdient, dass ich sie hängen lasse. Aber lange halte ich das nicht mehr aus. Entweder wir kriegen bald die Kurve, oder ich werfe das Handtuch.

Auf der Autobahn gibt er dem Mercedes die Zügel frei.

Die Emeramsmühle brütet unter der Nachmittagshitze. Die Kastanien zeigen den ersten Rost auf den Blättern. Auf der Wiese gegenüber haben sich die Schafe in den Schatten ihrer Schutzhütte verkrochen.

Marie bläst die Luft aus und lässt sich auf einen Stuhl des Biergartens fallen, nachdem sie zuvor den Stand der Sonne geprüft hat. Doch gleich steht sie wieder auf, geht um den Tisch herum und umarmt Stefan. „Tut mir leid, ich hab die Emeramsmühle einfach nicht gefunden. Ich dachte, ich weiß, wo sie ist, aber das war ein Irrtum. Und dann konnte ich das Navi in Mutters Auto nicht bedienen. Schließlich habe ich mich durchgefragt, wie ein Tourist", lacht sie. „Warum wolltest du ausgerechnet hierher?" - Sie sieht sich um, die alten Kastanien, die Tische mit den blauweiß karierten Decken, die Kellner in ihren bayrischen Lederhosen. Kurz bleibt ihr Blick bei ein paar Schafen hängen, die auf der Wiese nebenan grasen. „Wegen denen?", deutet sie auf die Tiere.

„War eher so ne spontane Eingebung, weil ich schon lang nicht mehr hier war. Aber vielleicht hast du recht, die Tiere erinnern mich an den Bauernhof der Wegeners. Kannst du dich noch erinnern?"

Der Wegeners, sagt er, als gehöre er nicht mehr dazu, denkt sie. „Natürlich, warum fragst du überhaupt?"

„Wem gehört der Hof eigentlich?"

„Den beiden Brüdern, glaube ich. Hat mich nie interessiert. Jetzt sag schon, warum wolltest du mich sprechen. Am Telefon hast du dich ziemlich gehetzt angehört."

„Jetzt komm erst mal runter. Die kurzen Haare stehen dir gut. Seit wann trägst du sie so?"

„Seit zwei Wochen. Ich gehe für einige Zeit nach Südafrika, das habe ich dir, glaube ich, schon erzählt. Lange Haare stören da nur."

„Immer die effiziente Ärztin."

„Genau. Und, warum sind wir hier?", fragt sie nach.

„Ich wollte dich einfach noch mal sehen, bevor du dich in die weite Welt verabschiedest. Aber am Telefon hast du mich gleich in der Luft zerrissen. Und als du jetzt nicht gekommen bist, dachte ich schon, dass du es dir anders überlegt hast. Normalerweise kommst du ja auf die Minute."

„Ich war sauer auf dich. Heide hatte mir von dem Schlamassel in der Firma erzählt, für den sie dir die Schuld geben."

„Ist Heide auch sauer, oder nur Gerhard?"

„Sie verteidigt dich, wie immer. Du warst von Anfang an ihr Liebling."

„Wie willst du das wissen, ich bin zwei Jahre älter als du. Diese zwei Jahre gehören mir exklusiv. Ich hab hart an ihrer Gunst gearbeitet."

So war es immer, denkt sie, wenn er nicht mehr weiter wusste, zog er es ins Lächerliche. Sie sieht auf die Schafe, die Radfahrer auf dem Weg zu den Isarauen, und spürt, wie sie das pastorale Bild beruhigt. „Mensch Stefan, du fährst gerade die Firma meines Vaters an die Wand, wie kannst du nur so tun, als ginge dich das alles nichts an."

„Langsam, langsam, sie gehört immer noch mehrheitlich Karl. Und Gerhard ist auch mein Vater, und er wollte auch, dass ich das mache. Aber jetzt bin ich es auf einmal, der sie an die Wand fährt. Als hätten die beiden in der Vergangenheit immer nur Däumchen gedreht. Hast du dich je gefragt, weshalb sie mir den Job aufgedrängt haben?"

„Wegen Sibylles Machenschaften natürlich. Stimmt das etwa nicht?"

Stefan atmet tief durch, als müsse er sich mit Gewalt zurückhalten. „So ein Quatsch. Ihr geht es schlechter als mir, warum hätte sie sich das antun sollen? Machenschaften", stößt er hervor. „Sie leidet, weil sie sich benützt fühlt von ihrem Mann und einem Schwager, der einfach nicht loslassen will. Und ich, ich bin nur der Bauer in diesem Spiel, von dem sie erwarten, dass er die Karre aus dem Dreck zieht, in den die beiden selbstherrlichen alten Männer die Firma gefahren haben", sagt er verärgert. „Ich habe Hunger, wenn du unbedingt streiten willst, lass es uns wenigstens nach dem Essen tun."

„Entschuldige, ich werde mich gleich wieder wie ein braves, dummes Mädchen verhalten. Die kleine Schwester soll gefälligst den Mund halten, denkst du wohl."

„Dumm kannst du dir sparen."

„Vielen Dank Schlaumeier. Also, was isst du? Um die Karte zu studieren hattest du ja genug Zeit."

„Ich nehme die Kalbsnieren."

„Ich mag keine Nieren, sie erinnern mich an die Anatomie. Ich nehme die gegrillte Pute mit Salat."

„Bist du auf Diät, oder was soll das? Du hast doch sonst immer alles in dich hineingeschaufelt und trotzdem nicht zugenommen."

„Wir haben uns lange nicht gesehen, Stefan."

Er nickt nur. Ihre Oberlippe ist zu schmal, denkt er, der ganze Mund ist nicht so voll wie der von Sibylle. Sibylle ist rundum üppiger, aber auch älter, da wird man wohl so. Wer weiß, wie Marie einmal wird. Wenn sie nach Mutter geht, eher rundlicher. Aber in Marie steckt ja auch etwas von Gerhards Länge. Hoffentlich nicht zu viel von ihm, vor allem seine Exzesse sollte sie sich ersparen.

„Ich gehe nach Johannesburg", sagt sie ganz beiläufig und winkt dem Kellner.

„Ich weiß."

„Wer hat es dir gesagt?"

„Du und Heide, sie macht sich Sorgen."

„Ich hab dir nur von Südafrika erzählt, da wusst ich noch nicht, dass es Johannesburg werden würde. Für eine Weile dachte ich, ich ginge in den Norden, in die Limpopo Region, aber jetzt bin ich froh, dass es Johannesburg ist."

„Freust du dich?"

„Ja, auch, aber vor allem bin ich gespannt."

„Pass nur auf dich auf. Jetzt lass uns bestellen." Stefan winkt dem Kellner und diktiert ihm die Speisen in das elektronische Gerät, mit dem er sie über Funk in die Küche geben kann. „So etwas gibt es auch erst seit zwei Jahren, irgendwie toll. Sogar die Kneipen rüsten auf, nur wir, in der Firma, leben immer noch in der Steinzeit. Gerhard muss eine richtige Aversion gegen das Internet gehabt haben. Kein Wunder, dass unsere Produktivität so niedrig ist."

Marie sieht ihn an und schüttelt den Kopf. „Redest du mit Heide?"

„Ja, warum sollte ich nicht. Wir beide haben keinen Krieg. Wie lange bleibst du in Südafrika?"

Er will nicht darüber reden, denkt sie. „Ein Jahr, vielleicht auch länger, wenn sie mich behalten. Ich freue mich darauf."

„Südafrika ist nicht gerade um die Ecke. Wer oder was hat dich auf die Idee gebracht?"

„Karl. Ich wollte schon immer da hin, und als mein Praktikum anstand, habe ich ihn gefragt, ob er jemand kennt. Er hat Freunde am Morningside Hospital, es brauchte nur einen Anruf. Karl hat immer noch einen fantastischen Ruf in der Medizin. In drei Wochen fliege ich."

Ganz so fantastisch ist der Ruf nicht mehr, denkt Stefan. In Südafrika haben sie anscheinend noch nicht mitbekommen, wie es um ihn steht. „So bald!", sagt er.

„Wirst du mich vermissen?"

Er antwortet nicht gleich, sieht sie nur an und verzieht das Gesicht zu einem Grinsen. „Ein Jahr geht schnell vorbei. Danach habe ich es entweder geschafft, oder…."

„Was oder?"

„Wenn ich das nur wüsste. Die ganze Sache ist ziemlich verfahren. Am liebsten würde ich alles hinschmeißen. Es ist kein gutes Gefühl, zwischen allen Stühlen zu sitzen. Wie geht es Gerhard?"

„Er leidet, aber er spricht nicht darüber, frisst nur alles in sich hinein. Mutter hat es schwer. Sie streiten viel, weil er ihr den Vorwurf macht, sie hätte dich falsch erzogen. Sonst hätte so etwas nie passieren können. Er hätte seinen Vater nie so im Stich gelassen, wie du es getan hast, meint er. Sogar als ihm aufging, wie stark Großvater mit den Nazis verbunden war, habe er zu ihm gehalten."

Als ob das ein Wert an sich wäre, denkt Stefan. Könnte auch mit Trägheit und Unentschlossenheit zu tun haben. Auf jeden Fall zeugt es nicht gerade von Rückgrat. „Hat er das gesagt?"

„Nein, Mutter. Er selbst würde mir das nie sagen. Er weiß, wie sehr ich dich mag."

„Ist das nicht immer so bei Geschwistern?"

„Vielleicht, ich habe keinen anderen Bruder."

Und ich keine andere Schwester, nur eine Geliebte, die alles gleichzeitig ist, Kollegin, Tante, Hassobjekt. Je nach Tagesform. Aber das erzähle ich ihr lieber nicht. „Kannst du dich noch erinnern, dass wir Gerhard manchmal den *Maharaja von Whiskeypur* nannten. Mutter fand es respektlos, sie hat uns gescholten, aber für uns war die Welt in Ordnung. Und jetzt…".

Er sieht, wie sie ein Bein unter den Po klemmt, den Oberkörper tief über den Tisch beugt und auf ihn einspricht. Ihr Redeschwall rauscht an ihm vorbei, während seine Gedanken bei Sibylle sind.

Als Marie merkt, wie wenig er bei der Sache ist, fragt sie: „Warum hast du mich hierher bestellt, wenn du mir nicht zuhörst?"

„Aber ich hör dir doch zu. Ich habe mich nur über deine Sitzhaltung gewundert. Als Mädchen hast du alles auf dem Boden gemacht, gelesen, die Hausaufgaben, am liebsten hättest du dort auch gegessen, aber das haben sie dir verboten."

Sie reagiert irritiert, knüllt die Serviette zusammen und knallt sie auf den Tisch. „Nein, du hast überhaupt nicht zugehört."

In dem Moment kommt das Essen. Der Kellner stellt alles auf den Tisch und wünscht einen guten Appetit. Bevor er sich wegdreht, sieht er besorgt auf Marie, ob auch wirklich alles in Ordnung ist.

„Was hast du denn gesagt?", fragt Stefan, nachdem der Kellner gegangen ist.

„Siehst du, du hast nichts mitgekriegt."

„Vielleicht war ich etwas abwesend, passiert mir häufiger in letzter Zeit. Wahrscheinlich werde ich alt."

„Quatsch, du hast zu viel um die Ohren."

„Dieser Magnus ist wie ein Mephisto", sagt er plötzlich, völlig aus dem Zusammenhang gerissen.

Sie schüttelt den Kopf und setzt sich demonstrativ senkrecht hin, beide Hände ordentlich auf dem Tisch. „Dann wärst du ja Faust. Aber iss endlich, sonst wird alles kalt."

„Faust, darauf wäre ich nie gekommen. Ich dachte das eher metaphorisch."

„Ich glaube, du bist im falschen Beruf, Stefan. All die Jahre habe ich von Vater, der, wie du ja weißt, ein erfahrener Manager ist", fügt sie süffisant hinzu, „kein solches Wort gehört. Karl könnte es vielleicht sagen, aber er würde es nicht tun. Nur du sagst so etwas. Es kommt mir wie ein Outing vor, dass du eigentlich mit dem Job, den sie dir aufgehalst haben, nichts zu tun haben willst."

„Hm. Lernt man das in den ersten Semestern Medizin?"

„Nein, durch Beobachtung", lacht sie.

„Kannst du dich noch an die Hochzeit von Karl und Sibylle erinnern?", fragt er übergangslos.

„Ja, warum?"

„Ich denke an Karls weißes Jackett. Wir haben darüber gelacht, wie es durch die Menge driftete, wie ein Korken im Ozean, oder so ähnlich, hast du gesagt. Ich fand das toll, dieses Bild."

„Und?"

„Hätte ich mich daran erinnert, als sie mich fragten, ob ich den Job übernehmen könnte, hätte ich gewusst, auf was ich mich einlasse.

Habe ich aber nicht, ich war zu eingebildet, wollte es Sibylle und Karl recht machen. Nein sagen schien mir keine Option, und Vater fragen konnte ich nicht. Und jetzt habe ich den Salat. Manchmal denke ich, ich habe mich darauf eingelassen, weil sie uns immer eingetrichtert haben, wie es sein sollte: Dass man im ersten Drittel seines Lebens etwas wird, dann im zweiten Drittel darin sehr, sehr, sehr gut ist und im letzten dann seine Ruhe hat."

„Und dir geht schon im ersten Drittel die Puste aus?", fragt sie mit hochgezogenen Augenbrauen.

„So ähnlich. Weil ich mich verschluckt habe. Fast wie manch einer unserer Politiker, die ihre Doktorarbeit türken und auf dem Times Square herumzappeln, weil ihnen Frank Sinatra mit seinem *I did it my way* im Kopf herumschwirrt."

„Aber der Zappler war schon ganz oben. Viel mehr als Minister geht nicht."

„Doch, Papst", lacht Stefan. „Aber Minister wurde er auch nur, weil er Phase eins und zwei unterschlagen hat. Er hatte genug Geld, um die Ochsentour zu vermeiden. Dumm nur, dass er sich als Produkt verstand."

„Produkt von was?", fragt sie mit vollem Mund.

„Von Ehrlichkeit, Dynamik, Standesehre, und was weiß ich. Ich konnte ihn nie leiden. Die Markteinführung ist ihm dann gründlich misslungen", lacht Stefan gehässig. „Ein Übermensch, der dann doch nur überheblich war, wie wir Untermenschen auch." Er zuckt mit den Schultern, als wäre ihm die ganze Sache eigentlich egal.

„Bitte nicht dieses Wort", sagt Marie.

„Welches? Übermensch? Warum?"

„Es hat in unserer Familie nichts zu suchen. Es war anscheinend nicht einfach, Großvater reinzuwaschen."

„Und was glaubst du, für was sich Karl hält?"

„Hör auf, bitte hör auf damit. Du machst mir Sorgen", wechselt sie das Thema.

„Weil ich mich frage, was ich bin? Weil ich bei dem ganzen Theater überhaupt mitspiele?", fragt er gespannt.

„Irgendwie kommst du mir platt vor. Der alte Stefan, verschwunden in einer Ritze der Montagehalle seiner Firma." Sie nimmt einen Schluck Wein und lacht gehässig.

„Genau, platt", sagt er. „Trifft es gut. Und nur noch in der Lage von der Couch die Fernbedienung zu stemmen. - Auf ihrer Hochzeit sagte Sibylle etwas auf englisch über Karls weißes Jackett. Dass es in den Augen der Engländer nicht zum Anlass passe, oder so ähnlich. Nur die Südländer würden so etwas tragen und Parvenüs, und weder den einen noch den anderen könne man richtig trauen."

Marie schüttelt den Kopf, als verstünde sie nicht, auf was er hinaus will. „Du redest wirres Zeug und dauernd kommt Sibylle darin vor. Du merkst es gar nicht mehr. Außerdem bringst du alles durcheinander. Sibylle hat dich gefragt, weil sie keinen anderen mehr fanden, nicht wegen deines Aussehens. Du hättest weiße Dinnerjacketts tragen können, zu jeder Tageszeit, es hätte nicht gereicht, dir die Firma anzuvertrauen", lacht sie gequält. „Oder meinst du etwas ganz anderes?"

„Ich hätte diesen Job nie annehmen dürfen", sagt er deprimiert.

„Unsinn, du bist der Richtige, besser als dieser Magnus, der uns nur ausquetschen wollte, um selbst mit einem Sack voller Geld nach Hause zu gehen. Schon als Junge warst du gern in der Firma, die mir nie etwas bedeutet hat. Wenn du bei Vater warst und danach begeistert von der Montage erzählt hast, habe ich dich immer beneidet. Ich hab nichts davon verstanden, außer, dass es in dir steckt. Deshalb war mir auch klar, dass du es machen musst, was immer jetzt zu tun ist. Vielleicht fehlt dir die Distanz, deshalb frisst es dich auf. Jeder kann es sehen, und es ist nicht gut, nicht gut für dich, nicht gut für uns. Mich schmerzt, zu sehen wie du leidest."

„Heißt das, du hast mich noch nicht aufgegeben?", fragt er, und sieht gebannt auf ihren Hänger, der gefährlich knapp über der Soße baumelt. Doch eigentlich sieht er den Hänger gar nicht. Er kann ihr nur nicht ins Gesicht sehen, und einfach wegsehen traut er sich auch nicht.

„Was glotzt du so? Schaust du auf meine Brust? Die kennst du doch seit Kindesbein. Sie eignet sich nicht für schmutzige Männerfantasien."

„Nein, ich bewundere deinen Anhänger. Ich hab mich gefragt, wann er endlich in der Soße landet", lacht er. „Seit wann bist du eine Friedensaktivistin?"

„Immer schon, aber das hat dich nie interessiert." Mit Schwung wirft sie den Hänger über die Schulter. „Also?"

„Also was?"

„Wie willst du es anstellen, dass wir wieder einmal als Familie zusammen sitzen können, ohne uns an den Kragen zu gehen."

„Ich weiß nicht, Marie. Karl und Sibylle haben mir diese Rolle so quasi aufgezwungen. Sie wollen, dass ich die Firma wieder flott kriege. Vater war nicht besonders erfolgreich in den letzten Jahren, es musste etwas geschehen."

„Und du glaubst wirklich, es gelingt dir?"

Er hebt nur leicht die Schultern. Ich brauche Zeit und Geld, denkt er, aber beides kriege ich vermutlich nicht.

„Warum konntest du nicht wenigstens mit Vater zusammenarbeiten?", fragt sie nach.

„Gerhard ist ein Despot. Er hat Karl akzeptiert, weil er dessen Ideen brauchte, aber sonst will er keinen neben sich haben, am wenigsten seinen Sohn."

„Na, ganz so schlimm kann Vater als Manager nicht gewesen sein. Immerhin hat er das Unternehmen zwanzig Jahre lang erfolgreich geführt. Karl hat enorm von ihm profitiert. Aber was rede ich, du willst es alleine machen, also jammer nicht, wenn es schief geht."

Stefan schüttelt den Kopf, jammern, denkt er, darum geht es schon lange nicht mehr. „Manchmal fühle ich mich wie ein Langstreckenläufer, der falsch trainiert hat. Diese Einsamkeit in Gerhards Büroruft geht mir an die Nieren. Es gibt Tage, da würde ich am liebsten alles hinschmeißen, aber dann kommt mir das zu feige vor, also mache ich eben weiter. Als ich dich anrief, habe ich mich natürlich gefragt, weshalb ich dich treffen will. Und dann habe ich es einfach getan, ohne lange darüber nachzudenken. Es gibt nicht viele Menschen, mit denen ich so offen sprechen kann wie mit dir."

Marie sieht seine traurigen Augen über ihren Körper gleiten, als suche er etwas. Es ist ihm egal, wie ich aussehe, denkt sie. Sie haben ihm etwas aufgebürdet, das er nicht stemmen kann. Er ist immer noch der Träumer von früher, nur jetzt kann er nicht mehr weinen. „Stefan, ich bin deine Schwester. Du könntest mit mir reden, aber du willst nicht, weil du in deiner virtuellen Welt gefangen bist. Dabei wirst du immer einsamer, lebst wie in einem Grab. Du hasst den Job, kannst ihm aber nicht entkommen, aus welchen Gründen immer. Das Beste für dich wäre, sie würden dich entlassen, dann bräuchtest du wenigstens nicht jeden Morgen in den Spiegel zu sehen und dir eingestehen, dass du gerade versagst. Ist es das, was abläuft?"

„Du redest eine Menge Unsinn, Marie."

„Nein, kein Unsinn, nur miserabel formuliert. Die Dinge, die ich mit dir besprechen wollte, sind wie eine nasse Seife, die mir aus den Fingern flutscht. Ich komme hierher, wir giften uns an, und auf einmal weiß ich nicht mehr, was ich eigentlich sagen wollte."

Stefan erschrickt, als er die Tränen in ihren Augen sieht. Sie meint es ernst, und sie meint mich, denkt er. „Glaubst du, ich spiele dir einen Groschenroman vor?", fragt er kleinlaut.

„Ja, so ähnlich hört es sich an."

Für einen Moment ist er sprachlos. Das hat er nicht erwartet, am wenigsten von ihr. „Der Wein schmeckt mir nicht, bestellst du uns einen anderen. Ich bin gleich wieder zurück." Er steht auf und geht durch die angrenzende Schankstube zur Toilette. Dort spritzt er sich kaltes Wasser ins Gesicht, trocknet es mit einem Papierhandtuch ab und betrachtet sich lange im Spiegel. Immer noch der alte, denkt er, ein paar Falten sind dazu gekommen. Vermutlich hat sie recht, sie kennt mich besser als alle anderen. Auf einmal packt ihn Angst, tief in seinen Eingeweiden wühlt sie, ohne, dass er etwas dagegen tun kann. Versagensangst, denkt er, Marie hat ihren Finger in die Wunde gelegt, und jetzt liegt alles offen da.

Als er zu Marie zurückkehrt, tut er so, als wäre nichts gewesen.

„In Ordnung?", fragt sie besorgt.

„Ja, keine Sorge."

„Ich habe uns einen Barolo bestellt, ist das o.k.?"

Er nickt und fragt: „Warum hast du das gesagt?"

„Was denn? Wir haben viel geredet."

Stefan lächelt unsicher, ich mag sie wirklich, denkt er. Sie hat mich nie verpetzt, egal, was ich anstellte. „Das Versagen. Du hast es gesagt, als wäre ich der Einzige, der es nicht sieht."

„Aber genau so ist es doch. Sie haben dir etwas aufgeladen, an dem jeder andere auch zu kauen hätte. - Jetzt erzähl endlich, wie es dir wirklich geht, ohne Schnörkel und Nebelkerzen." Maries Stimme klingt weich und freundlich. „Was hindert dich daran, einfach aufzugeben?"

„Keine Ahnung. - Als ich Magnus kennenlernte, gefiel mir seine Klarheit, er schien einfach zu wissen, wie es geht. Für mich, der immer alles ausprobieren musste, war das enorm beeindruckend. Ich dachte, wir könnten die Firma im Tandem führen. Sibylle hat uns Karl als Aufpasserin verpasst, weil er einfach niemand traut. Aber dann ließ uns Magnus abblitzen und Sibylle erweist sich immer mehr als Enttäuschung. Sie bremst mich links und rechts."

„Schläfst du mit ihr?"

Wenn ich ihr die Wahrheit sage, wird sie mich hassen, und die Familie lässt mich fallen, denkt er. „Wie kommst du darauf? Sie ist unsere Tante."

„Tante", lacht sie. „Ich kenn dich doch. Sie wäre die erste Frau, der du nicht an die Wäsche gehst. Außerdem sieht sie blendend aus."

Er schüttelt den Kopf. „Sie ist eine attraktive Frau." Verschmitzt grinst er Marie an und fragt: „Mal ehrlich, von Schwester zu Bruder, es ist nichts, aber was wäre wenn?"

„Also doch."
„Nein, ist nur eine Frage."
„Tu's nicht Stefan. Das ist kein Spiel."
„Ich mag Spiele. Beim Flippern habe ich dich immer um Längen geschlagen."
„Weil du gemogelt hast", lacht sie. „Aber das hier ist ernst, Stefan. Du spielst mit unserer Familie, und wenn du nicht aufpasst, reißt du sie auseinander. Du bist erwachsen, also benimm dich auch entsprechend."
„Leicht gesagt."
Zum ersten Mal liegt keine Sympathie mehr in ihren Worten. „Vater ist aufgelöst vor Schmerz über das, was ihm sein Bruder angetan hat. Karl ist enttäuscht und überlegt wahrscheinlich längst, wie er dich wieder loswerden kann. Und Sibylle? Ich kenne sie nicht gut genug, aber wenn ich sie wäre, hätte ich dich längst satt. Du wärst schließlich nicht der erste Jüngling, den ich mir aus Langeweile ins Bett geholt hätte."
„Du wechselst die Bezugspersonen so oft, dass ich gar nicht mehr weiß, von wem du redest, vor dir oder von Sibylle." Aus Langeweile, denkt er. Sie mag recht haben, sie ist eine Frau, vielleicht ticken Frauen so. „Weißt du etwas über Sibylle, das du mir verschweigst, oder hast du alles nur zusammen gesponnen, um mich zu ärgern? Es hörte sich an, als wäre sie in deinen Augen eine männermordende Spinne."
„Was glaubst du eigentlich, wie sie sich Karl geangelt hat. Er war ein eingefleischter Junggeselle, nur auf seinen Erfolg fixiert. Und kaum taucht sie auf, da wandelt er sich zum treu sorgenden Ehemann, der ihr auch noch sein Unternehmen anvertraut. Obwohl sie nichts anderes vorzuweisen hat als ein paar intelligente Interviews, mit Leuten, die vermutlich nur wegen ihrer Schönheit mit ihr geredet haben. Die Griechen nannten solche Frauen Hetären und die Japaner Geishas."
„Wow, dich möchte ich nicht zur Feindin haben."
„Ich mag auch keine Esel zum Freund. Früher habe ich dich bewundert für deine Klarheit, mit der du denken konntest. Und jetzt kommst

du mir vor, wie ein seniler Tattergreis, der nicht mehr weiß, wo links und rechts ist. Vermutlich hat sie dich verhext. - Lass uns gehen, mir wird kalt."

Er nickt, als verstünde er, was sie meint. „Ich muss für ein paar Tage nach Peking fliegen, vielleicht gelingt es mir ja doch noch den Auftrag zu retten, damit wir die Bestände runter kriegen. Warum kommst du nicht mit?"

„Wie stellst du dir das vor, einfach so, als Anhängsel meines Bruders. Du bist verrückt. Ich gehe nach Südafrika, muss meinen Hausrat auflösen und noch einiges erledigen."

„Das hatte ich vergessen."

„Ach Stefan."

Unten gleitet St. Petersburg vorbei. Von großer Höhe gleicht das Lichtermeer der Stadt dem einer amerikanischen Metropole an der Küste. Die Straßenzüge verdichten sich im Zentrum und enden scharf abgegrenzt, dort, wo das Meer beginnt. Über der Taiga sticht nur vereinzelt ein Lichtpunkt aus der völligen Schwärze.

Eigenartig, über ein Land zu fliegen, das ich noch nie betreten habe, denkt Stefan. Die Ankunft in Tokio, beim ersten Mal. Bilder im Kopf, Einzelaufnahmen unbekannter Menschen, die Massen auf der Kreuzung in Shibuya, aufgeladen mit Bedeutung. Doch plötzlich, es brauchte nicht viel, war alles real. Die Taxifahrt durch die Häuserschluchten, der Menschenstrom in der U-Bahn, der überraschende Blick auf den Berg Fuji. Die winzigen Parzellen Land entlang der Eisenbahnlinien und der verstohlene Blicke auf einen Zen-Tempel, getrübt durch die verregnete Autoscheibe. Das allein ist sicher nicht Japan, aber es ist mehr als der Bericht eines Kameramanns.

Von China weiß ich gar nichts.

Wenn ich in Peking ankomme, möchte ich die verbotene Stadt sehen. Ich möchte sie spüren und riechen.

Wie kriege ich nur diesen Schleier der Angst von den Leuten, denkt er, als er das Bullauge abdunkelt und sich für die Nacht vorbereitet.

Er liegt wie ein Leichentuch auf der Firma, lähmt die Glieder, die Atmung und das Denken. Dabei brauchen sie alles, um wieder auf die Beine zu kommen. Der Patient ist geschwächt, nicht von den Schlägen der Konkurrenz, sondern von dem Verlust an Selbstvertrauen, das ihn seit Jahren befallen hat, seit er aus den Höhen von Karls Erfindungsreichtum gefallen ist.

Was kann ich tun? Noch mehr kürzen? Dann bleiben nur noch ein paar ausgelaugte Figuren, die nicht einmal mehr die Kraft haben nein zu sagen. Vielleicht kommt aber auch ein Kern zum Vorschein, der Kern einer neuen Firma, die sich an der eigenen Genesung hochrankt.

Das Management-Treffen in zwei Wochen muss ein paar einfache Fragen beantworten. Haben wir noch ein Geschäft, und falls ja, haben wir die Menschen dafür, um es erfolgreich zu bewältigen? Dazwischen liegen Welten. Es braucht detaillierte Maßnahmen, und ich muss herausfinden, was jeder einzelne Mitarbeiter zu geben bereit ist. Gerhard hat mir eine Gruppe alternder Männer hinterlassen, ihnen beizubringen, dass das Unternehmen noch eine Zukunft hat, wird nicht leicht werden. Von einem Verkauf rede ich besser noch nicht.

Er schiebt den Schirm vor dem Bullauge hoch und betrachtet das Blinken der Positionslampe an der Flügelspitze. Die Nacht ist klar und er kann den Boden sehen. Vereinzelte Lichter in einem Meer aus Dunkelheit, zu schwach für eine Siedlung. Er denkt an Marie, ihre Vorfreude auf Südafrika. Es ist die Unabhängigkeit, die sie braucht. Wenn sie zurück kommt, wird sie ein anderer Mensch sein.

Auf einmal sieht er einen orangefarbenen Schein am Boden. Anfangs noch vereinzelt, dann eine riesige Fläche. Er weiß nicht, was es sein könnte, will die Stewardess fragen und erinnert sich, von den Torffeuern in Sibirien gelesen zu haben. Nach zwanzig Minuten ist es vorbei. Wir fliegen rund tausend Kilometer pro Stunde, zwanzig Minuten sind etwa dreihundert Kilometer verbrannte Erde, denkt er. Was für ein Wahnsinn.

Nach einer Woche in Peking und Xian fliegt er unverrichteter Dinge zurück. Die Chinesen spielen auf Zeit. Sie ahnen, dass ihm das Wasser bis zum Hals steht, und hoffen auf bessere Preise.

In der Gegend um den Amur breitet sich eine gleißend weiße Schneedecke aus.

Sibirien liegt unter einer dichten Wolkendecke.

Klarheit

Sibylle spürt, wie sehr sich ihre Beziehung zu Stefan gewandelt hat. Seine Ungeduld, wenn sie nicht sofort versteht, was er meint. Eine Gereiztheit, die es früher zwischen ihnen nicht gab. Zustimmung nur noch, um das Thema abzuwürgen, und dann das zu tun, was er sowieso tun wollte. Eine gekünstelte Freundlichkeit, die sie nicht deuten kann. Es ist die Firma, denkt sie, sie bindet uns und trennt uns zugleich.

Aber noch ist sie nicht bereit ihn aufzugeben. Bei allen früheren Männern in ihrem Leben hat sie den Takt vorgegeben, und jetzt soll es auf einmal ein junger Mann sein, der bestimmt. Anfangs hatte sie für einen flüchtigen Moment an Liebe gedacht, etwas, das halten könnte, auch wenn Karl nicht mehr da war. Aber der Gedanke verflüchtigte sich, so schnell er gekommen war. Es blieb die körperliche Anziehung, ein Magnetismus, den sie sich nicht erklären kann. Sie mag es immer noch, wenn er in sie eindringt, danach das Gefühl seinen jungen Körper neben sich zu spüren, als wäre er ein Teil von ihr.

München erscheint ihr zunehmend grau, selbstgerecht. Die Firma hängt ihr wie ein Mühlstein am Hals. Karls Krankheit, eine dunkle Wolke, durch die kein Lichtstrahl mehr dringt. Sie muss raus aus der Stadt, alles für kurze Zeit hinter sich lassen.

Karl ist bei Dorothee gut aufgehoben, denkt sie, als sie sich entschließt für ein paar Tage nach Seefelden ins Fischerhaus zu fahren. Als Karl noch reisen konnte waren sie häufiger dort, doch nach einem Tag im Hotel, erdrückt sie das Alleinsein bereits. Sie ruft Stefan an und bittet ihn zu kommen. Er ist nicht begeistert, schiebt Arbeit vor. Doch kurz darauf ruft er zurück und sagt, er hätte ein paar Termine verlegt; „Aber mehr als einen Tag und eine Nacht kann ich dir nicht bieten."

„Danke. - Wenn du rechtzeitig kommst, kannst du den Sonnenuntergang erleben. Gestern war er glutrot, und ich konnte bis nach Bodman sehen."

„Ich schaffe es bestimmt, hoffentlich", fügt er schnell hinzu. „Hast du Zeit mit mir zu essen?"

„Natürlich." Sie spürt, wie sie errötet. Vorfreude, denkt sie, wie ein kleines Mädchen, das auf ihren Liebhaber wartet.

Sie geht ins Bad und betrachtet sich im Spiegel. Zurück blickt eine Frau, deren Altern nicht mehr zu übersehen ist. Die neue Frisur, halblang und gerade, steht mir, denkt sie. Ich kann die Haare hinter die Ohren schieben, das macht das Gesicht schmaler. Nur die beginnenden Falten kriege ich nicht mehr weg, am meisten stören sie mich am Hals und um den Mund. Aber so ist es eben. Wenigstens ist die Brust noch voll, er mag sie.

Zurück im Zimmer, setzt sie sich an die Bettkante und betrachtet die Miniaturen an den Wänden. Kleine, italienische Jahreszeit-Szenen, Handwerksarbeiten, Leute, die Schafe scheren, ein Schlachtfest. Für einen Moment sieht sie sich zurück in Rom. Sieht, wie Jonas nach der Schule auf sie wartet, sieht die Bibliothek mit dem braunen Geländer aus Stahlrohr vor den offenen Bücherregalen. Ich war gern dort, denkt sie. Vielleicht, wenn alles hier vorbei ist, gehe ich zurück, ich habe Rom sehr geliebt.

Er kommt spät, ist fahrig und scheint frustriert, will aber nicht darüber reden, was schief gelaufen ist. Und eigentlich will sie es auch nicht hören. Für einen Tag und eine Nacht, hat er gesagt, wollen wir nicht an die Firma denken. Und dann, während des Essens, gelingt es ihnen doch wieder nur halb.

Später, als er sie küsst, seine Hand auf ihre Brust legt, und den Büstenhalter einfach nach oben schiebt, wehrt sie sich kaum. Ich will es doch, denkt sie, aber er tut es lieblos, als bedeute ich ihm nichts mehr. Hastig entkleidet er sie, umständlich, als wüsste er nicht, wie es geht. Sie denkt an Jonas.

„Du hast dir keine Zeit gelassen und warst nicht gerade bei der Sache", meint sie, als er sich aus ihr zurückzieht. „Ist es vorbei?"

Stefan dreht sich auf den Rücken und starrt an die Decke. „Der Job hängt mir wie ein Klotz am Bein. Ich kann die Gedanken an die Firma nicht einfach wegdrücken."

„Noch etwas, dessen du überdrüssig bist?", lachte sie kurz auf.

„Was soll das, du weißt, was ich meine. Der Trip nach China war für die Katz. Ich kann unseren Vertreter in Peking nicht erreichen, und er ruft einfach nicht zurück. Würde mich nicht wundern, wenn die auf Zeit spielen. Wenn wir hops gehen, kriegen sie die Bestände aus der Konkursmasse für einen Bruchteil dessen, was sie jetzt bezahlen müssten. Wenn ich sie wäre, würde ich es genauso machen - abwarten und zuschlagen, wenn es für sie am günstigsten ist."

„Kann es sein, dass sie noch mit jemand anders reden, als mit dir?"

„Mit Gerhard? Den mochten die Chinesen, sie mögen schwere Männer mit Bauch. Es bedeutet Reichtum in ihren Augen. Aber Gerhard, ich weiß nicht. Er hat sicher noch seine Informanten im Betrieb. Nicht verwunderlich nach all den Jahren, in denen er den großen Zampano gespielt hat." Stefan klingt gereizt, während er gedankenlos ihre Brust streichelt.

Auf einmal kommt sie sich leer und unattraktiv vor. Immer wieder hat ihr Stefan beteuert, wie begehrlich er sie noch findet, doch so, wie er sie jetzt behandelt, achtlos und in Gedanken ganz woanders, findet sie es unerträglich. „Ist es dir unangenehm, mit mir zu schlafen?", fragt sie.

„Nein, wie kommst du darauf? Ich mache mir Sorgen, aber nicht wegen uns. Glaubst du, ich bin ein seniler Tatterer, der nicht weiß, was er will?"

Sie richtet den Oberkörper auf und sieht ihn spöttisch an. „Ein Tattergreis, noch dazu senil?"

„Marie hat es gesagt."

„Schläfst du etwa auch mit ihr?" Stefan reagiert nicht, sie spürt aber, wie er sich verspannt. Wie konnte ich nur so etwas sagen, denkt sie.

Als er sich aufsetzt, versucht sie erst gar nicht, ihn zurück zu halten.

„Ich glaube, es ist besser, ich ziehe mich an", sagt er.

„Entschuldige, Stefan, ich hätte das nicht sagen sollen. Ich hab das nicht so gemeint."

„Wie hast du es denn gemeint?"

„Es ist mir rausgerutscht. Einfach nur das lose Geschwätz einer eifersüchtigen Frau, die fürchtet, ihren Liebhaber an eine Jüngere zu verlieren. Verzeih mir bitte." Sie streicht ihre Haare hinters Ohr, um ihn besser sehen zu können.

Stefan legt ihr den Zeigefinger auf den Mund, dann zieht er eine Linie über das Kinn, den Hals bis zu einer Brustwarze, die er vorsichtig massiert. Die andere Hand legt er zwischen ihre Schenkel. „Komm, lass uns noch ein paar Schritte gehen."

Auf dem Weg am See entlang, vorbei an gründelnden Schwänen, die er kaum wahrnimmt, sagt er eher beiläufig: „Ich glaube, Karl heckt etwas aus, aber ich weiß nicht was. Er ist so höflich in letzter Zeit, völlig ungewöhnlich für ihn."

„Nicht verwunderlich, dass er sich verändert. Er weiß, dass er nicht mehr lange zu leben hat, und du weißt es auch."

„Ja, aber das ist es nicht. Ich glaube, es hat mit uns beiden zu tun, das spüre ich." Mit einer schnellen Bewegung kickt er einen Stein von der Straße in den See. „Wenigstens das kann ich noch", sagt er.

„Deine Nerven sind überspannt, weil es nicht so läuft, wie du es dir vorstellst. Wir brauchen Geduld. Ich bin überzeugt, dass wir auf dem richtigen Weg sind, und wenn das Geld aus China doch noch kommt, schreiben wir schwarze Zahlen, zumindest operativ." Sie versucht ihn zu beruhigen, doch insgeheim teilt sie seine Sorgen. - Warum musste ich auch mit ihm schlafen. Jedem anderen hätte ich längst den Laufpass gegeben, aber von ihm komme ich einfach nicht los. Alles gebe ich her, die Firma, Karl, wenn ich nur Stefan behalten kann.

Im Dorf zeigt sie auf den vierschrötigen Turm der Seefelder Kirche. „Da war ich heute, kurz bevor du kamst. Der Pfarrer fragte, ob ich beichten wolle, und fast hätte ich es getan. Der Innenraum ist sehr karg, eine flache Decke, kaum Fresken, nicht wie auf der Reichenau."

„Und hast du?", fragt Stefan.

„Nein, nur fast. Ich war verwirrt, dabei bin ich kein gläubiger Mensch. Aber Kirchen mag ich, vor allem die Birnau, wenn die Touristenbusse weg sind."

„Warst du heute schon dort?"

„Ja, nachdem du angerufen hast, dass du dich verspäten würdest. Ich bin durch die Weinreben, mit Blick über den See hochgestiegen. Als die Sonne hinter dem Bodanrück verschwand kam ich zur Ruhe."

Für eine Weile geht er schweigend neben ihr her. „Dich beunruhigt etwas, ist es unsere Beziehung?", fragt er endlich.

Sibylle sieht lange auf den See, der schwarz und schweigend vor ihnen liegt. „Ich frage mich natürlich, ob es richtig ist, was wir tun", sagt sie kaum hörbar.

„Die Firma oder wir beide?"

„Die Firma ödet mich nur noch an. Wenn Karl nicht mehr da ist, übergebe ich alles dir, dann kannst du machen was du willst. Mir geht es um uns beide. Du brauchst etwas anderes, keine alternde Frau, die sich wie eine Klette an dich hängt."

„Quatsch, was soll das? Klette! Karls Krankheit macht dir zu schaffen."

Er will es nicht hören, denkt sie. „Und dir, was macht dir zu schaffen?"

„Die Firma, das geistlose Geschwätz, das sich um nichts anderes dreht, als um Geld und Biertischpolitik. Dabei sind es meist nur in Zellophan verpackte Allgemeinplätze. Wortkaskaden, die nur den einen Zweck haben, den anderen niederzuringen. Ich hasse dieses Dauergedöns. Kannst du das verstehen?", fragt er, hinein in den Lärm eines vorbei fliegenden Sportflugzeugs.

„Ich kann dich nicht hören, Stefan, es brummt zu stark. Dass die überhaupt um diese Zeit noch fliegen dürfen. Was hast du gesagt?"

„Schon gut, nichts von Bedeutung. Ich glaube, mir geht der tägliche Trott auf den Geist. Ich brauche dringend ein Erfolgserlebnis."

„Ich dachte, dir gefällt der Job", sagt sie traurig. „Hast du zumindest immer behauptet. Und jetzt wird dir alles zu viel?"

„Ich habe so meine Höhen und Tiefen. - Dauernd kommt einer und will, dass ich etwas entscheide. Oft bei läppischen Problemen, die sie spielend selbst lösen könnten. Meist geht es nur um Autos, Kantine und Urlaub, als gäbe es nichts anderes auf der Welt."

„Du hörst dich furchtbar an. Das sind unsere Mitarbeiter, Stefan. Ohne sie ist die Firma nur eine Ansammlung veralteter Maschinen."

„Tut mir leid, Sibylle, ich hab mich gehen lassen." Sie lebt in einer anderen Welt, denkt er. Ist ja auch blöd von mir, zu glauben, sie wäre auf meiner Seite, bloß weil wir zusammen ins Bett gehen. „Mach dir keine Sorgen, ich lass dich nicht hängen."

Sie hebt einen kleinen Stock vom Wegrand auf und schlägt ihn, wie eine Reitgerte, in ihre offene Hand. „Hoffentlich, Stefan, du kannst nicht einfach hinschmeißen. Ich stehe mit leeren Händen da, wenn du es tust, ich hoffe, du weißt das", sagt sie ganz ruhig.

„Wir schaffen das, wenn die Chinesen endlich zu Potte kommen und auch noch bezahlen, sieht alles schon viel rosiger aus."

Karl

Er hat schon ein paar Mal nur Gerhards Anrufbeantworter erreicht, und mit der Zeit verdichtet sich sein Ärger. Wo steckt Gerhard, denkt er, nicht in der Firma, nicht zu Hause, vermutlich auf einer seiner wilden Touren durch das Alpenvorland. Weiß der Teufel, was er da immer macht.

Erst spät Abends erreicht er ihn: „Wo warst du, ich hab es den ganzen Tag versucht, aber du bist nicht rangegangen."

„Was geht's dich an, ich bin nicht mehr dein Lakai."

„Eindrucksvoll, deine Freundlichkeit. Richtig überwältigend."

„Was willst du?"

„Wir müssen über die Firma reden, sie geht uns gerade den Bach runter."

Uns, denkt Gerhard, das ist neu.

„Ist wohl heute dein Schweigetag", bohrt Karl nach.

„Was soll das, es ist deine Firma. Das hast du gesagt, als du mich an die Luft gesetzt hast. Und jetzt, wo die Karre im Dreck steckt, bin ich auf einmal wieder gut genug sie rauszuziehen. Nicht mit mir. Mach was du willst, aber lass mich in Ruhe."

„Gerhard, wir sitzen beide im selben Boot. Ich habe einen Fehler gemacht und entschuldige mich dafür, aber es hilft niemand, wenn du dich in deine Schmollecke zurückziehst. Wenn Stefan die Firma an die Wand fährt, was dann? Beide haben wir nichts, nur du hast noch weniger als ich. Mir bleibt immerhin meine Pension, aber du hast nur deinen Anteil an der Firma, der dann nichts mehr Wert ist. Frustriert rumbrüten hilft nicht, komm vorbei und lass uns darüber reden."

Gerhard weiß, wie recht Karl hat, aber er braucht Zeit, um sein Einknicken, vor sich selbst zu rechtfertigen. „Heute kann ich nicht mehr, ich habe etwas vor."

„Gut, dann morgen. Wann kommst du?"

„Am Nachmittag, gegen drei Uhr. Aber nur wir beide, sag Sibylle, dass ich niemand sehen will außer dir. Und überleg dir gut, was du von mir erwartest, ich lass mich nicht zweimal über den Tisch ziehen."

Am nächsten Tag, als er Karls Eingangstür aufdrückt, lacht er bitter. Er muss es ziemlich eilig haben, wenn er sogar die Tür offen lässt, denkt er.

„Ich hab dich schon erwartet", hört er Karls brüchige Stimme aus dem trüben Halbdunkel der Halle.

„Tut mir leid wegen der Verspätung, Stefan hatte angerufen. Anscheinend geht ihm der Arsch auf Grundeis. Die Chinesen machen ihm zu schaffen, ob ich nicht helfen könne, meint er auf einmal. Der alte, müde Gerhard, der für nichts mehr nütze war, soll auf einmal an ein paar Schrauben drehen und dann läuft wieder alles wie geschmiert. Was für ein absurdes Theater du angezettelt hast."

„Es war ein Fehler mit Stefan, er kann es nicht. Ich hatte für einen Moment die Übersicht verloren. Wäre mir früher nie passiert…."

Jetzt jammert er auch noch, denkt Gerhard. Früher hätte er sich eher die Zunge abgebissen, als einen Fehler einzugestehen.

„Lass uns gemeinsam überlegen, welche Optionen wir noch haben. Komm erst mal rein und setz dich zu mir, bitte." Karl klingt müde und resigniert.

Bitte! Anscheinend ist er wirklich am Ende. Ein Bitte wäre ihm früher auch nie über die Lippen gekommen. „Wie geht es dir heute?" fragte Gerhard versöhnlicher. Nachdem sich die Augen an das Halbdunkel der Halle gewöhnt haben, sieht er, wie weit Karls Verfall schon fortgeschritten ist. Vor dem Kamin sitzt eine menschliche Ruine, die Augen in tiefen Höhlen, die Wangen eingefallen, die Hände zitternd.

„Nicht besonders, du siehst ja, wie weit es schon ist. Ich möchte alles zurückdrehen, aber dazu brauche ich dich. Ich habe dich noch nie um etwas gebeten, doch diesmal tue ich es."

„Endspiel, nehme ich an?"

„Ja."

„Verkaufen also. Nichts mehr mit sanieren, wachsen und wie der Phönix aus der Asche steigen. Nur noch weg mit dem ganzen Plunder, den wir über dreißig Jahre aufgebaut haben. Und Stefan soll schauen, wo er bleibt. Er hatte genug Zeit und hat versagt. So einfach ist es in deinen Augen. Und ich soll dir auch noch dabei helfen."

„Ja."

„Für was hältst du mich eigentlich?"

„Für jemand, der dabei ist, seine Anteile zu verlieren, wenn er nicht in die Bresche springt."

„Leute manipulieren gehört einfach zu dir, wie ein zweiter Anzug. Du denkst, wenn du nur mit den Fingern schnippst, stehen immer noch alle stramm. Das ist vorbei, Karl. Du musst dir schon etwas einfallen lassen, um mich einzuspannen. Für kurze Zeit dachte ich, die Krankheit hätte dich verändert, aber das wird wohl nichts mehr. Alles nur äußerlich, dein Gehirn funktioniert wie eh und je."

„Es geht ums Ganze, Gerhard, es wird Zeit, dass du aufwachst."

„Und so werde wie du?"

„Es spielt keine Rolle wie du wirst", sagt Karl kalt. „Ich habe noch eine Patrone, und du wirst sie abfeuern. Denn wenn du es nicht tust, schießt du dich ins eigene Bein. Sibylle betrügt mich wahrscheinlich. Sie hat es auch früher getan, ich hab es nur nie ernst genommen. Darüber musste ich mir klar sein, als ich sie heiratete, wir sind immerhin mehr als zwanzig Jahre auseinander."

Sechsundzwanzig genau, du Idiot, denkt Gerhard. Du hast gedacht, du könntest sie als deinen Jungbrunnen benutzen, und jetzt tanzt sie dir auf der Nase herum, also jammere nicht.

„Vielleicht hält sie sich inzwischen für unverwundbar", fährt Karl fort, und schüttelt das Thema ab, als wäre es eine lästige Fliege. „Magnus könnte uns helfen, einen guten Käufer zu finden. Vorher erhöhe ich deinen Anteil am Unternehmen auf vierzig Prozent, das Doppelte dessen, was du heute hast. Es soll sich für dich lohnen."

„Einfach so. All die Jahre hast du dich geweigert", lacht Gerhard kurz auf. Er klingt bitter, wie jemand, der sich verkannt fühlt, und dem es jetzt egal ist, was Karl ihm anbietet. Er atmet tief ein und zieht die Schultern hoch. „Magnus also", sagt er. „Du willst ihm die Firma zum Fraß vorwerfen."

„Quatsch, er ist die einzige Option, die wir noch haben. Und hat er nicht gesagt, wir sollen uns rühren, wenn es um den Verkauf geht. Jetzt ist es soweit."

„Stefan und er zogen nicht am selben Strang, sie konnten sich nicht leiden", bestätigt Gerhard. „Und was ist, wenn das von Anfang an Magnus' Plan war, und wir ihm jetzt ins offene Messer laufen. Stefan hat so etwas angedeutet."

„Sprichst du mit ihm?"

„Er ist mein Sohn. - Und welche Rolle hast du mir zugedacht in deinem Endspiel, großer Meister?"

Karl überhört den Sarkasmus. „Du hilfst Magnus im Übergang und passt auf, dass er uns nicht betrügt. Und dass möglichst noch etwas übrig bleibt für uns beide."

„Wie das denn? Wenn er erst mal…."

„Du setzt Stefan frei, übernimmst vorübergehend die Geschäftsführung und leitest den Verkauf ein", redet Karl einfach weiter, flüssiger jetzt, als würde ihn die Vorstellung, eine Lösung gefunden zu haben, beflügeln.

„Alles wie gehabt, nur mit umgekehrten Vorzeichen", lacht Gerhard bitter.

„Ja, außer dem Verkauf, der ist neu."

„Und was sagt Sibylle dazu, sie ist deine Frau, du kannst nicht einfach über ihren Kopf hinweg entscheiden, als wäre sie deine Dienstmagd."

Karl sitzt lange schweigend da. Fast sieht es aus, als wäre er eingeschlafen. Als er den Kopf hebt, sagt er: „Ich rede mit ihr, bald. Und ich will dich auch nicht instrumentalisieren, Gerhard. Ich habe nur keine Zeit mehr, und will ein paar meiner gröbsten Fehler bereinigen, bevor ich sterbe. - Du musst mir nicht helfen, ich dachte nur, dass dein Hass gegen mich nicht soweit geht, dass du dir selbst schadest.

Lass uns vernünftig miteinander reden, wie zwei Geschäftsleute, die gemeinsame Interessen haben, wenn es uns schon nicht gelingt, es wie Brüder zu tun."

„Na gut, wie soll es weiter gehen?" fragt Gerhard resigniert.

„Sag mir zuerst, was du von Magnus hältst. Glaubst du, er wäre bereit? Vielleicht sogar die Firma aufzupäppeln, bis sich ein Käufer findet, wenn er es nicht selbst stemmen kann?"

„Schon möglich. Im Vergleich zu Stefans Hektik ist er allemal vorzeigbarer. Ich weiß nur nicht, ob er den Konzernmanager ablegen will, teure Hotels, großes Auto, Privatflieger, wer weiß, was er alles hatte. Seine Erfahrung ist gut, ob er sie auf uns übertragen kann, weiß ich nicht. Aber das habe ich ja alles schon gesagt."

„Gut, nehmen wir an, er wäre der Richtige, dann muss Stefan raus aus der operativen Verantwortung. Und Sibylle hat sowieso schon lang keine Lust mehr. Ich entziehe ihr alle meine Vollmachten und übertrage sie auf dich, dann kannst du machen was du willst. Wir werden Magnus Anteile geben müssen, sonst steigt er nicht ein. Das ist normal in unserer Situation. Und wenn der Verkauf klappt, bleibt für dich und Sibylle immer noch mehr übrig, als wenn wir Konkurs gehen. Was hältst du davon?" Karl atmet schwer, es ist ihm anzumerken, wie sehr ihn das lange Reden angestrengt hat.

Gerhard sieht verblüfft auf seinen Bruder, der Vorschlag macht Sinn, denkt er. Auf einmal sieht er kein Wrack mehr vor sich. Er hat sich selbst aus seiner Zwangsjacke befreit, registriert er verblüfft. Ein perverser Stolz auf seinen Bruder steigt in ihm auf. Sein Verstand arbeitet immer noch wie ein Uhrwerk, denkt er, und für mich ist es ein lupenreiner Vertrauensbeweis. „Willst du das wirklich? Du machst gerade eine Kehrtwendung um einhundertachtzig Grad, das ist dir doch klar, oder?"

Karl nickt nur.

„Aber du sprichst mit Sibylle, mit ihr will ich nichts zu tun haben. Das ist deine Baustelle, um Stefan kümmere ich mich selbst." Gerhard klingt bestimmt, als wolle er Karl beweisen, dass er sich auf ihn verlassen kann.

„Das habe ich vor. Du bist also dabei?"

„Ja."

Endspiel

Karl Wegener erwacht gegen drei Uhr Morgens, driftet wieder weg und schreckt auf, mit dem Bewusstsein alles verloren zu haben. Sein Herz rast. Er ruft nach Sibylle, und als sie nicht kommt, liegt er wach und zermartert sich das Hirn. Was ist absurder, denkt er, die Eifersucht eines alten Mannes oder die Erniedrigung durch eine Quasi-Witwe?

Als Sibylle endlich die Tür aufschließt, geht sie kurz darauf ins Bad. Er hörte, wie sie sich die Zähne putzt und eine Dusche nimmt. Wenigstens erspart sie mir den Geruch ihres Liebhabers, denkt er.

„Wo warst du?", fragte er in die Dunkelheit.

„Oh, bist du noch wach?" Sie klingt überrascht, doch keineswegs beunruhigt.

Als sie an sein Bett tritt, sieht er sie im Licht der Nachtlampe, das Handtuch schnell um die Brust geschlungen. Wie schön sie immer noch ist, denkt er. „Wo warst du?"

„Stefan und ich haben uns verquatscht. China, Stefan zermartert sich den Kopf, wie er den Auftrag doch noch retten kann."

„Bis nachts um vier? So groß ist China auch wieder nicht", versucht er einen leichten Ton.

„Was meinst du, Liebling?"

„Habt ihr es in Gerhards Büro getrieben?", bricht es unkontrolliert aus ihm heraus. „Du hast Besseres verdient, Sibylle, als herumzuhuren."

„Ich weiß nicht, was du meinst", sagt sie, entschlossen sich nicht provozieren zu lassen. Nicht um diese Zeit, nicht bei diesem Thema und nicht auf diese Weise, denkt sie. „Ein Freund von früher hatte angerufen. Er ist zufällig in der Stadt und wollte mich sehen. Wir gingen in eine Bar, und dann bin ich noch am Fluss entlang gegangen, um frische Luft zu schnappen. Die Nacht war klar, und ich konnte noch nicht schlafen." Sie ignoriert seine Anspielung, hält sie für seinen Versuch sie zu verletzen. Das letzte Quäntchen Macht aus seinem alten, kranken Körper zu pressen. Es gibt sonst niemand mehr, bei dem er es tun kann, denkt sie.

„Du bist eine schlechte Lügnerin. Warst es immer schon. Konntest du nicht warten, bis es mit mir vorbei ist. Es wird nicht mehr lange dauern. Sag mir wenigstens, mit wem du dich rumtreibst."

Sie schweigt und beginnt leise zu weinen. „Ich weiß nicht mehr, was mit mir los ist, Karl. Ich dachte, es wäre Liebe, aber das ist es nicht. Nicht wie zwischen dir und mir. Manchmal fühlt es sich an wie Champagner, der einem für einen Moment den Kopf verdreht. Ich mich nicht entschuldigen, spüre auch keine Reue, denn ich liebe dich wirklich, Karl. Aber das mit Stefan ist unerklärlich. Es hat mich gepackt und lässt mich nicht mehr los. Ich weiß nicht, wie ich damit umgehen soll. Weil ich gehofft hatte, den Kopf klar zu kriegen, bin ich allein an die Isar gegangen, stundenlang, denselben Weg auf und ab. Ich mag den Fluss, aber er konnte mir auch nicht helfen. Bitte, Karl, befrei mich von deiner Firma, sie bringt mich um."

„Stefan? Bist du wahnsinnig?"

„Es ist alles zu viel für mich, Karl. Die Firma, Stefan, dein Bruder, der nicht loslassen kann, dazu deine Krankheit. Ich kann nicht mehr. Als du Stefan in die Firma geholt hast, dachte ich, wir könnten eine normale Arbeitsbeziehung haben, aber ich hab mich getäuscht."

Karl bringt nur ein heiseres Stöhnen hervor. „Lass uns morgen darüber reden", sagt er mit belegter Stimme. „Geh nicht ins Büro, ich möchte, dass du hier bleibst. Wir brauchen Zeit. Außerdem habe ich Christians Befund erhalten, es ist alles in Ordnung."

Später hört er ihr Schluchzen durch die geschlossene Tür des Schlafzimmers. Stefan, wie konnte sie nur, denkt er. Ich hätte sie von Anfang an einweihen müssen, aber ich habe es nicht getan, und jetzt ist es zu spät. Er will aufstehen, zu ihr gehen, sie beschützen, schafft es aber nicht mehr. Gegen Morgen schläft er endlich ein.

Als Sibylle am nächsten Morgen zu ihm ins Bett schlüpft, wacht er auf. „Ich konnte nicht mehr schlafen", sagt sie. „Erzähl mir von

Christians Befund. Du hast gesagt, es ist alles in Ordnung. Heißt das, der Morbus Parkinson ist weniger schlimm?"

„Nein, der lässt mich nicht mehr los. Aber Christian hat etwas anderes geprüft, von dem ich dir nichts gesagt habe."

„Du spannst mich auf die Folter. Ist das die Strafe für heute Nacht?", fragt sie leichthin, doch er spürt die Angst in ihrer Stimme.

„Liebst du Stefan", fragt er. „Es wäre gut, dann hättest du jemand, wenn ich nicht mehr da bin."

„Ich glaube nicht. Wir waren in Seefelden zusammen, im Fischerhaus. Ich fuhr allein hin, weil ich Abstand brauchte. Vielleicht wollte ich auch nur die Erinnerung wiederbeleben an die Tage, die wir beide dort gemeinsam verbracht haben. Es hat nicht geklappt und das Alleinsein hat mich erdrückt. Ich war so durcheinander, dass ich in die Kirche ging und fast gebeichtet hätte. Irgendjemand musste mir zuhören, aber da war niemand. Da habe ich Stefan angerufen und ihn gebeten zu kommen."

„In der Birnau?"

„Nein, unten im Dorf." Verschämt sucht sie seine Hand.

„Ich wusste gar nicht, dass du gläubig bist."

„Bin ich auch nicht. Ich wusste nur nicht mehr ein noch aus. Deine Krankheit, der Job in der Firma, dem ich nicht gewachsen bin, und dann Stefan, eine Affäre, die mir wie ein Klotz am Bein hängt."

„Geht es schon lange?"

„Ein Jahr, nachdem du uns zusammengeschweißt hast."

„Bin ich schuld?"

„Nein, das muss ich schon mit mir allein ausmachen. - Weißt du noch, im Night-Club des Bayrischen Hofs, hast du mich Simonetta genannt", wechselt sie das Thema, als lohne es nicht weiter auf der Affäre mit Stefan herumzureiten. „Ich war jung und völlig perplex, dachte zuerst, dir gefällt mein Name nicht, und dann fiel mir Botticelli ein. Und das habe ich auch noch gesagt, wie eine folgsame Schülerin, die ihren Lehrer beeindrucken will."

„Du warst nur siebzehn, aber hast so getan, als wärst du älter, und ich hab dir geglaubt. Sonst hätte ich nie mit dir angebandelt", lacht er. „Du warst die schönste Frau, die ich je gesehen hatte."

„Ein Mädchen, das du mit zwei Flaschen Sekt rumgekriegt hast. Ich verstehe immer noch nicht, wie das alles zusammenhängt."

Er schüttelt ganz langsam den Kopf. „Nein, so war es nicht. Du warst... - Und heute bist du für mich immer noch die schönste, intelligenteste Frau, die ich begehre, wie keine je zuvor", sagt er leise, als würde ihm sein Lebenstraum entgleiten.

„Was ist das für ein Befund?", fragt sie ängstlich.

Karl zögert lange, es spielt jetzt keine Rolle mehr, ob sie es weiß oder nicht, denkt er. „Ich habe Pankreas-Krebs. Es ist noch nicht schlimm, aber das Ende wird wohl schnell gehen. Tut es eigentlich immer, und warum sollte es ausgerechnet bei mir anders verlaufen. Die Schmerzen sind unerträglich, wenn es soweit ist. Ich habe es bei einigen meiner Patienten gesehen, das will ich nicht erleben."

„Karl, du willst mir weh tun", presst sie hervor.

„Nein, Sibylle. Ich habe immer aus dem Vollen geschöpft. Und jetzt tue ich das wieder, nur ist es diesmal.... Christian hat mir Morphium verschrieben, falls ich die Schmerzen nicht mehr aushalte. Sie kommen in Schüben, zuerst mit großen Zeitabständen, dann immer häufiger."

Sie antwortet nicht, gräbt sich nur tiefer in ihn hinein. Er spürt ihre Fingernägel auf seiner Haut, während sie ein Stöhnen mit dem Kissen zu ersticken sucht. „Wie lange noch?"

„Ein paar Monate, meint Christian, vielleicht auch nur ein paar Wochen. Ich wäre mit dir verreist, irgendwohin, wo du dich wohl fühlst. Aber mit diesem verfluchten Parkinson geht es nicht mehr. Ich bin eingesperrt in einem Körper, der sich schrittweise verabschiedet. Warum ausgerechnet Stefan?"

„Ich kann es dir nicht erklären. Ich weiß es nicht."

Warum kann sie nicht ehrlich sein? Jetzt wenigstens, wo es keine Rolle mehr spielt. Ich hasse sie, ihre Jugend, ihre Schönheit, dabei liebe ich sie mehr denn je, denkt er. „Versuch es doch wenigstens, bitte. Vielleicht verstehe ich dann besser, warum es ausgerechnet Stefan sein musste." Dabei denkt er: Ich kann es nicht, ich kann ihr nicht erzählen, was es mit Stefan auf sich hat. Früher hätte ich es tun sollen, jetzt ist es zu spät. Sie wird mich hassen, wenn sie davon erfährt, noch über meinen Tod hinaus.

„Ich muss erst etwas trinken, mein ganzer Mund ist trocken", sagt sie, und steht auf, um in die Küche zu gehen. „Du auch?"

„Ja, gern, ein Glas Wasser, aber nicht zu voll, sonst verschütte ich wieder alles."

Als sie zurück kommt, zwei Gläser in der Hand, trägt sie den Seidenmantel, den er ihr in Tokyo gekauft hat.

„Du magst den Mantel", sagt er.

„Ja, sehr. Willst du wirklich, dass wir darüber reden?"

„Ja, ich glaube, es hilft uns beiden."

Sie atmet tief durch, nimmt einen Schluck Wasser und hält ihm sein Glas an den Mund. „Ich fühlte mich so entsetzlich allein, als würden ununterbrochen riesige Wellen über mir zusammenschlagen. Ich konnte mich nicht dagegen wehren, und so ist es halt passiert. Er könnte mein Sohn sein, so jung wie er ist. Ich denke viel nach, über Liebe, Verrat, Treue. Was ist selbst gesteuert in uns, was findet einfach nur statt, ohne dass wir etwas dagegen tun können."

„Gestern Nacht habe ich dich gehasst, dachte ich zumindest, aber es stimmt nicht. Gleichzeitig habe ich dich geliebt. Wie ein Kippschalter kam ich mir vor, hin und her, her und hin. Ich hatte gehofft du kommst, aber ich hab dich nur weinen gehört. Da wollte ich zu dir, aber das ging auch nicht. Ich fühlte mich schuldig für all das Chaos, das ich angerichtet habe. Ich habe versagt, Sibylle."

„Was redest du da. Es ist nicht deine Schuld. Ich bin es, die dich enttäuscht hat."

„Nein, du hast gut gekämpft. Ich habe dich in die falsche Schlacht geschickt. Es gab schon einmal eine Schlacht, größer, bedeutender, als alles, was wir uns vorstellen können. In der Normandie, in der

Nähe eines kleinen Dorfs, Agincourt, heißt es. Da schlugen die Engländer die Franzosen. Sie setzten erstmals ihre long-bows ein und vernichteten die Blüte der französischen Ritterschaft. Die hatten nicht mit der Wucht der Pfeile über die große Distanz gerechnet und hielten sich in ihren schweren Rüstungen auf den furchterregenden Pferden wohl auch für unverwundbar."

„Warum erzählst du mir das?"

„Weil es mich beschäftigt. Wie eine Dia-Schau laufen die Bilder durch meinen Kopf. Ganze Erinnerungsblöcke tauchen auf aus dem Nichts und verschwinden wieder. Südafrika, Mandela, das hat Sinn, dort war ich, das Land bedeutet mir etwas. Aber warum Richard III., Heinrich V., Agincourt, es hat keinen Sinn, außer ich trage den Schutt, den ich ein Leben lang angesammelt habe langsam ab. Ich glaube, Shakespeare hat den Engländern keinen Gefallen getan. Er hat sie groß werden lassen und gleichzeitig hält er ihnen auf ewig den Spiegel vor. Kannst du das verstehen?

„Oh ja, mehr als mir lieb ist. Es ist dein Leben, Karl." Er ist dabei sich zu verabschieden, denkt sie.

„Es ist meine Schuld, versuch erst gar nicht mich zu entlasten. Aber ich will es wieder gut machen."

„Ich verstehe dich nicht?", fragt sie besorgt.

„Vor ein paar Tagen habe ich mit Gerhard gesprochen. Da hatte ich schon einmal so ein unbestimmtes Gefühl, dass es zu Ende geht. Ich dachte, ich muss meine gröbsten Fehler bereinigen, bevor ich sterbe."

„Du willst ihn wieder einsetzen?"

„Ja, es ist das Beste für dich und für alle."

„Und was wird aus Stefan?"

„Er ist jung, er hat seine Software-Firma."

Sie atmet tief ein. Misstrauen wächst in ihr, als hätte es den Augenblick an Hoffnung nicht gegeben. „Und es ist nicht nur wegen…"

„Nein, da wusste ich weder davon, noch von dem Pankreas Krebs. Aber jetzt passt alles. Ich habe keine Angst vor dem Tod, eher vor dem Sterben, dass ich die Schmerzen nicht ertragen kann. Und ich leide darunter, dass mir alles entgleitet. Es ist an der Zeit zu gehen, und ich bin froh, dass ich den Zeitpunkt selbst bestimmen kann."

„Froh?"

„Vielleicht ist es das falsche Wort. Wir benützen so viele falsche Wörter und kriegen sie nicht mehr weg, wenn sie einmal gesagt sind."

„Hat es etwas mit Stefan zu tun?"

„Nein, sieh mich doch an, ein Wrack, und jetzt auch noch ein klares Verfallsdatum", lacht er bitter.

Auf einmal wehrt sich alles in ihr gegen seine Gelassenheit, und doch weiß sie, dass es das Beste für ihn ist. Trotzdem fühlt sie sich schuldig. „Und jetzt willst du, dass ich dir beim Sterben helfe? Du verlangst sehr viel von mir, Karl."

„Nein, du musst das nicht mehr. Ich habe alles, was ich brauche, wenn es soweit ist."

„Morphium?"

„Ja. Christian hat mir ausreichend Tramadol gegeben. Es reicht für einen Elefanten", lacht er kurz auf.

Geständnis

„Ich habe Karl alles gesagt." Sibylle, völlig entspannt, erwähnt es eher beiläufig. Nach einer längeren Sitzung hat sie sich mit Stefan in dessen Büro noch auf einen Kaffee getroffen. Sie betrachtet den grauen Wandteppich, die große Glasvitrine in Stefans Rücken mit den ersten Serienprodukten, die die Firma vorübergehend reich machten. Alles vorbei, denkt sie und wartet auf Stefans Reaktion.

Im ersten Moment scheint er nicht richtig gehört zu haben, dann sieht er sie an, springt auf und wandert ziellos im Raum herum. Wie ein verwundeter Tiger kommt er ihr vor, und sie bedauert bereits, es ihm gesagt zu haben. Endlich, immer noch sprachlos, stellt er sich lange ans Fenster und sieht auf den Parkplatz vor dem Büro. Als er sich umdreht, fragt er ganz ruhig: „War das wirklich nötig?"

„Schämst du dich?", fragt sie, irgendwie befreit. Auf einmal gibt es nichts und niemand mehr, hinter dem sie sich verstecken muss.

„Nein, aber er hat mich zum Geschäftsführer bestellt, er vertraut mir, auch wenn er nicht überzeugt ist, dass ich alles richtig mache. Du hättest es nicht tun sollen."

Sie wirft ihm einen frostigen Blick zu. Weder Hass noch Zuneigung, nicht einmal Nervosität liegen darin. Nur Gleichgültigkeit, die fast schon an Verachtung grenzt. Dass man einen Menschen, mit dem man neben der Arbeit auch gelegentlich das Bett teilt, überhaupt so ansehen kann, ist ihr nicht bewusst. „Es gibt Vieles, das wir nicht tun sollten, und dann tun wir es doch. Wir müssen damit leben, Stefan, dass er uns verachtet. Mich vielleicht mehr als dich. Besser, wir finden uns damit ab."

„Wem hast du es noch erzählt?"

„Niemand! Hältst du mich für eine Boulevard-Zeitung?" Eine leichte Schärfe liegt in ihrer Stimme. „Und ich soll mit Gerhard sprechen, hat Karl gemeint. Er will die Firma verkaufen, dazu braucht er Gerhards Zustimmung, auch wenn der nur eine Minderheit besitzt. Wir beide sind also nur noch im Weg. Das wären alle Geständnisse für heute."

Stefan scheint von Karls Verkaufsabsicht nicht sonderlich überrascht. Er hat längst damit gerechnet. Nur dass sie ihre Affäre offengelegt hat, wurmt ihn. Aber so ist es halt, und jetzt versteckt sie sich hinter Karl, denkt er. So einfach ist das, das Geld hat nun mal das Sagen. Geh mach, tu das, tu jenes, und wenn's nicht passt, jagen wir dich vom Hof. Aber jetzt weiß ich wenigstens, wie ich dran bin. „Und er glaubt tatsächlich, Gerhard kann es besser als wir? Warum hat er ihn dann überhaupt entlassen? - Ich will auch verkaufen, aber die Zeit ist noch nicht reif, meiner Meinung nach. Aber die interessiert ja wohl keinen mehr. - Gerhard hasst dich dafür, dass du ihn aus der Firma getrieben hast, warum sollte er mit dir reden?"

„Es war Karls Entscheidung, du weißt es und Gerhard weiß es auch."

„Ja, aber er glaubt, dass du dahinter steckst."

Sie zuckt nur verächtlich mit den Schultern. „Er wird mit mir sprechen", sagt sie bestimmt. „Es ist schließlich auch in seinem Interesse, dass die Firma überlebt", fügt sie tapfer hinzu. Er merkt gar nicht, wie schwer es mir fällt, ihm das alles zu sagen, denkt sie. Dass ich keine Wahl habe, und dass es das Beste ist, auch für ihn.

„Mach doch was du willst, es ist schließlich deine Firma. Ich bin ja doch nur euer Handlanger." Sie hat mich verraten, schnöde verraten, denkt er. Es ist ihr egal, was mit mir passiert. Dass ich mir wegen ihr den Arsch aufreiße, spielt auf einmal keine Rolle mehr.

„Bist du beleidigt?", fragt sie leise. Auf einmal ist alle gespielte Überlegenheit verflogen und sie versucht nur noch die Tränen zurückzuhalten. Er darf nicht sehen, was in mir vorgeht, denkt sie.

„Nein, nur enttäuscht. Karl hat mir die Firma anvertraut, und jetzt nimmt er sie mir wieder weg. Aber so sind nun mal die Spielregeln, der Ober sticht den Unter. - Ich war so glücklich über sein Vertrauen. Und was mache ich Idiot? Ich gehe mit dir ins Bett und du erzählst es ihm auch noch. Er hält mich jetzt für einen Schweinehund, aber eigentlich will ich gar nicht, dass er so über mich denkt. Du hättest ihm nichts sagen dürfen."

„Stefan, bitte, wir haben es nicht geschafft, das Unternehmen in den Griff zu kriegen. Ich kann dir nicht helfen, das wird mir immer klarer. Und du bist überfordert, die Leute respektieren uns nicht. Allein im letzten Monat haben wir zwei wichtige Mitarbeiter verloren."

„Na und? Wir kriegen neue, die Firma hat immer noch einen guten Namen."

„Du willst es nicht sehen."

„Doch, aber sie trauen mir nicht." Und du auch nicht, denkt er. „Ist schon alles entschieden", fragt er schließlich resigniert.

„Nein, nicht endgültig. Karl hat mir nur von seinen Plänen erzählt. Er hofft, dass Gerhard, zusammen mit Magnus, einen Käufer findet. Bis alles steht, sollen wir einfach weiter machen wie bisher."

Zwei Wochen später, als Sibylle gegen acht Uhr abends nach Hause kommt, spürt sie die Spannung, die wie eine dunkle Wolke in der Wohnung schwebt. Ich bin müde, denkt sie, alles ist wie immer, warum sollte sich etwas geändert haben.

Seit sie Karl in jener Nacht von Stefan erzählt hat, spricht er nur noch das Nötigste mit ihr. Ein paar Worte über die Firma, wie sie sich fühlt, nichts von Bedeutung. Mit keinem Wort erwähnt er Stefan. Nur einmal hat er geflachst, wie gut es ihm doch ginge: Er habe einen Termin bei Gott, und bis dahin sei ihm das Morphium ein guter Freund geworden.

Einen Termin bei Gott, ausgerechnet bei dem. Dabei ist er ein überzeugter Atheist, denkt sie, als sie den Mantel in die Garderobe hängt. Durch die offene Wohnzimmertür sieht sie Karl, wie er in seinem Sessel auf sie wartet.

„Wie geht es dir heute?", fragt sie, und versucht ihrer Stimme Leichtigkeit zu geben.

„Ich hatte ein paar klarsichtige Momente", sagt die Stimme aus dem Halbdunkel, aufgeräumt, fast spitzbübisch.

„Und was kam dabei heraus?"
„Nur so ein Gefühl, als könne es eine Lösung für das Dilemma in der Firma geben."
„Was meinst du, weil wir einen Silberstreif am Horizont sehen?"
„Ist vermutlich eine Fata Morgana. Ihr investiert, obwohl die Verluste steigen. Ist ja richtig, wenn man die glorreiche Zukunft bedenkt, die vor uns liegt." Seine Stimme trieft vor Sarkasmus.
„Wie sieht denn deine Lösung aus? Du wolltest doch etwas unternehmen, hast es aber weiter schleifen lassen. Gerhard sollte mit Magnus verhandeln, und was ist dabei heraus gekommen? Nichts!", sagt sie kalt. „Was erwartest du von mir, dass ich Stefan entlasse? Das musst du schon selbst machen, schließlich warst du es, der ihn eingestellt hat."

Sie hat Recht, denkt er, die ganze Misere ist meine Schuld. „Tut mir leid, ich bin eben nicht mehr der alte. Dieser elende Morbus Parkinson blockiert mich, und die Pankreas-Medikamente scheinen auch nicht zu helfen. An manchen Tagen sind die Schmerzen unerträglich."

Er klingt, als hätte er aufgegeben, denkt sie. Dabei hat er gesagt, er hätte einen guten Tag gehabt. „Kann ich dir irgendwie helfen?"

„Nein, es nimmt nur seinen Lauf. Christian hat mir zusätzliches Morphium gegeben, das müsste reichen. Es hilft, wenn ich es mit einem Schlafmittel kombiniere. Leider döse ich dann die meiste Zeit, und das, was ich schon längst hätte tun sollen, bleibt liegen. Tut mir leid."

Wie leicht es ihm fällt, sich zu entschuldigen, denkt sie. Es geht immer nur um ihn, aber das wusste ich schon, als ich ihn heiratete. „Für was soll es reichen? Damit es besser wird?"

„Nein, aber ich kann jetzt selbst bestimmen, wann ich gehen will. Das mit dem guten Tag war eher relativ gemeint", wechselt er schnell das Thema. „Ich habe heute alles geschafft, was ich mir vorgenommen hatte."

„Was meinst du mit: Wann du gehen willst?", fragt sie alarmiert.

Er lächelt und antwortet nicht gleich. „Wir haben darüber geredet, vor ein paar Wochen, du erinnerst dich?"

„Du meinst Gerhards Vollmachten?"

„Ja auch. Er kann jetzt endlich handeln. Es ist alles vom Notar beglaubigt, und Magnus will uns helfen."

„Zu verkaufen?"

„Ja."

Magnus

Während die untergehende Sonne den Starnberger See in ein diffuses Graublau taucht und über dem Wasser die ersten Nebelfetzen hängen, sitzt Jeremy Magnus allein in seinem Büro. Er liebt diese Tageszeit, wenn das Telefon aufgehört hat zu läuten, und er in Ruhe ein paar Papiere durcharbeiten kann. Es ist nicht allein die Nähe zu München, die mich hierher gebracht hat, denkt er. Der See ist mir inzwischen wichtiger als die Stadt. Gedankenverloren sieht er einem Segelboot nach, das langsam im Dunst verschwindet.

Wer hätte je gedacht, dass sich die Magnus-Invest so gut entwickelt. Dass ich auf meine alten Tage noch zum Private Equity Guru werde. Nicht schlecht Alter, pass nur auf, dass du nicht zu übermütig wirst.

Das Papier, das mir die Wegeners geschickt haben, ist nicht gerade beeindruckend. Die Firma hat ein Problem, seit Jahren schon, und das Intermezzo mit Stefan hat auch nicht geholfen. Aber eine Fusion mit einer anderen kleinen Firma aus meinem Portfolio könnte Sinn machen. Auf alle Fälle sollte ich ernsthaft mit ihnen reden. Am Ende wird es, wie immer, eine Frage des Preises sein.

Er denkt an Karl Wegener, dessen Krankheit während ihres letzten Treffens nicht mehr zu übersehen war. Es war schon richtig, mich bedeckt zu halten. Die beiden wollten noch nicht verkaufen. Nichts als hochfliegende Ideen, die nur in eine Crash-Landung führen. Jetzt könnte es aber passen, wenn ich die Andeutungen am Telefon richtig verstanden habe.

In der Scheibe sieht er das Gesicht eines glatt rasierten Mannes, das Haar straff nach hinten gekämmt, an den Schläfen schon leicht ergraut. Die gleichmäßig geschwungenen, dichten Brauen überschatten zwei harte Augen, die sich in Sekundenschnelle in abweisende Schlitze verwandeln können. Er weiß, wie er auf andere wirkt, wenn er ihnen bei Verhandlungen keine Chance lässt. Dass sie mich aus dem Konzern geworfen haben, war das Beste, was mir passieren konnte, denkt er, und betrachtet die gerade Nase, von deren Flügeln sich zwei scharfe Falten zu den Mundwinkeln ziehen. Es ist mein Mund, der sie erschreckt, der Mund und das Kinn.

Die Narbe auf der Stirn stört ihn manchmal. Sie stammt aus Fort Worth, Texas. Bei einer Kneipenkeilerei, bekam er einen Stuhl an den Kopf. Es war während seines Studienjahrs in den USA und er hatte schlicht den Hinterausgang verpasst. Jeremy Magnus ist kein mutiger Mensch, er hat nie gekämpft, seine Stärke liegt im Warten auf den richtigen Moment.

Während er noch an Texas denkt, beginnt wieder dieser Traum. Ein Tagtraum, den er sich nicht erklären kann: Auf einem Campus, Kent-Universität, denkt er jedesmal, wenn er aufwacht, taumelt eine Frau einen gepflegten Weg entlang. Als er sie anspricht, erschrickt sie, weist ihn zurück. Sie trägt eine stark getönte Brille, die ein Heftpflaster über einem Auge verdeckt. Er unterhält sich mit ihr, doch plötzlich reißt er ihr das Pflaster ab. Darunter liegt ein mit der Rasierklinge aufgeschlitzter Augapfel.

Magnus schüttelt sich. Ich hätte weniger Bunuel-Filme sehen sollen, sie tragen eh nur zur Verwirrung bei. Er steht auf, geht an einen kleinen mit Intarsien verzierten Schrank und schenkt sich ein Glas Cognac ein. Dann nimmt er den „Teaser", den ihm Gerhard Wegener geschickt hat, setzt sich auf die Ledercouch vor dem Panoramafenster und beginnt konzentriert zu lesen.

Der Winter hat sich früh angemeldet, und die Wiesen mit einer luftig weißen Decke überzogen, als Gerhard Wegener in der Ferne einen einsamen Baum in der frostigen Landschaft stehen sieht. Er nimmt den Feldweg, der direkt unter den Baum führt, und stellt das Auto ab. Jazz klingt leise aus dem Autoradio. Er steigt aus, streckt sich und saugt die klare, frische Luft ein.

Die Firma braucht einen anderen, der die Zügel in die Hand nimmt, denkt er. Keinen wie mich, der ziellos durch die Landschaft fährt. Einen soliden Arbeiter, wie ich es vor zwanzig Jahren war. Aber jetzt bin ich müde. Karl hat mir das nur aufgebürdet, weil er sonst keinen mehr gefunden hat, der ihm die Karre aus dem Dreck zieht. Das ganze Gerede über Brüder, die füreinander einstehen müssen, wenn es Spitz auf Knopf steht, nichts als Heuchelei. Vielleicht will er uns auch nur in einem letzten Akt von Zerstörung alle gegeneinander ausspielen. Nur ja nichts zurücklassen, außer Chaos. Ich hab's gegeben, und jetzt nehme ich es wieder weg. So ist er, so war er, und so bleibt er bis ans Ende.

Er geht zurück zum Auto, schaltet die Sitzheizung ein, und betrachtet die erstarrte Landschaft. Auf einmal klingelt sein Mobiltelefon. „Gerhard Wegener", sagt er und hört eine ihm unbekannte Stimme.

„Jeremy Magnus. Sie haben mir den Teaser Ihrer Firma geschickt."

Für eine Weile ist Stille in der Verbindung, dann überschlägt sich Gerhard, als hätte er erst jetzt begriffen, um wen es sich handelt: „Oh ja, natürlich, Herr Magnus, wie konnte ich nur...."

„Ich nehme an, Sie sind jetzt bereit zu verkaufen, sonst würde ein Teaser wohl kaum Sinn machen", sagt Magnus, ohne großen Übergang.

Anscheinend hat ihn der Teaser nicht überzeugt, denkt Gerhard, aber vielleicht gehört das zur Taktik, erst mal auf den Busch klopfen und hören, wie der andere reagiert. „Was halten Sie davon?", platzt es aus ihm heraus.

„Es freut mich, dass Sie an mich gedacht haben. Mein Beratungsintermezzo verlief ja nicht ganz so harmonisch. Aber immerhin konnte ich dadurch das Unternehmen von innen kennen lernen. Was macht Stefan? Hat er erreicht, was er sich vorgenommen hat?"

Nichts hat er erreicht, denkt Gerhard. „Wir werden uns gütlich von Stefan trennen. Er hat sehr hochfliegende Ideen, die für uns nicht zu finanzieren sind. Ich übernehme wieder die Geschäftsführung, um einen Verkauf vorzubereiten."

„Und darüber wollen Sie mit mir reden?"

„Ja, so schnell wie möglich."

Anscheinend eilt es auf einmal, denkt Magnus. „Ihr Bruder und Sie, in dessen Haus?"

„Nein, nur ich. Meinem Bruder geht es nicht gut. So ein Gespräch würde ihn zu sehr belasten. Könnten Sie nach Grünwald kommen, in die Gaststätte, wo wir uns schon einmal getroffen haben? In der Firma geht es leider nicht. Wenn die Mitarbeiter Sie sehen, kochen die Gerüchte gleich wieder hoch."

Eigentlich solltest du ja zu mir kommen, denkt Magnus, schließlich willst du ja mein Geld, aber was soll's. „Wenn es eilt, müsste es noch nächste Woche sein. Später bin ich für drei Wochen verreist, dann geht es erst wieder nach Weihnachten."

„Von mir aus gern nächste Woche."

„Dann machen wir es doch. Was halten Sie von Freitag um drei Uhr, in Ihrer Kneipe."

„Das passt gut", sagt Gerhard und denkt: Kneipe hat er gesagt, als wären wir die besten Freunde, dabei will ich nicht mit ihm saufen. Der Mann ist mir eigentlich zuwider, wie Stefan auf den reinfallen konnte ist mir schleierhaft.

„Wissen Sie, ob Gerhard Wegener schon da ist?" fragt Magnus den Wirt, der in einer großen, grünen Filzschürze den Messingtresen neben dem Ausschank poliert. Der Mann deutet auf eine massige Gestalt, die im hintersten Eck des Lokals sitzt. „Er wartet schon auf Sie."

Magnus durchquert das leere Lokal und reicht Gerhard die Hand. „Wie geht es Ihnen?"

„Gut, was man halt gut nennen kann in meinem Alter. Wenn du mit fünfzig aufwachst und nichts tut weh, dann bist du tot, hat mal einer behauptet", sagt er mit der Andeutung eines Lächelns.

„Das geht uns allen so." Magnus setzt sich und betrachtet Gerhard ungeniert, als wolle er abschätzen, wie viel der Mann noch zu stemmen in der Lage ist. Nicht so toll, denkt er, aber wenigstens hat er noch nicht aufgegeben, sonst fehlt mir ein Ansprechpartner, wenn die Übernahme zustande kommen sollte. Vor allem muss er mir die Familie vom Hals halten. Das Chaos dort, so wie es Stefan angedeutet hat, will ich mir nicht antun.

„Sie wundern sich vielleicht, dass wir uns hier treffen", sagt Gerhard. „Aber Karls Haus hat sich durch die Krankheit in eine Gruft verwandelt. Und in die Firma konnte ich Sie nicht bitten, solange Stefan noch Geschäftsführer ist. Die Leute würden sofort eins und eins zusammenzählen, wenn sie Sie sehen." Gerhard lächelt und nimmt einen Schluck Kaffee. „Karl hat mir alle Vollmachten gegeben. Er will, dass ich Nägel mit Köpfen mache."

„Familien sind komplizierte Gebilde", sagt Magnus ausweichend. „Aber darüber wollen Sie sicher nicht mit mir reden."

Gerhard schüttelt irritiert den Kopf, als verstünde er die Bemerkung nicht. „Wir wollen verkaufen, ich denke, das habe ich bereits klar gesagt. Sie kennen die Firma, die Konkurrenz, den Markt. Es sollte für Sie ein Leichtes sein, sich ein Bild zu machen. Karl hat einem Verkauf uneingeschränkt zugestimmt, ich mache hier keinen Drahtseilakt."

„Ich hoffe, Ihre Mitarbeiter haben mich in guter Erinnerung", hält sich Magnus weiter bedeckt. „In den paar Wochen, in denen ich Stefan beraten habe, hatte ich das Gefühl, dass Finanz-Investoren in ihrer Firma nicht gerade hoch angesehen sind."

Sind sie immer noch nicht, denkt Gerhard. „Die Zeiten haben sich geändert, wir brauchen frisches Kapital. Können Sie helfen, einen Käufer zu finden?", fragt er gereizt. Zu direkt, zu schnell, schilt er sich insgeheim, aber die Bemerkung über die Stimmung in der Firma hat ihn geärgert.

„Schon möglich, aber es wird schwierig. Das Unternehmen steht nicht gerade rosig da. Ihr Teaser ist da sehr klar. Das wäre das erste, was wir ändern müssen, sollten wir zusammen kommen. Ich hatte Stefan schon damals einen Schweizer Investor vorgeschlagen, weil mir klar war, dass Sie frisches Geld brauchen würden. Aber er wollte es allein schaffen", lässt sich Magnus nicht aus der Reserve locken.

„Damals haben wir in der Familie eine andere Strategie verfolgt", sagt Gerhard knapp, als hätte er Magnus als deus ex machina bereits abgeschrieben.

„Ja, den Eindruck hatte ich auch. Aber ohne Einigkeit in der Familie, wird es nicht klappen, egal wer es anpackt. Warum sollte sich ein Käufer auf ihr familiäres Tohuwabohu einlassen?"

„Ich sagte doch, dass alles geklärt ist. Wir wollen verkaufen, alle, die etwas zu sagen haben. Nur Sie scheinen nicht zu wollen."

„Die Banken haben vermutlich abgewunken, nehme ich an, also bleibt Ihnen nur noch Wagniskapital. Liege ich richtig?", verfolgt Magnus weiter seinen Kurs Gerhard weich zu klopfen.

„Ja, es bringt nichts, darum herum zu reden."

Magnus sieht, wie die Spannung von Gerhard abfällt, als hätte er das Szenario immer wieder durchgespielt, seine Karten geprüft und nur noch Luschen gefunden. Er kann sich gar nicht vorstellen, noch einmal in den Ring zu steigen und zu kämpfen, denkt er. Ich sollte die Finger davon lassen, aber es reizt mich irgendwie etwas daraus zu machen. Tagträume eines alternden Managers vermutlich.

„Karl wäre es am liebsten, wir würden das Unternehmen auf Vordermann bringen, und danach verkaufen. Er hängt an der Firma, aber ich bin mir nicht sicher, ob wir das schaffen. Meiner Meinung nach brauchen wir einen kompletten Neuanfang."

„Sie sprechen in Rätseln, Herr Wegener, wer ist wir?"

„Sie und ich. Karl will, dass Sie die Geschäftsführung übernehmen und ich den Vorsitz des Gesellschafterausschusses. Wir sind bereit, Sie zu beteiligen."

Magnus sieht verblüfft auf Gerhard, wobei er sich fragt, was das Ganze soll. Wollen sie nun, oder wollen sie nicht, denkt er, um dann vorsichtig nachzuhaken. „Wissen Sie, Gerhard, ich darf Sie doch so nennen, ich glaube kaum, dass die Wunschvorstellung Ihres Bruders aufgeht. Verkauf, aber trotzdem weiter mitmischen zu wollen, geht nicht meiner Meinung nach. Ich habe ein paar solcher Krücken erlebt, sie sind alle schief gegangen. Sie brauchen klare Verantwortlichkeiten. Zu viele Aufseher versalzen nur den Brei, wie es so schön heißt. Für einen Manager sind Dinge, die er nicht beeinflussen kann, für die er aber trotzdem gerade stehen soll, tödlich. Verstehen Sie, was ich meine?"

„Natürlich. Es ist nicht meine Idee", sagt Gerhard, und rührt gedankenverloren in seiner Kaffeetasse. Dann sieht er auf Magnus, als wolle er sagen: Wenn du wüsstest. „Karl war immer der Glücklichere von uns beiden. Er ist daran gewöhnt recht zu haben", beginnt er zurückhaltend. „Jetzt, mit seiner Krankheit, fällt es ihm schwer zu akzeptieren, dass er nicht mehr alle Fäden in der Hand hat. Aber ich schweife ab, passiert manchmal. Ich verstehe schon, Sie wollen nicht. Auch gut, dann müssen wir eben woanders suchen."

„Das hab ich nicht gesagt." Magnus überlegt, ob er einfach gehen soll. Das wird nichts, denkt er. Dann sieht er, dass Gerhard noch nicht fertig ist.

„Als wir die Firma gründeten, brachte Karl die Ideen ein und ich setzte sie um." Gerhard spricht zögernd, unentschlossen, ob es den Versuch überhaupt noch wert ist. „Jetzt, wo die Ideen ausbleiben, bräuchten wir einen Schub von außen, aber das Intermezzo mit Stefan hat uns eher zurück geworfen. Er ist mein Sohn, ein netter Kerl, aber wenn er sich etwas in den Kopf gesetzt hat, ist er kaum zu bremsen. Auf einmal hielt er sich für den großen Zampano. Ich weiß nicht, wer ihm diese Flausen in den Kopf gesetzt hat, vermutlich meine Schwägerin, die auf die glorreiche Idee kam, ihn zum Geschäftsführer zu machen. Völlig hirnrissig, aber sie wollte mich wohl unbedingt loswerden. Sie ist der festen Überzeugung, ich hätte sie und Karl betrogen, nur weil ich die Gewinne nicht ausgeschüttet habe. Dabei hatten Karl und ich das Vorgehen gegenüber dem Finanzamt immer abgesprochen. Es war *sein* Steuerberater, der den Abschluss machte."

Mein Gott, denkt Magnus, ich sollte wirklich die Finger davon lassen. „Ist es schon so weit?"

„Was? Der Konkurs? Wir haben noch ein paar Reserven."

„Und warum machen Sie dann nicht allein weiter?"

„Es ist zu viel passiert, ich mag nicht mehr. Sie sind meine letzte Hoffnung, wenn Sie absagen, wird es eng. Ich weiß, das hätte ich nicht sagen sollen, es bringt uns in eine schlechte Verhandlungsposition, aber Sie ahnen es ja sowieso. Ich will nicht mit Ihnen verhandeln, ich will Sie davon überzeugen, dass es der richtige Zeitpunkt ist zuzugreifen. Wenn Sie zu gierig sind, und wir Ihre Forderungen nicht erfüllen können, dann wird es halt nichts. Aber ich baue auf Ihren gesunden Menschenverstand, schließlich kennen Sie die Firma und wissen, was sie wert ist."

„Da haben Sie Recht. - Das mit Stefan und Ihrer Schwägerin müssten Sie aber selbst lösen. Damit möchte ich absolut nichts zu tun haben, falls ich mich entschließe doch einzusteigen. - Sie wollen eine Zahl für den Kaufpreis, geht aber nicht, ist noch zu früh. Vorerst kann ich Ihnen nur versprechen, Ihr Angebot ernsthaft prüfen zu lassen. Jetzt muss ich aber gehen, das Gespräch hat länger gedauert, als ich dachte."

„Hoffentlich höre ich bald von Ihnen."

„Versprochen. Ich melde mich, es wird aber ein paar Tage dauern."

Erlösung

Wie immer in den letzten Wochen sitzt Karl Wegener in seinem abgedunkelten Zimmer und wartet auf die Rückkehr seiner Frau. Ich kann es nicht länger aufschieben, denkt er. Gerhard hat alle Vollmachten, und Magnus will loslegen, nur Sibylle und Stefan wiegen sich noch in ihrer unbedarften Sicherheit. In dem Moment hört er den Schlüssel in der Eingangstür. „Bist du es Sibylle?"

„Ja, tut mir Leid, für die Verspätung. Der Verkehr auf der Autobahn wird immer schlimmer, ich habe fast eine Stunde gebraucht bis zu unserer Ausfahrt. Wie geht es dir? Ich ziehe mich nur schnell um."

Er hört, wie sie den Schuhschrank öffnet und kurz darauf vernimmt er das Klack-Klack ihrer Holzslipper.

„Wann ist Dorothea gegangen? Bist du schon lange allein? Du hättest anrufen sollen, wenn du Hilfe brauchst", fragt sie.

„Es ist alles in Ordnung, mach dir keine Sorgen. Blödsinn, natürlich ist nichts in Ordnung, dieses gedankenlose Geschwätz ist mir wohl angeboren. Wir müssen reden, Sibylle."

„Tun wir das nicht gerade?", fragt sie scherzhaft. „Hast du einen deiner bösen Momente, oder auf was muss ich mich gefasst machen?" Sie versucht einen leichten Ton anzuschlagen, dabei fühlt sie sich miserabel.

Vor ein paar Stunden hat ihr Stefan gesagt, dass der Auftrag aus China endgültig geplatzt ist. Es war wie ein Schlag in die Magengrube, doch am meisten ärgerte sie sein hilfloses Achselzucken, als wäre ihm völlig egal, was mit dem Unternehmen passiert. Wir bekommen etwas Neues, sagte er, und sie sah ihm an, dass er nicht mehr daran glaubte. Seit Seefelden, als seine ganze Verzweiflung aus ihm herausgebrochen war, hatte sie keine Zweifel mehr, dass Stefan überfordert war. Seither wünschte sie sich nur noch eins: Ganz weit weg zu sein. Weg von diesen Männern, die immer nur von sich selbst redeten.

Weg von dieser Firma, die nicht mehr zu retten war. Weg von Karl, aus einem Leben, das sie zu hassen begann.

Ihre Beziehung zu Stefan war in ihren Augen nur noch der Nachlauf eines Schwungrads, das sie in einem unbedachten Moment angeworfen hatte. Es wäre immer nur Jonas gewesen, den sie in den Armen Stefans gesucht hatte, redete sie sich ein. Jonas, den sie sich zurück wünschte, als wäre er ein Teil von ihr. Und doch war mehr zwischen ihr und Stefan, das spürte sie trotz allem. Mehr als verschwitzte Bettlaken und ein kurzer Moment des Vergessens. - Und nun will Karl mit mir reden, als gäbe es noch etwas, worüber es sich zu reden lohnt, denkt sie.

„Gerhard hat gesagt, dass eure chinesischen Träume geplatzt sind. Was macht ihr jetzt?"

„Was geht es Gerhard überhaupt noch an?", zischt sie verärgert. „Woher weiß er, was in der Firma läuft?"

„Von Stefan, es soll vorkommen, dass Kinder mit ihren Eltern reden", sagt Karl ganz ruhig.

„Ich hasse dieses Gemauschel hinter meinem Rücken."

„Sibylle, bitte, es geht nicht um dich, nicht um Gerhard, es geht um die Firma, und Stefan braucht Hilfe. Was macht ihr jetzt?", fragt er erneut.

Wie recht er hat, denkt sie. „Weiß ich doch nicht, Stefan führt, ich helfe ihm nur, damit ihr nicht wie die Hyänen über ihn herfallt. Aber in Gerhard hat er ja wohl seinen idealen Ansprechpartner gefunden. Immerhin weiß der genau, wie man ein gesundes Unternehmen in den Sand setzt. Was schlägst du vor, was wir machen sollen, du weißt doch sonst alles besser." Sie wendet sich ab und will gehen.

„Bitte bleib, Sibylle, ich mache dir keine Vorwürfe. Eigentlich wollte ich das Gespräch ganz anders führen. Aber vielleicht sind wir dazu nicht mehr in der Lage."

„Alle hackt ihr auf Stefan herum. Aber keiner bringt etwas vor, das auch nur den leisesten Sinn ergibt. Ich baue nach wie vor auf ihn." Sie wundert sich, warum sie überhaupt noch um Stefan kämpft. „Entschuldige, Karl, ich muss an die frische Luft. Ich halte das nicht mehr aus." Sie bemüht sich die Tränen zurück zu drängen, wenigstens, bis sie aus dem Haus ist.

Nach einer Stunde ziellosen Herumwanderns macht sie sich wieder auf den Heimweg. Ich muss mich zusammennehmen, muss ihm zuhören, denkt sie. Er will mir etwas sagen.

Als sie die Jacke in die Garderobe hängt, sieht sie Karl unverändert in der gleichen Position sitzen, wie sie ihn verlassen hat.

„Können wir jetzt reden?", fragt er gelassen.

„Wenn du willst. Entschuldige bitte, ich konnte es einfach nicht mehr ertragen."

„Schon gut, aber lass uns versuchen nicht zu giften. Es schmerzt und bringt nichts, außer Ärger. Davon haben wir weiß Gott genug. - Ich habe Gerhard alle meine Stimmrechte übertragen. Er kann damit frei handeln und will versuchen, mit Magnus' Hilfe, die Firma zu verkaufen. Das ganze könnte innerhalb der nächsten Monate passieren. Ich würde mich freuen, wenn du es mitträgst. Das ist eigentlich alles."

„Das ist alles! Und was passiert mit Stefan, was passiert mit mir?", fragt sie, dabei spürt sie ungeheure Erleichterung, als hätte er eine große Last von ihr genommen.

„Wenn der Verkauf klappt, hast du für den Rest deines Lebens genug Geld. Stefan kümmert sich um seine Software, oder er findet etwas Neues. Er ist jung und kam schon früher ohne uns ganz gut zurecht."

„Wie weit ist das alles schon gediehen?", fragt sie eher aus Höflichkeit, obwohl es sie schon nicht mehr interessiert. „Bist du dir überhaupt sicher, dass Gerhard und Magnus sich vertragen? Den Eindruck hatte ich früher nicht. Gerhard hat jeden Vorschlag von Magnus lächerlich gemacht, und jetzt soll er auf einmal unser Retter sein?"

„Damals war ich noch nicht bereit zu verkaufen. Jetzt ist alles anders."

„Nach drei Wochen hat er schon hingeschmissen", sagt sie trotzig. „Und wer passt diesmal auf ihn auf?"

„Gerhard, der hat ein Interesse daran, dass er für seine Anteile noch etwas bekommt."

„Aber es war doch Gerhard, der uns in die missliche Lage brachte."

„Sibylle, bitte, wir haben keine Optionen mehr. Und du machst es nicht leichter, wenn du dich total quer legst. Wir müssen handeln, wenn wir nicht alles verlieren wollen."

„Und was ist, wenn ich nicht einverstanden bin, ich habe jetzt alle deine Vollmachten?"

Ganz langsam schüttelt er den Kopf, als käme ihr Widerstand völlig überraschend. „Ich hab sie beim Notar widerrufen. Wie gesagt: Gerhard bestimmt jetzt wo's lang geht."

„Und warum fragst du mich dann überhaupt?"

„Du bist meine Frau."

„Der Herr gibt, der Herr nimmt, so ist es doch, oder? Und der Herr bist immer noch du."

„Nein, Sibylle. Das ist längst vorbei." Schwerfällig steht er auf, doch er lehnt jede Hilfe ab. Als er aus dem Bad zurück kommt, geht er direkt ins Schlafzimmer und bittet sie zu sich.

Während sie noch unschlüssig vor ihm steht, betrachtet sie seine tief liegenden Augen und zitternden Hände. Sie fragt sich, weshalb er immer noch kämpft. Vielleicht tut er es doch für mich, denkt sie. Er will alles ins Lot bringen, bevor er gehen muss. „Und was machen wir jetzt?"

„Nichts. Gerhard hat den Ball. Bring uns bitte eine Flasche Rotwein. Den Brunello, den wir für besondere Anlässe zurückgelegt haben. Kannst du ihn auch öffnen, ich schaffe das nicht mehr."

„Aber du darfst doch nicht."

„Still. Ab jetzt darf ich alles."

Sie schüttelt den Kopf und holt die Flasche. „Du meinst es ernst?", fragt sie, bevor sie den Korkenzieher ansetzt.

„Ja, ich habe mich so lange enthalten. Und was hat es gebracht? Mehr Schmerzen, mehr Angst." Während er ihr zusieht, wie sie die Flasche entkorkt, hängt er seinen Gedanken nach. Und als sie ihm das

Weinglas reicht, sagt er: „In der griechischen Mythologie gibt es das Prokrustesbett: Ein Riese legt alle in ein Bett, zu lang, dann streckt er sie, zu kurz dann hackt er ihnen etwas ab. So ungefähr fühle ich mich seit langem. Irgend etwas passt nie. Egal, was ich tue, es wird eher zu lang oder zu kurz. Komm zu mir, leg dich zu deinem alten, kranken Mann."

„Du warst nie alt für mich", sagt sie, stellt ihr Weinglas auf den Nachttisch neben Karls Bett und legt sich neben ihn. „Und dein Prokrustesbett ist auch mein Bett. Ein Bett voller Leiden. Früher war es ein Bett voller Freuden."

Ächzend bringt er sich in eine sitzende Position. „Darf ich dir erzählen, was mir in letzter Zeit so durch den Kopf geht?"

„Natürlich." Ihre Stimme klingt weich, als spräche sie zu einem Kind.

Er nimmt einen Schluck Wein und sein Gesicht beginnt zu strahlen. „Wie ich das vermisst habe." Das Glas zittert in seiner Hand, vorsichtig stellt er es zurück auf die Anrichte. „Manchmal habe ich das Bild einer Fruchtfliege im Kopf, für die der Mensch genauso ein Mysterium ist wie für uns die Unendlichkeit des Universums. Es liegt einfach jenseits der Begrifflichkeit der meisten Menschen. Das beruhigt mich, weil ich weiß, dass ich in ein Land voller Unbekanntem gehe. Spannend, findest du nicht? Aber dann kommen andere Bilder, sie drängen sich einfach auf. Bilder von Oligarchen, deren Reichtum auf Diebstahl beruht. Alles, was sie haben, haben sie während eines Augenblicks der Geschichte, als alle Gewissheiten ins Wanken gerieten, gestohlen. Und dann gibt es diese Bilder der Golfstaaten, wo heute die Wolkenkratzer wie Pilze aus dem Boden schießen. Wo nichts erarbeitet wurde, sondern alles auf Ausbeutung und dem Verbrauch von Öl beruht. Das waren einmal ruhige Fischerdörfer, Hütten im Sand. Das ganze Wachstum verläuft entsprechend einer Exponentialkurve, die immer steiler wird. Es kann nicht so weiter gehen, es widerspricht jedem Naturgesetz. Irgendwann bricht die Kurve ab und es bleibt nur noch der Zusammenbruch. Wir beide werden es nicht mehr erleben, Stefan vielleicht, und Marie, ich beneide sie nicht um ihre Jugend."

Er spricht von den beiden, als wären sie seine Kinder. Ist es bereits sein Vermächtnis, denkt sie? Nein, er kann nicht anders, er muss groß denken, auch wenn es ihm nichts mehr bringt. „Möchtest du noch etwas Wein? - Es scheint dir einiges durch den Kopf zu gehen."

„Ja, gern." Er hält ihr das Glas hin. „Ich hab mich manchmal gefragt, an was sich Menschen erinnern, die jahrelang eingesperrt wurden."

„An kleine Dinge vielleicht. Einen Spalt in der Wand ihrer Zelle, eine Fliege. Fliegen kommen überall rein. Es gibt bestimmt Studien dazu."

„Bestimmt. Kannst du dich noch an den Film „The room" erinnern? Wir haben ihn zusammen gesehen, du warst ziemlich verstört danach."

„Ja, der Teenager, die jahrelang von ihrem Peiniger in ein Zimmer gesperrt wurde. Sie bekam einen Jungen von ihrem Vergewaltiger. In dem Raum gab es nur ein Dachfenster durch das sie den Himmel sehen konnten. Manchmal trieb der Wind Blätter auf das Fenster, sie musste dem Jungen erklären, was Blätter sind, was Bäume. Die ganze äußere Welt entstand in seinem Kopf durch ihre Wörter."

„Am anrührendsten fand ich die Szene als sich der Junge von den Sachen verabschiedete, nachdem die beiden befreit wurden. Tschüss Stuhl, tschüss Tisch, sagte er. Es waren seine einzigen Spielkameraden gewesen."

„Du hörst dich an, als wärst du dabei dich zu verabschieden", sagt sie nachdenklich, aber ohne Argwohn. „Bitte bleib, ich hätte dich gerne noch für eine Weile bei mir." Sibylle merkt, wie Karl langsam wegdriftet. Es ist der Rotwein, denkt sie. „Darf ich dir eine Geschichte erzählen, eine, die dich aufmuntert? Sie handelt von einer langen Reise."

„Eine kurze, bitte, ich spüre, wie ich müde werde."

„Sie handelt von der schönen Hexe Jala-Nija, der Tochter des Himmels und der Nacht. Sie liebte einen Riesen, der jenseits der Berge lebte, aber sie wollte ihn nicht heiraten, ehe sein Herz nicht ebenso groß war wie seine Kraft. Sie schickte ihn in die weite Welt, wo er finden sollte, was er noch nicht kannte. Und er wollte zu ihr zurückkehren, sobald er es gefunden hatte. Sie wartete hundert Jahre lang, und ihre Nase wurde länger und ihr Kinn spitzer, sie wartete zweihundert Jahre lang, und sie bekam einen runden Rücken und eine krächzende Stimme. Sie wartete dreihundert Jahre lang, und ihr wuchsen zwei lange Zähne über die Lippen, und sie hasste alle, die nicht warteten. Und wenn sie nicht gestorben ist, dann wartet sie noch heute."

„Und der Riese?", fragt Karl stockend.

„Hat wohl gefunden, was er noch nicht kannte."

„Ich kann nicht warten."

Sie überlegt, ob sie widersprechen oder ihre Angst vor der Zukunft ohne ihn gestehen soll. Vor einigen Wochen hatte sie ein Bild von ihr gefunden, sechs oder sieben Jahre alt. In dem runden Kindergesicht waren die Konturen zwischen Backen- und Kieferknochen noch nicht zu erkennen. Sie verglich ihr Gesicht mit dem Foto, manches deutete sich bereits an. Sie zog mit den Fingerspitzen Mund- und Augenwinkel leicht nach oben und die Ähnlichkeit wurde zur Maske.

Sie greift nach der Flasche, um die Gläser nachzufüllen, dabei merkt sie, dass Karl eingeschlafen ist. Er atmet tief, tiefer, als sie es in den letzten Monaten von ihm gewöhnt ist. Sie bettet seinen Kopf, den er entspannt an ihre Schulter gelegt hat, zurück aufs Kopfkissen, holt ihren Mantel und geht vors Haus. Zwischen den Ästen der Buche sieht sie einen bleichen Mond. Wenn ich nur wüsste, wie es weiter gehen soll, denkt sie. Sie steckt sich eine Zigarette an und geht dann zurück ins Haus. Als sie bei Karl vorbeischaut, liegt er unverändert in der gleichen Position. So friedlich habe ich ihn lange nicht gesehen, denkt sie. Dann bemerkt sie, dass er nicht mehr atmet. Sie fühlt seinen Puls und spürt nichts. Ein Stöhnen dringt aus ihrer Brust. Sie nimmt seinen Kopf und presst ihn an sich. Dann legt sie ihn sachte zurück und streicht ihm über die Augen. Lange bleibt sie still neben ihm sitzen.

Im Bad findet sie die aufgebrochenen Packungen Morphin im Waschbecken. Er hatte es bereits genommen, als er mich bat, die Flasche zu entkorken, denkt sie. Im Spiegel sieht sie das Gesicht einer Frau, die auf die fünfzig zugeht, und auf einmal bricht es aus ihr heraus. Sie weint, schreit sich an, Rotz hängt ihr aus der Nase, den sie mit dem Handrücken im Gesicht verschmiert. Langsam beruhigt sie sich, wäscht das Gesicht mit kaltem Wasser und geht zurück zu Karl.

Auf seinem Schreibtisch findet sie das Kuvert des Notars, auf das Karl in ungelenken Buchstaben ‚Für Sibylle' geschrieben hat. Daneben ein zweites Kuvert, es sieht alt aus, darauf ein Zettel, hastig hingekritzelt, als wäre ihm die Zeit davon gelaufen: *Es war wunderbar mit dir.* Eher beiläufig nimmt sie wahr, dass es sich um zwei anonymisierte DNA-Tests handelt.

Sie fühlt sich schuldig, als hätte sie ihn mit eigenen Händen getötet. Das Zimmer wirkt so leer, seine Gehhilfen so nutzlos. Nichts, das sie an die Zeit erinnert, als er zielstrebig durchs Haus rannte, immer ein Projekt im Sinn, das noch erledigt werden musste. Der Schaukelstuhl, in dem er schon lange nicht mehr gesessen hatte. Hat er mir deshalb die Geschichte von dem Jungen erzählt, der sich von den Dingen verabschiedete. Dinge, die über Jahre sein Leben bestimmten, und auf einmal nichts mehr Wert waren, denkt sie.

Erst nach einer Stunde ziellosen Herumwanderns, in den Räumen, die ihr verhasster sind als je zuvor, ruft sie Christian, Karls Freund, an.

Er kommt sofort. Nachdem er Karls Tod festgestellt hat, sagt er, als hätte er längst damit gerechnet: „Es war eine Überdosis. Ich habe immer gedacht, dass er es früher oder später tun würde. Er wollte es so, und den Zeitpunkt wollte er selbst bestimmen. Schaffst du es durch die Nacht?"

„Ja, es geht schon. Ich bin froh, noch eine Weile mit ihm allein zu sein."

Nachdem Christian gegangen ist, steht sie lange vor der Fotowand in ihrem Schlafzimmer. Bilder von Karl, von ihr, gemeinsam. Sie wollte etwas, das sie verbindet, in dem Haus, mit dem sie sich nie anfreunden konnte. Bilder ihrer Reisen, auf Pferden in den Rockies, unter einer Laube aus Weintrauben in Griechenland. Glückliche Menschen, die sich keine Gedanken über Geld machen mussten. Es gibt kein einziges Foto von ihm im Rollstuhl, denkt sie.

Im frühen Morgengrauen ruft sie Stefan an. Er klingt heiser und verschlafen. „So früh hast du noch nie angerufen", sagt er. „Dabei hast du Glück, dass ich überhaupt da bin. Eigentlich wollte ich heute in London sein, aber der Termin wurde gestern abgesagt."
Gut, denkt sie, alles kann jetzt warten. „Kannst du gleich kommen? Karl ist heute Nacht gestorben. Er hat mir ein paar Unterlagen zurück gelassen, sie betreffen uns beide und die Firma. Du solltest sie lesen."
Das zweite Kuvert verschweigt sie. Nichts von Bedeutung, nur ein paar DNA-Tests, anonymisiert. Warum er ausgerechnet die aufgehoben und mir hingelegt hat, weiß der Himmel. Zufall vermutlich, er hat am Ende so viel getan, an das er sich nicht mehr erinnern konnte, denkt sie, das Telefon immer noch in der Hand.
Nach einer hastigen Dusche macht sich Stefan sofort auf den Weg. Im Haus in Grünwald steht die Türe offen. Er tritt in eine verstörende Stille und findet Sibylle im Bad, die Haare nass, nur ein Handtuch um die Brust geschlungen.

„Die Unterlagen liegen auf meinem Schminktisch, bitte schau sie dir an", sagt sie müde, nachdem sie ihn flüchtig auf die Wangen geküsst hat. „Ich mache mir inzwischen einen Espresso. Für dich auch?"
„Ja, gern", sagt Stefan. Er steht eine Weile betreten herum und geht schließlich zu ihr in die Küche. „Heute Nacht, sagst du. Du bist so gefasst, als wäre es das normalste auf der Welt, den Mann zu verlieren."
Sie sieht ihn nur an und lächelt. Den Mann, den ich einmal geliebt habe, hatte ich schon längst verloren, denkt sie. „Es war eine Erlösung

für Karl. Seit zwei Monaten wussten wir, dass Pankreas-Krebs hinzu gekommen war. Er hatte keine Chance mehr, und wollte selbstbestimmt gehen, bevor die Schmerzen unerträglich wurden. Zucker?"

Er schüttelt den Kopf. Das leichte Zittern der Tasse in ihrer Hand nimmt er eher beiläufig wahr.

„Geh und schau dir die Papiere an, sie liegen in meinem Schlafzimmer", sagt sie gefasst.

„Wie geht es dir sonst, kann ich dir irgendwie helfen?"

„Nein, Stefan, ich komme schon klar. Christian war heute Nacht bereits hier. Es wird keine Komplikationen geben."

„Was meinst du?"

„Bei Selbstmord stellt sich anscheinend immer die Frage, ob jemand nachgeholfen hat. Und ich bin natürlich verdächtig, allein schon wegen all dem, was er kurz vor seinem Tod noch eingeleitet hat. Du findest alles in den Papieren. Aber er hat es nachweislich selbst getan. Christian hatte ihm noch eine große Dosis Morphium besorgt, die Karl auf einmal genommen hat. Danach bat er mich eine gute Flasche Rotwein aufzumachen. Wir haben gemeinsam getrunken und er war entspannt, fröhlicher, als in all den letzten Monaten. Er hat mir Geschichten erzählt und ist dabei eingeschlafen. Ich ging an die Luft, um eine Zigarette zu rauchen, und als ich zurück kam, war er tot. Karl wusste, was er tat", sagt sie unnötigerweise. „Ich habe dann die restliche Flasche Rotwein allein ausgetrunken, aber das kannst du wahrscheinlich nicht verstehen."

Stefan wackelt mit dem Kopf, wie einer, der nicht kapiert, was um ihn herum vor sich geht. „Am besten, ich lese mal, oder willst du mir sagen, was drin steht."

„Nein, geh und lies."

Als er zurückkommt nimmt er das Gesicht in beide Hände und streicht die Augenbrauen glatt. Dann stützt er das Kinn auf beide Daumen und sagt resigniert: „Er hat alles vom Notar beglaubigen lassen. Gerhard bestimmt jetzt den Zeitplan. Irgendwann wird er dir die

Pistole auf die Brust setzen. Für mich ist es wohl besser, ich sehe mich nach einem Job um."

Für eine Weile sitzen sie sich schweigend gegenüber, bis Sibylle aufsteht, in die Küche geht und mit einer Karaffe Wasser und zwei Gläsern zurückkommt.

„Aber vielleicht täusche ich mich auch", ruft Stefan plötzlich aus, als wäre ihm ein grandioser Gedanke gekommen. „Die Firma braucht Geld, so oder so. Wir könnten Fakten schaffen, bevor uns Gerhard an die Luft setzt. Was denkst du?"

„Du willst verkaufen und Gerhard dabei zuvorkommen? Meinst du das wirklich?", fragt sie irritiert.

„Die Firma braucht neues Geld, egal wer es besorgt. Und glaub mir, vom Geldbeschaffen verstehe ich etwas. Ich will Gerhard nicht austricksen, ihn eher unterstützen. Wenn es uns gelingt einen Investor zu finden, wird es schwer für ihn, uns einfach links liegen zu lassen. Ich weiß nur nicht, ob ich es schnell genug hinkriege. Soll ich, oder soll ich nicht? Wenn ja, muss ich mich beeilen."

„Nein, Stefan. Karl ist gerade erst gestorben, er liegt noch hier im Haus und du schmiedest Pläne, als hätte es ihn nie gegeben. Karl wollte auch verkaufen, aber er wollte es durch diesen Magnus tun, und Gerhard sollte dem auf die Finger schauen. So verstehe ich Karls Vermächtnis. Und so sollten wir es auch tun."

„Sibylle, es ist deine einzige Chance, wenn du nicht die nächsten zehn Jahre vor Gerhard zu Kreuze kriechen willst."

„Ich werde vor niemand zu Kreuze kriechen", sagt sie einen Tick zu schnell.

„Dann ist es wohl besser, ich steige aus. Wann soll das Ganze ablaufen?"

„Ich weiß nicht, ist mir auch egal. Im Moment habe ich andere Sorgen, und ich kann nicht klar denken. Außerdem hat ja jetzt Gerhard das Sagen, aber er weiß noch nichts von Karls Tod. Du solltest einfach so tun, als wüsstest du von alldem auch nichts. Bitte tu mir den Gefallen und dreh jetzt nicht durch."

„Wie du willst. Und was passiert mit dir?"

„Nichts, worüber ich mir Sorgen machen muss, sagt Christian. Sie werden ein Todesermittlungsverfahren einleiten, so heißt das wohl, wenn sie einen Verdacht haben."

„Warum das denn? Gibt es einen Verdacht? Du warst doch die Einzige, die bei ihm war, hast du gesagt."

„Ja, aber nicht die ganze Zeit. Christian meint, es wäre sowieso das Beste, auch für mich, dann gibt es keine Zweifel. Karl war zu bekannt, und wer weiß, wer alles auf dumme Gedanken kommt, um mir etwas anzuhängen. Karls Familie hat mich nie gemocht. Egal, was ich tat, ich blieb immer diejenige, die sich hineingedrängt hatte in diese ehrenwerte Familie." Sibylle klingt bitter. „Aber das ist ja jetzt vorbei."

„Willst du uns verlassen?"

„Vielleicht...."

„Und du glaubst Gerhard könnte...?"

„Lass uns nicht spekulieren. Sie werden, außer Morphium, nichts in Karls Körper finden, das einen Verdacht rechtfertigen könnte. Christian kann bezeugen, dass er es brauchte, um die Schmerzen wenigstens halbwegs in Schach zu halten. Karl ging es nicht mehr gut am Ende."

„Und Rotwein", sagt Stefan aufmunternd. „Es war eine Erlösung für ihn."

„Ja, Rotwein auch." Ein flüchtiges Lächeln huscht über ihr Gesicht. „Er hat es so gewollt."

„Es ist besser, ich gehe jetzt, Sibylle. Kommst du wirklich klar allein?", fragt er, bereits auf dem Sprung, doch dann besinnt er sich. „Darf ich ihn noch einmal sehen?"

„Natürlich, er liegt in seinem Zimmer. Du weißt ja, wo es ist."

Stefan bleibt lange bei Karl. „Ich hab ihn noch nie so entspannt gesehen", sagt er, als er sich endgültig verabschiedet. „Das Morphium?"

„Ja, vermutlich."

„Es war bestimmt das Beste." Hilflos hebt er die Arme und lässt sie wieder fallen.

„Ja, bestimmt. Schön, dass du gleich gekommen bist, und vielen Dank für alles. Sehe ich dich in der Firma?", fragt sie, unter Aufbietung ihrer letzten Kräfte. Ich wollte so sehr, dass er kommt, denkt sie, aber jetzt soll er gehen. Schnell, bevor ich vor seinen Augen zusammenbreche.

„Gib mir Bescheid", sagt er an der Tür und reckt beide Daumen nach oben.

Verachtung

Die Trauernden drängen sich unter der hohen Rotbuche, die wie ein dunkelbrauner Baldachin über den Gräbern steht. Karls frisches Grab, überhäuft mit Kränzen und Blumengebinden, leuchtet vor der dräuenden Wolkenwand am Horizont.

Sibylle steht allein am Grab. Alles an ihr ist schwarz, nur das blonde Haar quillt unter dem breitkrempigen Hut hervor. Es wird ein Gewitter geben, denkt sie, und drückt den Rücken durch. Keiner soll mir ansehen, wie sehr mich die Beerdigung belastet.

Am liebsten hätte sie die letzten Tage einfach vergessen, aber die Träume lassen ihr keine Ruhe. Sie macht sich Vorwürfe, dass sie Karl, kurz vor seinem Tod, allein gelassen hat. Ich hätte bei ihm sein müssen, als er wegdriftete, aber er war so entspannt, richtig glücklich sah er aus. Ich habe nichts verstanden, dabei hat er klar zu erkennen gegeben, was er vorhatte. Der Rotwein, die Geschichten, er wollte nicht, dass ich ihm beim Sterben zusehe. Nicht einmal in der Nähe sollte ich sein. Ich muss es allein tun, keiner soll dich verdächtigen können, dass du mir geholfen hast, hat er vor ein paar Wochen gesagt, aber ich habe ihn nicht ernst genommen.

Hinter ihr, als gönnten sie ihr dieses letzte Privileg, stehen Gerhard und Heide, dahinter Stefan und Marie. Die anderen Trauernden drängen sich zwischen den Gräbern, warten darauf, dass der Pfarrer seine Rede beendet und sie ans Grab dürfen, um eine Schaufel Erde auf den Sarg zu werfen. Neugierig die meisten, Karl war ein bekannter Mann und nicht alle waren seine Freunde.

Ich durfte nicht zu Jonas' Beerdigung, denkt Sibylle. Vater wollte nicht, dass ich ihn noch einmal sehe. Ein Mensch mit geplatztem Schädel sähe nicht gut aus, dachte Vater. Haltung bewahren, es ging ihm nur darum. Dabei hat er nur meine Hilflosigkeit ausgenutzt, weil er den Skandal scheute. Die Bilder seiner minderjährigen Tochter, am Sarg eines fremden, jungen Mannes, vor Schmerz gekrümmt, wären nicht gut gewesen für seine Karriere. Als sie mich nach München verfrachteten und zwangen, Jonas' Kind zur Adoption freizugeben, wollte ich nicht mehr leben. Die Affäre mit Karl hat alles nur noch verkompliziert. Er behauptete, er hätte mich nie vergessen, und das stimmte wohl auch. Warum sonst hätte er mich heiraten sollen. Für eine Weile gab er mir das Gefühl, festen Boden unter den Füßen zu haben, und jetzt stehe ich allein vor seinem Grab und hasse es, wie mich die Leute anglotzen.

Warum musste Jonas das neue Motorrad ausgerechnet auf einer Landstraße mit Alleebäumen ausprobieren, noch dazu ohne Helm? Es war nicht meine Schuld, egal wie er aussah, ich hätte ihn trotzdem sehen wollen, bevor sie ihn verscharrten. - Mit Jonas könnte ich jetzt reden, ihm alles erzählen, mit Stefan geht das nicht. Alles, was ich anfasse, löst sich in Nichts auf.

Karl muss es geplant haben, deshalb dieses wissende Lächeln, als er mir das letzte Glas reichte. Er wollte, dass ich ihn so in Erinnerung behalte, nicht das Geifern der letzten Monate, die Schmerzattacken, das Warten auf den Tod. Er wusste, wie Frauen lieben, leidenschaftlicher, bedenkenloser, wenn sie älter werden. Was haben wir auch noch zu verlieren, außer einer trügerischen Sicherheit, die sich von einem Tag auf den anderen in Nichts auflösen kann. Deshalb hat er mir die Affäre mit Stefan verziehen. Ganz bestimmt.

Am Horizont leuchtet ein Blitz auf und taucht die Wolkenwand, die sich immer näher schiebt, in ein fahles Graugelb. Die Grabredner beginnen instinktiv schneller zu sprechen.

Sibylle spürt Maries Augen auf ihrem Rücken. Wie schön sie ist, in ihrer prallen Jugend, denkt sie. Sie starrt mich an, als wüsste sie um Stefan und mich. Es ist vorbei, aber ich kann mich ihr nicht erklären. - In ein paar Tagen darf ich Gerhard beklatschen, dabei tut er, als wisse er von nichts, als stünde seine Unterschrift nicht auf allen Dokumenten.

Stefan, der schräg hinter Sibylle steht, hört den Worten des Pfarrers zu. Tragisch nennt er Karls Tod, obwohl jeder weiß, wie lange er gelitten hat. Ein seltsames Ritual, denkt Stefan, wir tun alle so, als könne uns der Verstorbene noch hören. Kein Mensch käme auf die Idee, etwas Schlechtes zu sagen.

Sibylle hält sich gut, sie muss ihn wirklich geliebt haben, so wie sie kurz nach seinem Tod reagierte. Ein Vertrauensbeweis, dass sie mich allein anrief. - Heide müsste Karl eigentlich gehasst haben, für das, was er ihr und Gerhard angetan hat. Dabei steht sie hier, versteinert, ausdruckslos, als wäre sie ehrlich betroffen. Vielleicht ist das auch eine Form von Hass, sich am Grab zu verabschieden. Die Sicherheit zu holen, dass der Schatten, der ein Leben lang über einem hängt, endlich weg ist. Jahrelang gab ihr Karl das Gefühl, einen Freund zu haben, nur um sie gleich darauf wie den letzten Dreck zu behandeln. Am Ende hatte ich manchmal den Eindruck, als würde er sie sogar für das Zittern seiner Hände verantwortlich machen. Eigentlich war der Professor Dr. Dr. Karl Wegener ein Mistkerl, aber ich habe ihn trotzdem bewundert.

Heide war völlig durcheinander, als sie von seinem Tod erfuhr. Reagierte ganz so, als hätte es mehr zwischen ihnen gegeben als eine frühere Arbeitsbeziehung. Für einen Moment wollte sie mir etwas sagen, aber dann zog sie sich, wie immer, in ihr Schneckenhaus zurück. Vielleicht hat es mit meiner Adoption zu tun? Unsinn, es hat bei ihr nie eine Rolle gespielt. Marie und ich sind ihre Kinder, darüber bestand kein Zweifel. Ihr war immer egal, wer meine leiblichen Eltern sind.

Sibylle hat gewusst, was sie an Karl hatte. Sie ist zu erfahren, um sich Illusionen über Männer zu machen. Jetzt steht sie da und spielt die trauernde Witwe. Welch ein verlogenes Schauspiel, und wir alle spielen mit. Bin gespannt, ob ihr Gerhard wenigstens die Hand reicht. Und Marie sieht aus, als spiele sie Kassandra in einer griechischen Tragödie. Wenn sie gleich in Hexametern zu sprechen beginnt, gehe ich.

Stefan verlagert sein Gewicht auf das andere Bein, er spürt, wie der dumpfe Schmerz im Kopf langsam nachlässt. Hoffentlich ist diese

Veranstaltung bald zu Ende, denkt er, und blickt auf den Pfarrer, dem schon längst keiner mehr zuhört.

Der Leiter von Karls früherer Klinik sagt noch ein paar bewegende Worte, wie stolz und dankbar sie Karl seien, dass er die Klinik auf die Landkarte der führenden Institute gebracht habe. Die letzten Sätze spricht er schon im Stakkato, als wolle er dem Gewittersturm noch rechtzeitig entkommen.

Und dann beginnen einzelne, fette Tropfen auf den Holzsarg zu prasseln. In die Menschenschlange vor dem Grab kommt Bewegung. Sibylle steht weiter im strömenden Regen und schüttelt jedem, der sie anspricht, mit ein paar belanglosen Worten die Hand. Ihr Hut hat längst die Form verloren und sich widerstandslos dem Regenguss ergeben. Als Stefan vortritt, um ihr sein Beileid auszusprechen, sagt sie nur: „Bitte komm morgen vorbei, ich muss dich sehen."

Während der ganzen Zeremonie verharrt Gerhard wie ein Schutzpatron hinter Sibylle und fragt sich, was die vielen Leute alle wollen. Er verabscheut diesen Aufmarsch an Heuchelei und gekünstelter Trauer. Keiner kannte Karl so wie ich. Er fragt sich, weshalb das ungute Gefühl, immer noch von ihm benützt zu werden, nicht verschwindet. Haben wir uns am Ende ausgesöhnt? Hat mir Karl die Firma übergeben, weil er mir vertraute, oder wart es doch nur der böswillige Versuch, Sibylle auszubooten. Zumindest hat sich unser Verhältnis soweit entspannt, dass er in Ruhe sterben konnte. Es ist alles geregelt, aber dass es so überraschend kam, macht mir Sorgen. Er hätte wenigstens den Übergang noch moderieren können. Jetzt muss ich Sibylle alles erklären, und mir graut davor.

Gerhard denkt an die Jahre nach dem Ausbruch der Krankheit, als es Karl immer weniger gelungen war, das Zittern der Hände zu verbergen. Anfangs hatte er noch versucht, das Stocken seines Redeflusses als Nachdenklichkeit zu tarnen, bis es nicht mehr zu übersehen war. Er denkt an die Zeit, als sie noch gemeinsam versuchten, eine Lösung für das angeschlagenen Unternehmen zu finden. Als ihnen immer mehr die Ideen ausgingen, und als er plötzlich, aus heiterem Himmel abserviert wurde. Wenigstens entschuldigen hätte er sich können, für die Art, wie er mich kaltstellte. Immerhin hat er so etwas angedeutet, mehr konnte ich von ihm nicht erwarten. Unser ganzes Leben lang hat immer nur er bestimmt, was richtig und falsch war. Wie sollte es jetzt auf einmal anders sein, nur weil der Tod immer näher auf ihn zu kroch. Nein, eigentlich hat er sich nicht entschuldigt, nicht einmal erwähnt hat er die Rolle, die er Sibylle in dem ganzen Spiel zugedacht hat, aber mir hat er es überlassen, ihr reinen Wein einzuschenken. Der Herr Professor wollte sich nie die Hände schmutzig machen, doch jetzt liegt er da unten und kann sich nicht dagegen wehren, dass eine Schaufel Dreck nach der anderen auf ihn fällt.

Ich werde Sibylle und Stefan vor vollendete Tatsachen stellen, denkt er. Wie sicher sie sich damals in der ‚Alten Post' waren. Sie und Stefan, mein Sohn, mit dem sie alles inszeniert hat. Diese Arschlöcher, wie sie sich gegenseitig die Bälle zuspielten und dachten, ich bemerke ihr abgekartetes Spiel nicht. Dabei war es so offensichtlich, wie lästig ich ihnen bereits war. Für eine Weile muss Sibylle wohl gedacht haben, sie bräuchte uns beide. Stefan, den selbstverliebten Schnösel, mit seiner Armada an Elektronikgeräten, die nichts mehr an ihn ranlassen, außer Träume eines grandiosen Erfolgs, den er, er allein zu verantworten hat. Und mich, den sie noch nie ausstehen konnte, zu groß, zu dick, zu grob, für die feine Dame aus der Gosse. Rom, Diplomatentochter, alles erstunken und erlogen. Wie sie mir auf einmal schmeichelte, als bräuchte es nur ein paar freundliche Worte, um mich zu besänftigen. Wie sie Hilfe suchend auf Stefan sah, als säßen wir alle in einem von ihr inszenierten Schmierenstück. Genau, Schmierenstück, das denkt sie wahrscheinlich immer noch, als wäre alles nur ein Spiel, in dem sie weiter die Hauptrolle spielen darf. Aber sie täuscht sich, hat sich immer getäuscht. Nur diesmal hat sie überreizt, sie weiß es nur noch nicht.

Stefan hatte von Anfang an keine Ahnung, nur große Worte. Diese Verachtung, mit der er mich ansah, als wäre ich nur noch nutzloser

Sperrmüll. Ihm ist egal, ob er mir mein Lebenswerk zerstört. Er wollte nur ein neues Spielzeug. Dabei habe ich ihn gewarnt, es konnte nicht gut gehen, und jetzt bekommen wir die Quittung.

Marie sieht blendend aus, in ihrem halblangen, schwarzen Kleid. Seit Beginn der Begräbniszeremonie starrt sie gebannt auf Sibylle. Ihre Beine sind immer noch makellos, denkt sie. Was sie wohl im Bett zusammen machen, Stefan und sie, wenn sie keine Lust mehr zum Arbeiten haben. Geht das überhaupt, rational zusammenarbeiten und gleich danach ineinander versinken? Ich kann mir das nicht vorstellen.

Gerhard steht da, als wäre er Sibylles Beschützer. Als hätte es nie ein Problem zwischen den beiden gegeben, dabei wartet er nur darauf, es ihr heimzuzahlen. Karl hat sich ja jetzt davon gemacht, da gibt es nichts mehr heimzuzahlen. Und Stefan, dass er überhaupt gekommen ist? Es ging wahrscheinlich nicht anders, ohne einen Eklat zu provozieren, schließlich ist er immer noch Geschäftsführer der Firma, einmal Karl gehörte. Eine schöne Familie sind wir. Wenigstens hat Mutter sich herausgehalten aus der Scharade.

Wenn ich gewusst hätte, dass es so gießt, hätte ich mir wenigstens einen Schirm mitgenommen. Mit einer schnellen Bewegung stellt sie den Mantelkragen hoch.

Na wenigstens hält Vater sich gut, denkt sie, als Gerhard Sibylles Hand schüttelt. Er kann sie nicht umarmen, nach allem, was sie ihm angetan hat. Nein, umarmen wäre wirklich zu viel verlangt. Bin gespannt, wie es jetzt weiter geht. Vater wird nicht einfach zusehen, wie Stefan sein Lebenswerk zerstört, dafür ist er nicht der Typ. Er wird nicht erlauben, dass der kleine Stefan, dessen Sprüche er nie ernst genommen hat, die erste Geige spielt. Irgendetwas wird passieren.

Der Wind beginnt aufzufrischen. Er zwingt die Frauen ihre schwarzen Hüte festzuhalten, nur Sibylle scheint nichts wahrzunehmen. In dem Moment kracht es und Marie sieht mit Entsetzen, wie der Blitz in eine der großen Tannen neben dem Friedhof einschlägt. Verdammt, denkt sie, noch im Tod will uns Karl beweisen, wer das Sagen hat.

Am nächsten Morgen, als sich Sibylle und Stefan in der offenen Tür gegenüberstehen, merkt er, dass sie getrunken hat.
„Gut, dass du gleich gekommen bist. Ich hatte eine schreckliche Nacht", sagt sie.
Er umarmt sie flüchtig und tritt an ihr vorbei ins Haus. Überall stehen Blumensträuße und der Duft weißer Lilien hängt im Raum. „Gibt es etwas Neues, außer, dass wir auf unsere Abberufung warten?", fragt er, mehr aus Höflichkeit denn aus Besorgnis.
„Wir müssen über uns beide reden."
„Das dachte ich schon, als du mich am Grab so ultimativ aufgefordert hast zu kommen. Ich wollte dir eigentlich etwas Zeit zum Trauern lassen. Hast du getrunken?"
Wie von der Tarantel gestochen fährt sie herum und blitzt ihn an. „Was fällt dir ein", zischt sie, nur um ihn gleich darauf mit offenem Mund anzustarren. Ihre Schultern sacken ab und das Gesicht löst sich auf, als würde sie im nächsten Moment in Tränen ausbrechen. Aber dann fängt sie sich wieder, strafft sich, und sieht ihn nur feindselig an.
Sie will sich keine Blöße geben, denkt Stefan, auch wenn es ihr ganz schön dreckig geht. Auch eine Art, eine Beziehung zu beenden. Dem Anderen zeigen, dass es nicht einmal mehr für Tränen reicht.
„Ich musste seit langem damit rechnen, aber jetzt fühle ich mich völlig verloren. Dabei sehne ich mich nach körperlicher Nähe. Nach einem Moment, an dem ich alles um mich herum vergessen kann", sagt sie traurig. „Du machst es mir nicht gerade leicht. Warum bist du so abweisend, habe ich dir etwas getan?"
Nein, nichts hast du getan, denkt Stefan, nur klar zu verstehen gegeben, dass es vorbei ist. Eine Episode, hast du gesagt, und dass du keinen Augenblick daran gedacht hast, Karl im Stich zu lassen. „Soll das heißen, du willst mit mir schlafen? Jetzt?" fragte er perplex.

Jonas hätte gespürt, wie es um mich steht, denkt sie. „Ja, warum nicht. Wir hatten Spaß zusammen. Vielleicht geht es mir danach besser, vielleicht kann ich mit dir reden, und du verstehst, wie schlecht es mir geht. Ich falle in ein großes Loch, wenn mich keiner auffängt."

Stefan schaudert davor, mit ihr zu schlafen. Er riecht ihren schlechten Atem, ein Gemisch aus Rotwein, Zigaretten und Kaffee. Sie benützt mich wie einen bezahlten Lüstling, aber das ist der Preis, Stefan, du hast ihn gekannt, als du dich auf sie eingelassen hast. Jetzt kannst du dich nicht einfach davonstehlen. Bring es anständig hinter dich. „Wenn es dir hilft. Aber kein Schlafzimmer, und schon gar nicht dort, wo er gestorben ist."

„Natürlich nicht, ich hole uns eine Decke."

Sie hat alles geplant, denkt er auf dem Weg in ihr Arbeitszimmer. Ob sie es schon oft hier gemacht hat, wenn er aus dem Haus war?

Nackt, eine Daunendecke unterm Arm, tritt sie zu ihm. „Komm", sagt sie, nimmt seine Hand und legt sie auf ihre Brust. „Ich weiß, ich sehe schrecklich aus, aber tu es mir zuliebe."

„Du bist schön", sagt er, und fragt sich, ob lügen zum Ritual gehört.

Sie verlangt kein Vorspiel, im Gegenteil, sie will ihn so schnell wie möglich in sich haben. Er spürt, wie sie im Gleichklang auf den Höhepunkt zusteuern, bis er schwer atmend auf ihr liegen bleibt. Er fühlt sich leer, merkt kaum, wie sie ihn sachte von sich schiebt.

„Du hast mich fast erdrückt, aber jetzt geht's mir besser", sagt sie leise, ganz nah an seinem Ohr.

So viel Vertrautheit war noch nie zwischen uns, denkt er. „Wir könnten reden. Willst du, dass wir uns anziehen?"

„Nein, lieber so." Lächelnd richtet sie den Oberkörper auf, um ihn anzusehen.

Stefan nimmt ihre schon leicht gesenkte Brust, küsst sie und beißt dann zart in die Brustwarze. „Dich plagt etwas, das nichts mit seinem Tod zu tun hat."

„Alles hat mit seinem Tod zu tun. Zumindest kommt es mir so vor. Ich weiß nur, dass ich hier nicht mehr bleiben kann. Das Haus erschlägt mich, ich werde es verkaufen, so schnell wie möglich. Und die Firma überlasse ich dir, mach mit ihr was du willst."

Stefan sagt nichts und starrte nur an die Decke. „Ich glaube, wir sollten uns anziehen. - Er hat mir keine Zeit gelassen. Ich brauche Zeit, Zeit, Zeit", stöhnt er und schlägt sich mit der Faust vor die Stirn.

Er kann nicht verlieren, denkt Sibylle. „Stefan hör auf, wir beide sind nur noch auf Abruf in der Firma. Jeder Investor, falls Gerhard überhaupt einen findet, wird dich ablösen und seinen eigenen Mann reinholen. So ist das nun mal."

Verzweiflung

Innerhalb von Wochen verkauft Sibylle das Haus in Grünwald und zieht zurück in ihre Wohnung in Münchens Innenstadt. Zuvor fand sie die Zahlenkombination für den Safe in Karls Schreibtisch. Als sie ihn öffnet, entdeckt sie die Geburtsurkunde eines kleinen Jungen, verborgen unter Karls Zeugnissen und seiner Habilitationsschrift. Zuerst will sie alles mitsamt des Mobiliars und der verhassten Bilder entsorgen lassen, doch dann, aus einem unerklärlichen Gefühl heraus, legt sie den Stapel Papiere, zusammen mit Gerhards Vollmachten und den beiden anonymen DNA-Tests, in einen Umzugskarton.

Später, als sie die Kraft aufbringt sich neu zu organisieren, nimmt sie auch die Papiere aus dem Safe wieder zur Hand. Sie wundert sich, weshalb Karl all die Jahre die Unterlagen eines kerngesunden Babys aufbewahrt hat. Auf einmal fällt ihr auf, dass der Junge am selben Tag, im selben Krankenhaus geboren ist, in dem auch sie entbunden hat.

Sie bricht in Schweiß aus. Es kann, es darf nicht sein, rast es durch ihren Kopf. Sie stürzt ans Telefon und ruft Heide an. „Ich muss mit dir reden, aber nicht am Telefon. In Karls Safe habe ich Unterlagen von einem Baby gefunden, die ich mir nicht erklären kann, vielleicht weißt du, was das bedeutet. Gab es ein Kind, von dem er mir nichts erzählte?"

„Nein, nicht dass ich wüsste, aber ausschließen würde ich es auch nicht. Er lebte nicht im Zölibat, bevor er dich kennenlernte", lacht sie kurz auf. „Vielleicht handelt es sich um Stefan. Karl hat mir geholfen, ihn gleich nach der Geburt zu adoptieren. Könnte doch sein, dass er eine Kopie der Geburtsdaten behalten hat. Noch während die Adoption lief bekam ich Stefan zur Pflege, da war er gerade drei Tage alt. Gut möglich, dass Karl sicher sein wollte, dass das Kind gesund ist, bevor wir einer Adoption endgültig zustimmen. Davon erzählt hat er mir aber nie."

Aber warum hebt er die Unterlagen in seinem Safe auf, fragt sich Sibylle. Warum hat er Heide nicht alles übergeben? „Da ist noch etwas, das ich dir zeigen will. Hast du Zeit für mich? Wie wär's im Eisbach-Café hinter der Oper, das hast du immer gemocht."

„Gute Idee, ich war lange nicht dort. Wie geht es dir sonst?"

„Es wird langsam leichter. Karls Tod hat mich ziemlich mitgenommen, dabei wusste ich doch, dass es bald passieren würde."

„Ja, aber wenn es dann soweit ist, trifft es einen doch wie ein Hammer. Bei meinen Eltern ging es mir ähnlich. Wann soll ich kommen?"

„Gleich morgen, gegen eins, lass uns zusammen essen, ich lade dich ein."

Sibylle ist früher dran und wählt einen Tisch auf der Terrasse von wo sie den Marstallplatz überblicken kann. Heide wird die S-Bahn genommen haben, dann kommt sie von der Maximilianstraße, denkt sie. Hinter ihr glänzt die Fassade des Max-Planck-Instituts in der Sonne. Am Ende des Marstall-Platzes strahlt der neue Probesaal das Nationalballetts, dessen blau beschichtete Scheiben die vorbeigehenden Menschen spiegeln.

Sie geht noch sehr rund, denkt Sibylle, als sie Heide zusieht, wie sie mit schnellen Schritten den Marstallplatz kreuzt. - Nachdem sie die üblichen Floskeln ausgetauscht haben, wie es Stefan und Marie geht, was halt so gesagt wird, wenn man sich eigentlich nichts zu sagen hat, bricht es aus Heide heraus, als hätte sie Sibylles Anruf vom Vortag doch nicht so unbesorgt gelassen, wie sie am Telefon klang. „Warum wolltest du mich sprechen? Gestern hast du dich ziemlich verunsichert angehört."

„War ich auch. Karl hatte keine Kinder, zumindest keine, von denen ich wusste, und dann verschließt er die Unterlagen eines Babys in seinem Safe. Das macht nur Sinn in meinen Augen, wenn ihn irgendetwas mit dem Kind verband. Ich hoffe, du kannst mich aufklären, immerhin hast du ihn lange vor mir gekannt."

„Du meinst.... Ich verstehe gar nichts."

„Vielleicht muss ich etwas ausholen. Entschuldige, ich bin ziemlich verwirrt." Nervös nestelt sie am Kragen ihrer weißen Bluse, als suche sie einen Einstieg. Endlich nach einem kurzen Blick auf Heide sagt sie: „Mein Vater hat an der Deutschen Botschaft in Rom gearbeitet. Fünf Jahre, ich ging dort zur Deutschen Schule, hielt mich aber für eine Italienerin." Sie lächelt, als gefalle ihr die Vorstellung immer noch. „Mit siebzehn verliebte ich mich in einen Römer. Er war zwanzig und wollte unbedingt Rennfahrer werden. Meine Familie lehnte ihn ab und wollte, dass ich die Beziehung beende. Als ich mich weigerte, verfrachteten sie mich nach München zu meiner Tante, um dort das Abitur abzuschließen. Kurz darauf fuhr Jonas, so hieß mein Freund, gegen einen Alleebaum. Er war sofort tot. Einen Monat später merkte ich, dass ich schwanger war. Mir blieb keine Wahl. Abtreiben wollte ich nicht, also stimmte ich zu, mein Kind zur Adoption freizugeben. Es wurde ein Junge, und es verfolgt mich bis heute, auch weil ich nie versucht habe, ihn zurückzubekommen. Ich weiß gar nichts über ihn, kannst du dir das vorstellen?" Sie tupft an ihren Augen und nimmt einen Schluck Wasser.

Heide hat aufmerksam zugehört, zunehmend verwundert über die langatmige Erklärung von Sibylles Vergangenheit. Wie ein Geständnis kommt es ihr vor, doch sie kann es nicht einordnen. Vor allem, was das Ganze mit Karl zu tun hat. Erst als Sibylle von ihrem Jungen spricht, den sie zur Adoption freigab, ahnt sie, auf was es hinaus laufen könnte. Ihr Gesicht verschließt sich, und ihre Stimme klingt belegt, als sie fragt: „Und jetzt denkst du, Stefan könnte dein Sohn sein?"

„Diese Papiere…. Warum hatte er sie in seinem Safe? Bitte sag mir, Heide, dass es nicht so ist."

„Das ist doch absurd, Sibylle." Heide schüttelt den Kopf, langsam und verwundert. „Ich würde meinen eigenen Sohn verleugnen, wenn ich nur daran dächte. Ich bekam Stefan, er war so winzig, alles lief völlig problemlos", sagt sie verträumt. „Gerhard und ich waren glücklich, Stefan war das Kind, das wir uns gewünscht hatten. Wir kannten weder die Mutter noch den Vater, es hat uns auch nicht interessiert. Später hätten wir gerne das Nötigste über seine Eltern erfahren, falls es Komplikationen geben würde. Aber es gab nichts, also haben wir nicht weiter nachgefragt. Karl hielt sich völlig heraus, wünschte uns viel Glück und meinte, er hätte nur vermittelt und könne nichts sonst beitragen. - Ich weiß nicht, warum er die Unterlagen eines Babys in seinem Safe aufbewahrte. Wie kommst du überhaupt auf die Idee, dass es Stefan sein könnte. Karl hatte eine Menge Bekanntschaften."

Sibylle schüttelt irritiert den Kopf. „Der Junge ist am selben Tag, im selben Krankenhaus geboren …", beharrt sie auf ihrer Vermutung, und bereut es sofort, als Heide vehement reagiert.

„Bist du jetzt völlig verrückt geworden?", schreit sie, zügelt sich aber sofort wieder. „Willst du meine Familie jetzt auch noch zerstören, nachdem es dir bei Karl ganz gut gelungen ist?"

Wie kann sie das sagen, denkt Sibylle. Es war ein Fehler, überhaupt mit ihr zu sprechen. „Ich war siebzehn, als ich schwanger wurde. Der Vater des Babys starb während der Schwangerschaft. Meine Eltern zwangen mich das Kind abzugeben. Alles fand zur selben Zeit, im selben Krankenhaus statt. Wie viele Beweise braucht es denn noch?", wiederholt sie sich. „Manchmal, wenn ich Stefan ansehe, denke ich, es wäre der zwanzigjährige Jonas, der mir gegenüber sitzt."

„Nein", sagt Heide bestimmt, „es kann nicht sein. Du willst mir weh tun." Doch langsam schleicht sich Unsicherheit in ihre Stimme. „Ich kann es einfach nicht glauben. Andererseits habe ich mich schon oft über euch gewundert. Eine Vertrautheit, wie zwischen Verwandten, die sich nicht aus dem Weg gehen können."

Dafür gibt es andere Gründe, aber die kann ich ihr nicht erklären, denkt Sibylle. Ich werde verrückt, wenn es stimmt. „Als du mir Stefan auf meiner Hochzeit vorgestellt hast, dachte ich sofort an Jonas. Ich hielt die Ähnlichkeit für eine Laune der Natur. Du erinnerst dich vielleicht noch, dass du mir Stefan und Marie vorgestellt hast."

„An die Hochzeit ja, sie war Karls Triumph, als hätte er einen weiteren gebraucht. Ich glaube, ich hab dich sogar beneidet. Dass ich dir die beiden vorgestellt habe? Nein, daran kann ich mich nicht mehr erinnern."

Sibylle blickt auf den Platz, den ein Mann und eine Frau gerade überqueren. Ein Liebespaar, so wie sie aneinander hängen, denkt sie, greift sich an die Schläfen und presst den Kopf zusammen. „Die Vorstellung, Stefans Mutter zu sein, und es nicht zu wissen, macht mich wahnsinnig. Ich kriege den Gedanken einfach nicht mehr los. Du denkst womöglich, ich reagiere überspannt, dass ich Stefan noch stärker an mich binden will. Aber die Zeit, als wir die Firma gemeinsam geführt haben, ist vorbei. Ich will nur wissen, wer ich bin, und wer er ist."

„Und was hättet ihr beide davon?", rutschte es Heide heraus. „Glaubst du wirklich, er nimmt dich in die Arme, glücklich seine leibliche Mutter gefunden zu haben. - Er hat dich nie gesucht. - Und auf einmal kann alles nachgeholt werden, was ihr beide all die Jahre versäumt habt. Wie naiv bist du eigentlich, Sibylle?" Heide atmet schwer, plötzlich macht ihr das Alter zu schaffen. Sie will einfach keine Spekulationen mehr hören, die ihr den Sohn wegnehmen könnten. „Was zwischen dir und Stefan vorgeht kann ich nicht beurteilen. Er ist ein erwachsener Mann. Vielleicht fühlt er sich deshalb zu dir hingezogen, weil er Gerhards Familien-Vergangenheit immer abgelehnt hat. Manchmal denke ich, er ist froh, ein Adoptivkind zu sein."

Wie soll ich es nennen, denkt Sibylle, es gibt keine Wörter dafür, was zwischen mir und Stefan besteht. Heide ist seine Mutter, sie hat ihn gepflegt, wenn er krank war, sie hat ihn getröstet, wenn er sich das Knie aufgeschlagen hat. Ich habe kein Recht irgendetwas zu verlangen. „Er hat nie ein böses Wort über euch verloren", sagt sie leise. „Die Geschäftsführung der Firma hat ihm Karl aufgedrängt, und ich habe ihn dabei unterstützt, es war ein Fehler, es tut mir leid." Sibylle spürt, wie sich Heide verschließt. Was hatte ich denn erwartet?

„Du kannst einen Gen-Test machen lassen", sagt Heide, nachdem sie eine Weile ihren Gedanken nachgegangen hat. „Das wäre sowieso das Beste. Dann wüssten wir alle Bescheid. Aber du kannst es nicht ohne seine Zustimmung tun", fügt sie schnell hinzu, als wäre das der Strohhalm, an den sie sich noch klammert.

Das ist womöglich genau das, was Karl bereits getan hat, denkt Sibylle. Soll ich ihr die Test-Ergebnisse zeigen? Ich hab sie dabei. Aber nein, es wäre zu viel auf einmal. „Was ist, wenn sich mein Verdacht bestätigt?"

„Früher oder später hätte ich ihn sowieso verloren." Heide klingt traurig und resigniert.

„Aber du würdest ihn nicht verlieren."

„Es ist wie es ist. Ich sollte jetzt gehen, oder hast du noch etwas anderes auf dem Herzen, etwas, das Karl betrifft?"

Deshalb ist sie gekommen, denkt Sibylle. „Nein, ich musste einfach mit jemand über Stefan reden. Du bist diejenige, die ihn am besten kennt. - Dich hat Karls Tod sehr getroffen?"

Heide schaut einem jungen Radfahrer zu, wie er in Schlangenlinien quer über den leeren Marstallplatz fährt. „Stefan hat sich sehr verändert", sagt sie schließlich, „die Firma…, ich verstehe ihn nicht mehr, er spricht auch nicht darüber." Für einen Moment scheint sie zu überlegen, ob sie es sagen soll. „Du fragst nach Karl, ob mich sein Tod getroffen hat. Natürlich hat er das. Wir waren befreundet, ich war seine Kollegin und mehr. Ich habe sein Kind abgetrieben, weil er es so wollte, trotzdem ließ er mich sitzen." Ihre Stimme hat sich gekräftigt, als wäre ein Knoten in ihr geplatzt. „Das mit dem Kind weiß keiner, außer jetzt dir. Gerhard hat mich vergöttert, aber Karl blieb für mich das, was dieser Jonas anscheinend für dich war: Ein uneingelöstes Versprechen. - Ich werde nicht mit Stefan über deinen Verdacht reden, bevor du es nicht selbst tust. Aber tu es bald, das schulden wir ihm", sagt sie im Aufstehen.

„Ja, natürlich." Sie glaubt, dass es stimmt, denkt Sibylle, als sie Heide zum Abschied umarmt. Wir haben beide ein Kind verloren, sie versteht, was in mir vorgeht. Nur sie hat ein anderes gewonnen, und glaubt, dass ich es ihr wegnehmen will. Sie hat Recht, ich muss mit Stefan reden.

Der Gedanke trifft sie, wie ein Schlag. Ich kann das nicht, denkt sie. Wie erkläre ich einem Geliebten, dass ich seine Mutter bin? Egal, ich muss es tun. Zuvor brauche ich aber Klarheit, was es mit den DNA-Unterlagen auf sich hat. Vielleicht kann mir Christian helfen, er hat Karl bei der Adoption unterstützt.

Anfangs verhält sich Christian sehr zurückhaltend. Schnee von gestern, sagt er, und so genau könne er sich nicht mehr erinnern. Erst als sie ihm von ihrem Verdacht erzählt, dass Stefan am selben Tag im selben Krankenhaus geboren wurde, in dem auch sie niederkam, merkt er auf. Sie erwähnt, dass sie sich Sorgen macht, sie könne Stefans Mutter sein. Er hält es für ausgeschlossen, ist aber bereit mitzuhelfen, um Klarheit zu schaffen. „Ich brauche eine Speichelprobe von euch beiden, damit ich sie ans Labor schicken kann. Und dann dauert es eine Weile. Wie schnell sie heute sind, kann ich dir nicht sagen. Ich hab die ganze Prozedur nur einmal machen lassen, für einen Patienten, der unbedingt wissen wollte, ob in seiner Abstammung etwas nicht stimmt. Und das war dann auch tatsächlich so. Ich hoffe bei dir bleibt alles im grünen Bereich, ich würde ungern schlafende Hunde wecken."

„Du brauchst dir keine Sorgen machen. Diese Duplizität von Zeit und Ort ist vermutlich reiner Zufall. Aber ich kriege es nicht mehr aus dem Kopf. Ich besorge die Speichelproben."

„Am besten tust du sie in ein Glasröhrchen, gut markiert."

„In ein paar Tagen bringe ich sie vorbei."

Als sie Christians Büro verlassen will, fragt er: „Und was ist, wenn sich dein Verdacht bestätigt?"

„Dann muss ich wohl damit leben." Er versucht es mir zu ersparen, denkt sie.

„Es könnte sein, dass du Wunden aufreißt, die dann nicht mehr verheilen."

„Ja, aber ich glaube, ich kann nicht mehr zurück."

Nach dem Gespräch mit Christian ruft sie Stefan an. Sie will ihm von ihrem Verdacht erzählen, ihn vorab um Verzeihung bitten, sollten sich ihre schlimmsten Befürchtungen bewahrheiten. Doch dann fragt sie sich, ob es nicht doch nur ein Hirngespinst ist, das ihn zu ihrem Sohn macht. Es gibt viele Kinder, die am selben Tag geboren werden, warum sollte ausgerechnet er mein Sohn sein. Seine Ähnlichkeit mit Jonas ist möglicherweise nur ein Trugbild, das ich mir all die Jahre gewünscht habe. Stefan ist inzwischen älter, als Jonas es je war, wie kann er ihm überhaupt ähnlich sehen. Trotzdem, ich brauche Klarheit, sonst werde ich verrückt.

Geschäftlich soll das Gespräch verlaufen, damit ich sehen kann, wie er reagiert, denkt sie, und greift nach dem Telefon: „Könntest du…. Darf ich dich …?", stottert sie, als Stefan sich meldet.

„Du bist es, Sibylle? Ich hab lange nichts von dir gehört. Wie geht es dir?"

„Gut. - Ich hab etwas in Karls Safe gefunden, es hat mit uns beiden zu tun."

„Was denn noch?" Er klingt ärgerlich, als wolle er mit Karl und seiner Firma nichts mehr zu tun haben. „Du hast mich mitten in einer Besprechung erreicht, können wir später darüber reden, wenn ich mehr Zeit habe?"

„Tut mir leid. Aber komm bitte vorbei, damit wir in Ruhe reden können."

„Wie wär's heute Abend?"

„Sehr schön, das passt gut."

Abends, als er vor dem großbürgerlichen Haus steht, in dessen Dachgeschoss Sibylle wieder eingezogen ist, fragt er sich, weshalb sie diese Wohnung all die Jahre behalten hat. Als hätte sie damit gerechnet, dass es zwischen ihr und Karl nicht klappen könnte.

Er klingelt, und als er kurz darauf den Summer hört, drückt er die schwere Tür auf und bleibt einen Moment nachdenklich im Treppenhaus stehen. Die blaugrünen Fliesen würden mich stören, wenn ich hier täglich ein und aus ginge, denkt er. Aber die Jugendstilarchitekten haben großzügig gebaut, die weit geschwungene Holztreppe geht sich ausgezeichnet, weitaus angenehmer als in meinem Neubau.

„Im vierten Stock", hört er Sibylles Stimme von oben.

„Danke", ruft er zurück.

Als er durch die angelehnte Tür tritt, sieht er das zerstörte Bild. Zwei Schnitte und ein paar Messerstiche sind in regelmäßigen Abständen über die Leinwand verteilt. Anstelle der Augen der einen Tänzerin starren ihn nur noch leere Höhlen an. Er ignoriert das Bild, nimmt sich aber vor, später darauf zurückzukommen. „Was hast du denn gefunden, dass du mich gleich sehen wolltest. Ein paar Millionen hoffentlich, die er zurückgelegt hat, falls es der Firma wirklich schlecht geht", versucht er einen leichten Ton.

„Das wäre schön, nur leider.... Aber komm erstmal rein. - Möchtest du etwas trinken?"

„Ein Bier vielleicht, falls du eins hast. Kein Glas. Ansonsten ist Wasser auch ok."

Als sie mit einer Flasche Bier, und einem Glas Rotwein für sich, zurückkommt, sieht sie ihn lange schweigend an.

„Was ist, warum bist du plötzlich so anders? Am Telefon hast du dich ziemlich besorgt angehört."

Besorgt? Eher paralysiert, denkt sie. Ich weiß einfach nicht, wie ich es anfangen soll. „Habe ich dir je gesagt, wie sehr du einem früheren Freund von mir gleichst. Seit ich dich kenne, muss ich immer wieder an ihn denken."

„Hast du mich deshalb verführt, weil ich deinem früheren Geliebten ähnle", lacht er.

„Nein", ärgert sie sich. So geht es nicht. Ich brauche einen Plan, muss genau aufschreiben, was ich sagen will. Nur ja keinen weiteren Fehler, wie nach Karls Beerdigung, sonst verliere ich ihn für immer. Wie konnte ich mich damals nur so gehen lassen. Ich brauche mehr Zeit. „Der Verkauf an Magnus' Partner scheint endlich zu klappen", sagt sie, erleichtert, etwas gefunden zu haben, das unverdächtig klingt. „Er hat ein Konsortium mit Schweizer Investoren gebildet, die ihr Geld in Deutschland anlegen wollen. Vermutlich um es vor dem Fiskus zu retten, hat Gerhard gemeint. Wie ist dein Verhältnis zu ihm übrigens, hält er dich auf dem Laufenden, oder führt er die Gespräche mit Magnus und den Investoren allein?"

„Er erzählt mir gelegentlich wie's läuft, fragt mich aber nicht, was ich davon halte. Die due-diligence scheint gut gelaufen zu sein."

„Könntest du mir helfen, Karls Anteile zu verkaufen? Ich will nicht selbst verhandeln, die Firma habe ich abgeschlossen. Wenn ich dir eine Generalvollmacht gebe, müsste es doch reichen, alles innerhalb eines Jahres, solange du noch hier bist, abzuschließen? Würdest du das für mich tun?"

„Selbstverständlich, warum fragst du überhaupt?"

Weil ich Angst habe, du könntest nein sagen, denkt sie. „Du bekommst zehn Prozent des Erlöses als Provision. Ich möchte nur, dass es schnell geht." Sie erschrickt, als sie seine abwehrende Reaktion sieht. „Was ist?"

„Ich will kein Geld, nicht von dir", sagt er kurz angebunden. „Und zehn Prozent, solltest du einen anderen Berater anheuern, ist viel zu viel."

„Aber von was willst du leben, wenn du erst in einem Jahr nach New York gehst?"

„Mach dir darüber keine Gedanken, ich komme schon klar. Und so ganz sicher ist das mit New York ja auch noch nicht. Sobald ich deine Vollmacht habe, rede ich mit Magnus. Ich mag ihn nicht besonders, wie du dich sicher erinnern kannst. Aber vielleicht ist das genau das Richtige für so eine Verhandlung. Ist deine Entscheidung endgültig?"

„Ja. - So schnell wie möglich."

„Warum hast du das Bild aufgeschlitzt? Ich habe es immer gemocht, dachte eigentlich es wäre deine Altersversorgung."

Er hat es bemerkt, denkt sie, vielleicht merkt er viel mehr, als ich erkennen kann. Vielleicht weiß er längst, dass er mein Sohn ist und wartet nur darauf, dass ich es ihm sage. „Ich ertrug nicht mehr, wie mich diese verlebten Frauen ansahen. Es lässt sich bestimmt reparieren. Ein guter Restaurator schafft das schon."

„Versuch bitte nicht noch mehr Bilder aufzuschlitzen. - Und was war im Safe?"

Er lässt mir keine Wahl, denkt sie: „Ich hab die Geburtsdokumente eines kleinen Jungen gefunden. Er ist am selben Tag wie du geboren und wurde im selben Krankenhaus entbunden."

„Und?"

„Es ist dasselbe Krankenhaus, in dem ich auch entbunden habe. Am selben Tag."

„Ich wusste gar nicht, dass du ein Kind hast, du hast nie darüber gesprochen."

Wie soll ich?, denkt sie. „Ich vermute Karl hat lange geglaubt, dass du sein Sohn sein könntest. Zumindest hat er es gehofft."

„Wow, wie kommst du denn darauf?"

„Weil er ein stärkeres Band zwischen mir und sich haben wollte, als nur Zuneigung. Er hielt nicht viel von Gefühlen, zu vergänglich hat er gemeint. Man kann sich nicht darauf verlassen."

„Und wir beide haben seine Theorie bestätigt."

„Und was, wenn er tatsächlich dein Vater und ich deine leibliche Mutter wäre?"

Stefan stellt die Bierflasche ab und betrachtet Sibylle mit offenem Mund. „Spinnst du jetzt total?"

„Ich hatte eine Affäre mit Karl. Ich war siebzehn, und es war nur eine Nacht. Am nächsten Tag flog er nach Südafrika. Ich habe ihn vergessen, oder verdrängt, wer weiß das schon. Erst zwanzig Jahre später haben wir uns rein zufällig wieder getroffen. Er hätte mich sofort erkannt, hat er gesagt."

„Wow. - Ist mir zu verwirrend, und eigentlich will ich mit deinem früheren Leben auch nichts zu tun haben."

„Aber willst du denn nicht wissen, wer deine leiblichen Eltern sind?"

„Nein. Die Geschichte ist zu hirnrissig, um wahr zu sein. Seit Karls Tod bist du nicht mehr dieselbe. Heide hat mir von deinem Verdacht erzählt, dass Karl mein Vater sein könnte. Was soll ich damit anfangen, es macht keinen Sinn, und ich will es auch nicht hören. Ist wohl besser ich gehe jetzt, bevor dir noch mehr Geschichten einfallen." Ohne eine Antwort abzuwarten steht er auf, nimmt seine Jacke und verlässt grußlos die Wohnung.

Nachdem er gegangen ist, lässt sie sich in einen Sessel fallen und weint. Ich kann es nicht, denkt sie. Wie sagt man einem Geliebten, dass man möglicherweise seine Mutter ist. Und wenn es nicht stimmt? Natürlich stimmt es. Die Art wie er etwas andeutet, ohne es klar auszusprechen. Wie er sich das Haar aus der Stirn streicht, sich bewegt. Seine Geburt im selben Krankenhaus, in derselben Woche, wie viele Zufälle kann es geben?

Sie umfängt ihre Knie mit beiden Armen und drückt sich in eine Ecke der Couch, wie ein kleines Mädchen, das von Weltschmerz übermannt wird. Für eine Weile starrt sie nur vor sich hin. „Ich muss es tun, trotz allem", murmelt sie leise vor sich hin.

Es ist bereits nach Mitternacht, als Stefan anruft: „Ich hoffe, ich hab dich nicht geweckt. Tut mit leid, ich wollte dich nicht verletzen. Heide rät mir eine DNA-Probe machen zu lassen. Morgen rufe ich Christian an."

„Ja, bitte tu das."

Zwischenspiel

Stefan fühlt sich unwohl in Cordhosen und Lederjacke unter all den Anzugträgern, als er Magnus in der Lobby des Vier Jahreszeiten gegenüber sitzt. Gelegentlich schwirren ein paar Chinesen vorbei. Ich mag sie nicht, denkt er, nicht seit sie mich so massiv hinters Licht geführt haben.

Ausgerechnet das Vier Jahreszeiten, vermutlich will er mir zeigen, was für ein big shot er ist, denkt Stefan, während er Magnus' erwartungsvolles Grinsen registriert. Es macht mich schon jetzt nervös, bevor es überhaupt losgeht. Er wird nicht glücklich sein, dass Sibylle sofort verkaufen will. Er wird die Schweizer Investoren vorschieben, wie es für sie aussieht, wenn ein großer Anteilseigner gleich nach der Übernahme aussteigt. Er wird um Aufschub bitten, aber ich muss hart bleiben. Sibylle will es hinter sich haben. „Als ich Sie zum ersten Mal auf die Firma aufmerksam machte, erinnern Sie sich noch, Jeremy, da hatte ich mir in der Tat eine Zusammenarbeit ganz anders vorgestellt. Ich brauchte Sie wirklich, denn ich hatte von Tuten und Blasen keine Ahnung. Und dann kam alles ganz anders", versucht er einen versöhnlichen Einstieg.

„Stefan, ich kenne unsere gemeinsame Geschichte, auch wenn sie nur kurz ist. Sie war ausreichend bewegt, um sie nicht zu vergessen", schmettert ihn Magnus sofort ab, dabei schmunzelt er, wie jemand, der alles bekommen hat, was er haben wollte und sich nun wundert, weshalb er mit dem Typen überhaupt noch zusammen sitzt. „Es war richtig, dass wir uns trennten. Kein Unternehmen erträgt auf Dauer zwei Manager, die in unterschiedliche Richtungen denken. Warum wolltest du mich sprechen?"

Das macht es leichter, denkt Stefan, gleich zur Sache kommen, ein Handschlag-Agreement und dann nichts wie weg. „Sibylle will aussteigen, nicht ein bisschen, komplett. Das hat nichts mit Ihnen oder mit irgendeinem der anderen Anteilseigner zu tun, sie will einfach nichts mehr mit dem Unternehmen zu tun haben. Ich habe alle Vollmachten die Konditionen zu vereinbaren."

Magnus scheint ehrlich überrascht. „Eigentlich schade", sagt er nach kurzem Nachdenken. „Ist sie sicher, dass sie schon jetzt aussteigen will, ohne wenn und aber? Die Firma erholt sich gerade, es sieht nicht schlecht aus. In ein paar Monaten könnte sich der Wert ihrer Anteile verdoppeln. Sie kennt unsere Akquisitionsstrategie, sie weiß, dass wir zusätzliches Geld in die Firma stecken werden...."

Was ihre Anteile weiter verwässern wird, denkt Stefan. Aber vielleicht stimmt es ja, dass du Erfolg haben wirst, weil sie dir Zeit geben, die ich nie hatte. Ich bekam nur die Prügel und du bekommst den Lohn. „Ihr Entschluss steht fest. Sie will lieber heute als morgen raus. Außerdem, wenn ich mich richtig erinnere, wollten Sie keinen aus der Familie bei der Umsetzung Ihrer Strategie dabei haben. Was hat sich geändert?"

Magnus verzieht kurz das Gesicht und fasst sich an die Nase. „Eigentlich nichts, zu viele Köche verderben den Brei, heißt es. War immer auch meine Überzeugung, wie du ja weißt. Ich verstehe Sibylles Motivation, aber sie muss ja nicht gleich alles verkaufen."

„Sie will aber. Sie will einfach die ganze Wegener Episode hinter sich bringen. Am liebsten wäre uns ein Paket, Sibylles Anteile und die restliche Laufzeit ihres Vertrags schön verpackt."

Magnus windet sich, als hätte er in eine Zitrone gebissen. „Das ist nicht so leicht, Stefan. Sibylles Boni waren an bestimmte Kriterien gebunden, Meilensteine, die während ihrer Zeit als Geschäftsführerin nicht erreicht wurden. Aus meiner Sicht sind sie daher nichts wert. Auch meine Mitinvestoren sind dieser Meinung. Ich kann also gar nicht anders, auch wenn ich wollte. Bestenfalls reden wir über einen kleinen Betrag, den wir aus...", er überlegt kurz, was er sagen könnte, ohne Stefan völlig zu verärgern, „aus Nostalgie Gründen gewissermaßen, zahlen."

„Nostalgie?", kann sich Stefan kaum zurückhalten. „Wir wollen nichts geschenkt", sagt er scharf. „Es geht nicht um Sibylles Performance, die brauchen Sie gar nicht erst schlecht zu reden. Es geht um das Einhalten von Verträgen. Wir kennen den Wert des Unternehmens. Ich bin nicht als Bittsteller hier, schon gar nicht, um auf Knien um Almosen zu betteln."

Magnus ist blass geworden, als hätte er nicht erwartet, dass Stefan Sibylles Position so hart vertreten würde. Er weiß, dass Stefan Recht hat, dass er möglicherweise seine Karten überreizt hat, und er ärgert sich über sich selbst. „Jetzt komm wieder runter, Stefan, kein Mensch will dich auf Knien sehen. Deine Fantasie geht mal wieder mit dir durch. Das hat es schon früher schwer gemacht, vernünftig mit dir zu reden."

„Lassen wir das, Jeremy." Stefan atmet tief durch, er versucht seine Wut unter Kontrolle zu bringen. „Wie würden Sie Karls Anteile bewerten, haben Sie sich darüber Gedanken gemacht?" Natürlich hat er das, warum hätte er sonst mit den Schweizern geredet, denkt er.

„Wirklich, Stefan, du verlangst eine Menge von mir. Bevor wir ernsthaft darüber nachdenken, muss ich dich der Form halber fragen: Vertrittst du Sibylle, als Karls Erbin?"

„Ja, ich habe alle Vollmachten, wollen Sie die Papiere sehen?"

„Alles zu seiner Zeit. Nehmen wir mal an, wir würden die Firma heute verkaufen wollen, was glaubst du? Finden wir einen Käufer oder eher nicht? Nein? Na siehst du. Damit ist sie auch nichts wert, so leid mir das tut. Es dauert noch, und braucht vermutlich einiges an zusätzlichem Kapital, bis der Laden wieder brummt. Also auf welcher Basis soll ich rechnen? Mit einer hypothetischen Zukunft, dann reißen mir meine Partner den Kopf ab. Oder auf Basis der heutigen Zahlen, dann kommt für Sibylle wenig, und für Gerhard fast gar nichts bei raus."

Stefan geht nicht darauf ein, sieht nur gespannt auf Magnus. Vermutlich hält er sich für einen guten Pokerspieler, ist er aber nicht, denkt er.

„Das ganze ist noch lange ein Zuschussgeschäft", fährt Magnus fort. „Das Interesse meiner Investoren lag von Anfang an in der Fusion mit einer unserer Portfolio-Firmen, aber das dauert nun mal. - Grundsätzlich habe ich nichts dagegen, dass Sibylle aussteigt, es macht mein Leben sogar leichter. Wir können entscheiden und keiner redet uns dazwischen. Allein deshalb würde ich ihr einen fairen Pauschalbetrag anbieten, vorbehaltlich der Zustimmung meiner Partner natürlich."

„Und der wäre?"

„Eine halbe Million, wie gesagt, ein fairer Betrag für ein Unternehmen das kurz vor der Insolvenz steht. Glaub mir Stefan, es hat mich eine Menge Überredung gekostet, die Zustimmung meiner Partner zu erhalten. Ich habe mich aber dafür eingesetzt, auch wegen dir."

Mir kommen gleich die Tränen, denkt Stefan. Ich hab's gewusst, er hat längst damit gerechnet und schon vorgearbeitet. Magnus ist eben ein schlauer Fuchs. Karls Tod hat ihm alles in den Schoß gespült, und ich kann nichts dagegen tun, außer etwas mehr Geld herauszuschlagen. „Der Betrag ist zu niedrig, das kann ich jetzt schon sagen. Aber ich werde Sibylle informieren und ihr empfehlen abzulehnen", sagt er fast gelangweilt.

„Was stellt sie sich denn vor?", fragt Magnus nach.

„Unter einer Million geht gar nichts. Sie braucht kein Geld, sie hat gerade Karls Haus verkauft und ist auf lange Zeit liquide. Sie muss nicht handeln, sollten Sie das missverstanden haben. Es liegt also in Ihrem Interesse, Jeremy, ihr ein vernünftiges Angebot zu machen."

„Vernünftig? Was ist schon vernünftig in unserem Geschäft, Stefan?"

Ich glaube, ich hab ihn, denkt Stefan. „Wir sind nicht in einem romantischen Musical, Jeremy, wo jeder ein wenig singen darf, und am Ende geht alles gut aus. Mit genügend Abstand finden Sie wahrscheinlich die Million ganz in Ordnung. Wie Sie gesagt haben, können Sie danach ja machen was Sie wollen, und keiner redet Ihnen mehr drein. Ist doch auch nicht schlecht."

„Du bist härter geworden, Stefan", sagt Magnus anerkennend. „Wann will sie eine Antwort?"

„Zwei Wochen, das müsste reichen. Vielleicht haben Sie ja auch schon jetzt eine Antwort. Sie sind wohl kaum in dieses Gespräch gegangen, ohne eine Spannbreite zu haben."

Magnus atmete tief durch. Er schiebt die Schultern vor, ohne erkennen zu lassen, was er davon hält. Eine Million ist dicke, aber machbar, denkt er. Nur jetzt darf ich nicht gleich darauf eingehen. „Dann ist es wohl besser, wir lassen es mal so stehen. Ich hab noch einen Termin, entschuldige, aber ich muss gehen. Ich melde mich in den nächsten Tagen. - Schöner Vergleich mit dem Musical, übrigens, er hätte auch von mir kommen können."

Als Stefan Sibylle von der halben Million erzählt, will sie sofort akzeptieren. Das Haus, die Firma, alles weg, denkt sie. Jetzt muss ich aber noch Stefan erklären, dass er mein Sohn ist, erst dann bin ich frei. Es wird schwierig werden, ich hoffe, ich finde die richtigen Worte.

Zu ihrer Überraschung droht Stefan, sein Mandat sofort niederzulegen, wenn sie den, in seinen Worten - Wucherbetrag - annimmt. Um ihn zu besänftigen, ist sie bereit, Magnus persönlich zu treffen, um die Transaktion endgültig abzuschließen.

Magnus schlägt die Kulisse vor, ein Restaurant in den Münchner Kammerspielen, und Sybille stimmt sofort zu. Sie mag das Lokal und fragt sich, weshalb er ausgerechnet ein Theaterlokal gewählt hat. In ihren Augen passt es nicht zu ihm. Vermutlich will er mich entspannen, weil er glaubt, dann besser verhandeln zu können, denkt sie.

Sie ist zu früh dran, bestellt ein Glas Wein und während sie gelangweilt die Speisekarte durchblättert, denkt sie an Stefan. Wie bereitwillig er seine Speichelprobe abgab, es gibt uns Klarheit, hat er gemeint. Doch seither hat er mit keinem Wort nach dem Ergebnis gefragt, als würde es ihn nicht mehr interessieren. - Ich muss mich auf diesen Magnus konzentrieren, Stefan hält ihn für ein Schlitzohr, aber er könne hart verhandeln. Magnus will, dass ich aussteige, er braucht die Fusion, um seine Finanzpartner im Boot zu halten. Wenn ich drin bleibe und ihm das Leben schwer mache, platzt die Akquisition und Magnus steht ziemlich bekleckert da, hat Stefan gemeint. Aber wenn die Hängepartie ewig weiter geht, habe ich auch nichts erreicht. Das scheint Stefan aber egal zu sein, er ist eben ein Spieler, genau wie Jonas.

Die DNA belegt eindeutig, dass ich seine Mutter bin, hat Christian gesagt. Er will, dass ich es Stefan selbst erkläre, als wäre das so einfach. In mein altes Leben zurückkehren geht nicht. Eine Mutter, die ihren Sohn verführt hat, kann nicht zurück in die Gesellschaft. Karls Tod kann mir niemand anlasten, auch Heide nicht. Er wollte nicht warten, bis ihn der Krebs auffrisst. Trotzdem sehe ich aus wie eine Erbschleicherin. Wenn sie erfahren, dass ich mit meinem eigenen Sohn…. Sie werden mich steinigen.

In dem Moment sieht sie Magnus ins Lokal treten.

Er sieht sich kurz um, erkennt sie sofort, und steuert strahlend auf sie zu. „Ich hoffe, ich habe Sie nicht warten lassen, Frau Wegener." Er reicht ihr die Hand, macht die Andeutung eines Handkusses und setzt sich ihr gegenüber.

„Nein, ich war zu früh dran. Und manchmal genieße ich es, einfach nur die Menschen zu beobachten."

„Wie viel Zeit haben Sie, Frau Wegener, darf ich Sie zum Essen einladen?"

„Danke. Um diese Zeit esse ich nicht mehr. Frauen in meinem Alter müssen sich entscheiden…." Sie unterbricht sich abrupt, als wäre sie einen Schritt zu weit gegangen. Wie konnte ich nur so etwas andeuten. Ich kenne den Mann doch gar nicht, denkt sie.

„Sie sind sehr schön. Mit wem teilen Sie Ihre Schönheit, Sibylle? Ich darf Sie doch so nennen", hakt er sofort nach.

„Nein, lassen wir das", sagt sie, und sieht ihn kalt an. „Ich bin nur gekommen, um mit Ihnen über den endgültigen Preis zu sprechen. Alles andere interessiert mich nicht."

„Selbstverständlich, so ist es mit Stefan vereinbart." Magnus dreht sich zur Bedienung und bestellt ein stilles Wasser. „Entschuldigung, ich hätte Sie fragen sollen."

Sibylle wartet nicht, bis ihm das Wasser gebracht wird, sie kommt sofort auf den Punkt: „Stefan hat mir den Betrag genannt, den Sie bereit sind zu bezahlen. In Anbetracht der Entwicklung, die die Firma im letzten Jahr genommen hat, hört sich die halbe Million ziemlich bescheiden an."

„Bescheiden? Für ein Unternehmen, das sich immer noch an der Grenze zur Insolvenz bewegt, ist das nicht bescheiden. Auch wenn es so aussieht, als kämen wir langsam aus den Löchern, geschafft haben wir es noch lange nicht."

Das wird er sagen, hat Stefan gemeint. Anscheinend gibt es solche Spielregeln. Und so muss er auch reagieren, sonst macht er seinen Job falsch, denkt Sibylle. „Ich darf Sie daran erinnern, dass wir eine Preisgleitklausel haben. Nach unseren Berechnungen ist die Firma, auch auf Grund dieser Klausel, mindestens sechs Millionen wert. Der Preis für meinen Anteil, eine Million, wie Stefan gesagt hat, ist daher nur angemessen."

„Die Lage ist noch nicht stabil. Es kann morgen bereits wieder ganz anders aussehen." Magnus klingt, als hätte er sich das Gespräch mit Sibylle ganz anders vorgestellt.

„Fakt ist, dass die Firma weit erfolgreicher ist, als Sie das prognostiziert haben, als sie Stefan an die Luft setzten. Anscheinend war er doch kein solcher Versager, wie ihn alle sehen wollten", lässt sie sich nicht beirren.

„Lassen wir das, Frau Wegener, es bringt uns keinen Schritt voran. Wenn Sie auf der Million bestehen, wird das nichts mit uns. Ich kann Ihnen maximal achthunderttausend anbieten, dann sind Sie innerhalb einer Woche alle Sorgen los."

Wie ein Teppichhandel, so wird es sein, hat Stefan gesagt, denkt sie. Mach dir nichts draus, so ist es immer am Ende. Wenn er dir siebenhundertfünfzig bietet, nimm an. Und ich verhandle dann die Details mit den Anwälten, nicht dass sie dich über das Kleingedruckte noch in die Haftung nehmen. „Stefan hat Ihnen sicher gesagt, dass ich alles, was mit der Firma zu tun hat, so schnell wie möglich hinter mich bringen möchte. Allein deshalb akzeptiere ich die achthundert. Aber es muss ein klarer Schnitt sein, sagen Sie das Ihren Mitgesellschaftern. Wenn Sie also einverstanden sind, würde ich gerne gehen." Sie steht auf und reicht ihm die Hand. „Stefan wird mit Ihnen alle weiteren Details klären. Ich gehe aber davon aus, dass die achthunderttausend jetzt fest sind. - Bitte entschuldigen Sie mich, es ist, glaube ich, alles gesagt." Sie geht an die Theke, bezahlt ihren Wein, und verlässt das Lokal.

Als sie die Maximilianstraße in Richtung Oper geht, denkt sie, ich muss Stefan endlich reinen Wein einschenken. Wenn ich ihm von dem Gespräch mit Magnus berichte, werde ich es tun. Am besten ich verabrede mich gleich jetzt, dann kann ich nicht mehr zurück. Sie nimmt ihr Mobiltelefon aus der Tasche und tippt Stefans Nummer ein: „Kannst du mich morgen treffen, um eins, bei mir zu Hause. Es lief besser als erwartet, alles andere erzähle ich dir morgen." Sie kappt das Gespräch, bevor er ablehnen kann.

Klarheit

Das zerstörte Bild hängt noch an derselben Stelle, wie beim letzten Besuch. Zwei Schnitte und ein paar Messerstiche sind hinzugekommen, verteilt in regelmäßigen Abständen über die Leinwand. Anstelle der Augen der einen Tänzerin starren ihn nur noch leere Höhlen an. Anscheinend hat sie weiter daran gearbeitet, denkt Stefan.
„Du wunderst dich?", fragt sie, seinem Blick folgend. „Solche Sachen passieren eben bei Umzügen. Ich werde es der Versicherung melden."
„Karl hat dir das Bild geschenkt. Und jetzt arbeitest du daran, als müsstest du irgendetwas auslöschen. So ein Schaden passiert nicht bei Umzügen."
„Er ist tot, und jetzt ist mir das Bild egal. - Du bist sehr pünktlich, das bin ich nicht von dir gewöhnt." Ich hätte es abhängen sollen, denkt sie, aber ich müsste so vieles tun und tue es dann doch nicht.
„Es war ein schönes Bild, ich hab es immer bewundert", beharrt Stefan. „Ob es sich wirklich restaurieren lässt?"
„Weiß nicht. Es spielt keine Rolle, vergiss das Bild. - Willst du etwas trinken, bevor wir essen? Ich habe nur eine Kleinigkeit vorbereitet."
„Gerne, ein Glas Wein. Warum tust du so geheimnisvoll?"
Sibylle hebt nur leicht die Schultern, geht in die Küche, kommt aber gleich wieder zurück, als hätte sie es sich anders überlegt. „Schön, dass du sofort kommen konntest. Wie geht es dir?", fragt sie.
Stefan wundert sich. Der Duft ihres leichten Parfums hängt in der Luft und er fragt sich, woher sie ihre Souveränität nimmt, jetzt, wo sich ihre frühere Welt aufzulösen beginnt. Frauen sind eben wie Chamäleons, sie verändern ihr Aussehen mit der jeweiligen Stimmung, denkt er.
„Und du willst wirklich in die USA?", fragt sie.
„Ja, so eine Chance bekomme ich nie wieder."
„Und wann gehst du?"

„In einem halben Jahr."

„Das ist ja noch eine Weile hin", sagt sie erleichtert. „Warum bist du so pünktlich."

„Ich kam gut durch." Stefan deutet auf das Bild. „In Grünwald hing es an der falschen Stelle, zu dunkel."

„Die Schinken der Wegeners haben es erdrückt. Es war ein schönes Bild. Es ist gestorben, wie alles, das ich in die Hände kriege. Willst du etwas trinken?", fragt sie erneut, als hätte sie seine vorige Antwort vergessen.

Hoppla, denkt Stefan, sie scheint nicht ganz da zu sein. „Gerne, ein Glas Wein." Als Sibylle sitzen bleibt und ihn nur eindringlich betrachtet, als versuche sie in seinen Zügen zu lesen, fragt er. „Wie lief's mit Magnus? Hat er versucht dich übern Tisch zu ziehen? Am Telefon hast du dich ziemlich bedeckt gehalten."

„Eigentlich ganz gut. Ich hätte es auch am Telefon sagen können, aber ich wollte dich sehen. Wenn ich dir schon alles vorab erzählt hätte, wärst du womöglich gar nicht gekommen. Bitte hol den Wein, ich hab ihn in der Küche vergessen."

Es scheint ihr völlig egal zu sein, wie viel sie bekommt, denkt Stefan. „Jetzt sag schon?", fragt er ungeduldig.

Sie lächelt und sieht ihn spitzbübisch an. „Er wollte mich verführen", lacht sie laut auf. „Aber dann war ich ihm wahrscheinlich doch zu alt. Nein, er wollte nur einen besseren Preis aushandeln. Dabei hat er gar nicht gemerkt, wie wenig mich noch interessiert, ob er oder ich gewann. Ob er vielleicht ein paar tausend Euro mehr aus mir heraus quetschen konnte. Er konnte eben nicht raus aus seiner Rolle. Ich war ja eigentlich nur wegen dir dort, weil du mir die Pistole auf die Brust gesetzt hast. Es war trotzdem interessant, ihn dabei zu beobachten, wie er versuchte mich auszutricksen."

Ist anscheinend gut gelaufen, denkt er. „Und, hat er einen Preis genannt?"

Sie lächelt, doch es stirbt sofort ab, als sie seine finstere Miene sieht. „Wir haben uns auf achthunderttausend geeinigt."

„Gut gemacht", strahlt Stefan. Er geht in die Küche, holt den Wein und schenkt sich ein, ohne sie zu fragen. „Und was machen wir jetzt?"

„Du regelst die Details, wie vereinbart."

„Und deshalb hast du mich herbestellt? Das hättest du mir tatsächlich auch am Telefon sagen können."

„Herbestellt?", fragt sie, in Gedanken woanders. „Ich wollte mit dir reden, aber du machst es mir nicht gerade leicht." Sie steht auf, setzt sich gleich wieder und nestelt nervös an ihrer Bluse.

Irgendetwas kocht in ihr, denkt Stefan. Magnus kann es nicht sein, das ist besser gelaufen als ich dachte. Christian, denkt er, wie konnte ich es vergessen. Sie hat das Ergebnis erhalten. Schlagartig bricht er in Schweiß aus.

„Bitte hab Geduld mit mir, Stefan", sagt sie fast flehend.

„Was soll das? Du hast toll verhandelt, der Preis ist höher als wir es erwartet haben. Jetzt hast du die Firma endlich hinter dir. Das wolltest du doch, oder?", versucht er ruhig zu bleiben.

Sibylle setzt sich kerzengerade hin, als hätte sie sich endlich zu etwas durchgerungen. Der Stiel ihres Glases stößt an die Tischkante, als sie es anhebt, und ein paar Tropfen schwappen über, die sie achtlos mit der Serviette aufwischt. „Vielleicht hast du dich gefragt, weshalb ich keine Kinder habe. Weshalb ich dich und Marie manchmal mit hungrigen Augen ansah, wie jemand, dem etwas verloren gegangen ist. Es stimmt, ich habe etwas vermisst, wenn ich euch ansah."

Was wird das denn, denkt Stefan. Ich dachte, sie wirft mir unsere Affäre vor, dabei ist die doch längst vorbei. Und wenn ich erst mal in den USA bin, und sie einen neuen Liebhaber gefunden hat, ist sowieso alles anders.

„Mein Vater war voller eherner Grundsätze, die ich nicht mit ihm teilte", fährt sie fort. „Ich war siebzehn und ging in Rom auf die deutsche Schule, zwei Klassen über mir gab es einen Schüler, den alle bewunderten. Er war ein begeisterter Motorradfahrer. Warum er ausgerechnet mich als seine Freundin wählte, weiß ich nicht, aber es machte mich glücklich. Stundenlang sind wir durch die umliegenden Hügel Roms gebraust." Sie lächelt verträumt, und nimmt einen Schluck Wein.

Ungefragt schenkt sie Stefan nach. „Wir wollten zusammenleben, aber in Wirklichkeit wollte sich Jonas nicht binden. Wir waren Kinder und er liebte Abenteuer. Und ich glaube, er liebte sein Motorrad mehr als mich. Eines Tages fanden sie ihn mit gespaltenem Schädel an einem Alleebaum. Zumindest hat mir Vater das so erzählt, als ich bereits in München war. - Vater hatte mich sofort nach Deutschland verfrachtet, weil er die Verbindung zu Jonas total ablehnte. Ich habe ihn gehasst dafür und tue es immer noch. Das hier", mit einer ausholenden Bewegung deutet sie in die Wohnung, „gehörte meiner Tante. Sie hat mir alles vermacht, als sie starb." Sibylle atmet tief ein, erleichtert, dass sie sich nicht verheddert hat. „Kurz nach Jonas' Tod merkte ich, dass ich schwanger war. In der Diakonie, in der Arcisstraße, habe ich einen Sohn entbunden", ihre Stimme ist jetzt fest und entschlossen. „Ich wollte nicht zurück zu meiner Familie, nach Rom. Zu viele Erinnerungen an Jonas."

Stefan wundert sich, etwas ähnliches hat sie mir schon früher erzählt, da war der zeitliche Ablauf etwas anders. Nur die Sache mit dem Kind ist gleich. Ist ja auch egal, warum sie letztlich nach München musste. „Was passierte mit dem Kind?", fragt er mehr aus Höflichkeit.

Anscheinend hat er Christian und die Speichelprobe völlig vergessen, denkt sie, oder es interessiert ihn schon nicht mehr. „Ich war siebzehn und konnte mir ein Leben mit einem Kind einfach nicht vorstellen. Allein, wie hätte ich klar kommen sollen", fährt sie fort, während die Spannung in ihr steigt, „also habe ich den Jungen sofort zur Adoption freigegeben."

„Du hörst dich an, als wolltest du dich rechtfertigen. Jeder vernünftige Mensch hätte genauso gehandelt."

Er hat keine Ahnung, denkt sie, aber jetzt kann ich nicht mehr zurück. Und er darf es nicht von Christian erfahren. „Du hattest kein

Problem deine Speichelprobe abzugeben. Was hast du dir dabei gedacht?"

„Nicht viel, dass ihr wissen wolltet, ob Karl mein Vater ist. Fragen konntet ihr ihn ja nicht mehr."

Es ging nur um mich, denkt sie. „Und was wäre, wenn du dieses Kind wärst, das ich damals zur Adoption freigab?" Ich habe es gesagt, aber er versteht immer noch nicht. Die Vorstellung ist zu monströs, ich kann es in seinen Augen sehen.

„Was meinst du? Weil ich auch adoptiert bin? Ich weiß es seit langem, es hat mich nie gestört."

„Stefan, du bist mein Sohn! Die DNA-Analyse ist eindeutig. Christian ist sich sicher, ich bin deine Mutter", stößt sie hervor.

Stefan schüttelt den Kopf, als wolle er eine lästige Fliege verscheuchen. „Hast du dich auch untersuchen lassen? Warum?" Er betrachtet sie, als hätte sie einen schlechten Witz gemacht. Dann schaut er auf das kaputte Bild, als verstünde er endlich. Das ist es also, denkt er. „Wie kann das sein?" In ihm arbeitet es, er sucht in Sibylles Gesicht nach Anzeichen, dass sie nicht meint, was sie gesagt hat. Als sie seinem Blick standhält, steht er auf und tritt ans Fenster.

Als er sich umdreht, ist er ein Fremder. „Dann wärst du also meine leibliche Mutter", sagt er mit heiserer Stimme. „Und es ist wirklich kein Witz, weil du mir oder Heide eins auswischen willst?"

„Stefan, wie könnte ich. Seit ich es weiß habe ich mit mir gerungen, ob ich nicht einfach verschwinde. Alles zurücklasse, dich, meine ganze verquere Familiengeschichte, aber ich hatte nicht die Kraft."

Mit der Faust schlägt er sich an die Stirn. „Warum hast du es nicht getan?", schreit er. „Was hast du denn jetzt erreicht? Was willst du von mir? Hast du es schon immer gewusst?"

„Nein, Stefan, nur manchmal habe ich mich gewundert, wie ähnlich du Jonas bist. Aber dann dachte ich, ich würde mir alles nur einbilden, weil ich ihn immer noch vermisste."

„Und seit wann weißt du es jetzt?"

„Seit mir Christian das Ergebnis der Analyse gegeben hat. Das war vor ein paar Tagen. Seitdem habe ich nur noch Watte im Kopf. Ich kann nicht mehr schlafen, weil ich nicht weiß, wie ich damit umgehen soll."

„Und ich Idiot habe euch auch noch bereitwillig meine Speichelprobe geliefert. Was hat dich denn überhaupt auf die Idee gebracht?"

„In Karls Safe fand ich die Unterlagen eines Babys. Eine von Karls Affären, dachte ich zuerst. Ich sprach mit Heide, hoffte, dass sie Bescheid wusste, aber sie konnte mir nicht helfen. Und dann passte auf einmal alles zusammen."

„Was passte zusammen?", fragt er, die Stimme fester, als gäbe es noch Hoffnung, dass es doch ein Irrtum sein könnte.

„Du wünscht dir, dass es nicht wahr sein könnte, nicht wahr. Ich auch, aber nur weil ich…. Gleichzeitig bin ich glücklich dich gefunden zu haben. Bitte, Stefan, hör mich an, bevor du mich verurteilst."

„Was gibt es da noch zu sagen. Du hast mit mir geschlafen. Nicht einmal, oft. Eine Affäre mit der eigenen Mutter, da soll ich nicht verrückt werden. Vielleicht ist es besser, ich gehe jetzt, sonst weiß ich nicht mehr, was passiert."

„Ich verstehe dich ja, aber…."

„Aber was?", brüllt er. „Und dann hast du mich auch noch zu deinem Büttel gemacht, hast mich in Verhandlungen geschickt, die du spielend auch allein hättest führen können. Dabei hast du die ganze Zeit geglaubt, ich könnte dein Sohn sein. Ich fass es nicht." Er setzt sich auf die Couch und vergräbt den Kopf zwischen den Händen. „Ich weiß nicht, nichts weiß ich…, ich, ich möchte wirklich das Beste. Für dich, aber auch für mich." Er schluckt, versucht die Tränen zurückzuhalten. „Ich bin so müde…, ich brauche Verlässlichkeit…, ich bin… das heißt, ich schlafe nicht."

Er rollt sich ein, Ellbogen und Knie scharf angewinkelt, die langen Füße halb auf dem Boden. In seiner Miene liegt etwas verschrecktes.

„Ich schlafe tatsächlich schlecht, es hat nichts mit dem Gewissen zu tun, rein physiologisch. Die Arbeit, die Schlaflosigkeit fordern allmählich ihren Tribut. Manchmal träume ich auch von dir, also vermeide ich das Schlafen, weil ich das Träumen vermeiden will - tut mir leid, aber so ist es - aber du bist da, wenn ich einschlafe, und das will ich. Glaube ich. Aufwachen ist schlimm, weil du da gehst, aber ich glaube, ich will es - die Träume. Das letzte Mal habe ich dich auf den Hals geküsst, das ist alles, woran ich mich erinnere. Ich kann das nicht."

„So darfst du nicht denken. Ich wollte dich nicht benützen, nur weiter um mich haben. Die Vorstellung, dass wir einfach auseinander driften, war mir unerträglich. Und als du gesagt hast, dass du in die USA gehst, dachte ich, die Verhandlungen mit Magnus könnten den Abschied noch etwas hinaus zögern. Jedesmal, wenn du die Tür hinter dir schließt, zerreißt es mir das Herz."

„Ich kann das nicht, Sibylle, ich ertrage es einfach nicht. Ich habe eine Mutter, Heide, sie hat mich zu dem gemacht, was ich bin. Ich will keine neue."

„Ich will dich Heide nicht wegnehmen, Stefan. Aber ich musste Klarheit schaffen. Niemand sonst konnte es tun. Stell dir vor, du hättest es durch einen Zufall erfahren."

„Bist du sicher, dass dieser Jonas mein Vater ist?", fragt er verächtlich. „Nicht, dass noch mehr Väter auftauchen."

Die Frage trifft sie wie ein Messerstich. Er hasst mich, denkt sie. Glaubt, ich wäre ein Flittchen. Auf einmal will sie ihn nicht mehr sehen. „Geh jetzt", sagt sie, den Tränen nahe. „Vielleicht gelingt es uns später vernünftig miteinander zu reden."

Nachdem er ohne ein Wort gegangen ist, fährt er in seine Wohnung, holt das Rennrad aus dem Keller und nimmt den kürzesten Weg an die Isar. Er fährt auf den Uferweg nach Norden, über den Steg, vorbei am Deutschen Museum, vorbei an der Praterinsel, durch die Isarauen, immer weiter bis zum Wasserwerk. Als er den Kanal überquert, um in der Emeramsmühle etwas zu trinken, sieht er zwei junge Kerle in ihren Badehosen an der Böschung sitzen, die sich spielerisch mit kleinen Kieseln bewerfen.

„Springt ihr von hier oben?", ruft er, und sieht zu, wie die beiden die Böschung hochklettern.

„Sollen wir es Ihnen zeigen?", fragt der eine, höchstens vierzehn, braun gebrannt, mit dem unbestimmten Grinsen seines Alters im Gesicht.

„Ja, gern", sagt Stefan, während der eine bereits auf die Brüstung klettert. Kaum, dass der Zweite neben ihm steht, lassen sie sich kerzengerade nach unten fallen und klatschen brüllend ins Wasser.

Als sie prustend wieder auftauchen, hält ihnen Stefan den erhobenen Daumen entgegen. „Klasse", ruft er, und machte sich grinsend auf den Heimweg. Nichts hat sich geändert, denkt er, und erinnert sich an das Glücksgefühl des freien Falls, als er stundenlang mit Marie vom Sprungbrett in den See hüpfte. An das wohlige Brennen der heißen Holzriemen auf der Haut, unter dem Steg des Wegener'schen Bootshauses das Gluckern des Sees.

Es geht immer weiter, denkt er. Egal, ob es stimmt oder nicht. Es wird eine Weile dauern, dann wird Sibylle damit klar kommen. Und ich muss es auch. Sie hat keine Schuld, ich hätte genauso gehandelt wie sie.

Noch auf der Rückfahrt ruft er Sibylle an. „Lass uns reden. Ich komme nochmal vorbei. In einer halben Stunde bin ich bei dir." Mit einem Wischen kappt er die Verbindung, ohne ihre Antwort abzuwarten.

Das Treppenhaus kommt ihm schon fast vertraut vor, die grün-blauen Fliesen halbhoch an der Wand, der rostrote Teppich, das leise Knarzen der Treppe.

Sibylle erwartet ihn an der Tür. „Und?", fragt sie. „Ich hab mich gefragt, was du mit ‚nochmal' meinst. Ob du dich auf immer verabschieden willst."

Ein kurzes Lächeln blitzt über sein Gesicht. „Lass uns ernsthaft reden. Ich konnte mir den ersten Schock aus den Beinen strampeln, jetzt verspreche ich dir zuzuhören. Bitte erzähl mir von meinem Vater."

„Komm", sagt sie und führt ihn an der Hand ins Wohnzimmer. „Möchtest du etwas trinken? Du siehst erhitzt aus."

„Das Fahrrad", sagt er. „Ein Glas Wasser wäre schön." Meine Mutter, unvorstellbar, denkt er, als Sibylle in Richtung Küche geht.

Mit einem Tablett voller Gläser, einer Karaffe Wasser und einer Flasche Chianti kommt sie zurück. Sie stellt alles auf den Couchtisch und reicht ihm den Korkenzieher. „Du kannst das besser. Ich hab auch Wein gebracht, ich dachte, vielleicht gibt es ja doch noch etwas zu feiern. Es kommt schließlich nicht alle Tage vor, dass eine Frau einen ausgewachsenen Sohn bekommt."

„Stimmt." Stefan entkorkt die Flasche und füllt die Gläser. „Du hattest einen anderen Mann vor Karl, in erster Ehe, hast du einmal gesagt. Wie passt der in deine Geschichte?"

Geschichte, denkt sie, es ist mein Leben. „Gar nicht, wir haben geheiratet, weil wir beide einsam waren. Es war ein Fehler und hielt nicht lange. Heute telefonieren wir gelegentlich, mehr nicht. Vermutlich habe ich mich zu lange nach Jonas gesehnt. Später dann nach dir, ohne zu wissen wo ich dich finden könnte." Sie schweigt kurz, dann schüttelt sie vehement den Kopf. „Nein, es hört sich schrecklich an. Fast so, als wollte ich dich an mich ketten. Bitte Stefan, glaub so etwas nicht. Ich habe Karl wirklich geliebt, sein Geld war mir völlig egal. In seiner Nähe habe ich mich zum ersten Mal sicher gefühlt."

„Aber warum hast du ihn dann betrogen?"

„Das eine hat mit dem anderen nichts zu tun."

So kann man es auch sehen, denkt er. „Und mein Vater?", kommt er auf das zurück, was ihn am meisten interessiert.

„Ihr gleicht euch sehr. Er war groß, einen ganzen Kopf größer als ich. Seine Haut war wie Kupfer, das sich unter der Sonne in ein tiefdunkles Braun verwandelte. Die Haare trug er halblang, bis auf die Schultern. Ich liebte es, wenn er mit einer einzigen resoluten Bewegung seine Locken aus der Stirn strich. Du würdest die gleichen Locken bekommen, wenn du sie wachsen ließest. Aber, als du Karls Firma retten wolltest, hast du dich als erstes für einen chinesischen Stoppelhaarschnitt entschieden."

„Als wir sie beide retten wollten", wirft er ein und lacht.

„Ja, als wäre so ein Haarschnitt der Garant für Erfolg", fährt sie fort, doch vor innerer Spannung kann sie sich kaum noch beherrschen. Am liebsten würde sie ihn in die Arme nehmen und ihm ihr ganzes Leid übergeben. „In einem Roman von Paul Auster las ich über eine Gruppe von Menschen, die sich im Griff ihres Schicksals befinden. Es ächzt geradezu vor Liebe. Eine Mutter verlässt ihr Kind, Eltern sterben weg, ein junger Mann tötet aus Versehen seinen Bruder. Die Jungen ringen um ihre Existenz, die ältere Generation aber, eine kulturbeflissene Sippe, ist absorbiert vom Nachhall des letzten Seitensprungs oder den ersten Alterszeichen. - Es ist das Leben, Stefan, es spielt mit uns." Langsam beginnt sie sich zu entspannen und wundert sich über die wachsende Vertrautheit zwischen ihnen. Er will mich nicht anklagen, nur noch wissen, wie alles zusammenhängt, denkt sie. Sie hebt ihr Glas. „Prost, Stefan, ich bin so glücklich, dass du sofort zurück gekommen bist. Was hast du gemacht in der Zwischenzeit?"

„Mit dem Rennrad bis zur Emeramsmühle gerast, bis die Muskeln brannten. Dort ein paar jungen Kerlen zugesehen, wie sie von der Brücke in den Isar-Kanal sprangen. Unter einer Kastanie den Schafen auf der Weide gegenüber zugesehen und ein Bier getrunken. Auf dem Rückweg hab ich dich angerufen. Es ist mir schwer gefallen, aber es war richtig." Er nimmt sein Glas, stellt es aber wieder zurück auf den Tisch, ohne zu trinken. „Und jetzt sollen wir Mutter und Sohn spielen?", fragt er nachdenklich. „Das haut nicht hin. Warum hast du nicht früher mit mir geredet, ich hätte dein Freund werden können, nicht nur dein Liebhaber?"

Sie lächelt über seine Unterscheidung. Anscheinend sind ihm Freunde wichtiger als Geliebte, denkt sie. „Wie hätte ich mit dir darüber reden können? Ich wusste nicht, dass ich deine Mutter bin. Ich hatte nur dieses unbestimmte Gefühl, das mich zu dir zog. Jetzt weiß ich, wo es herkam. Und Jonas kannte ich doch kaum. Er tauchte auf, wie ein Komet, und verschwand wieder aus meinem Leben. Die einzige Spur, die er hinterließ, bist du. All die Jahre habe ich ihn auf ein Podest gestellt, das ich ihm, ein Teenager, gebaut hatte. Ich habe nur ein Foto von ihm, da siehst du ihm ähnlich. Vielleicht wäre er heute ein übergewichtiger Rechthaber, wer weiß. Ich war siebzehn und hatte entsetzliche Angst, als Mutter zu versagen, die Verantwortung, ich konnte es mir überhaupt nicht vorstellen. Dich zur Adoption freizugeben hat alles viel leichter gemacht."

„Leichter", sagt Stefan, „nicht unbedingt für mich!"

„Entschuldige, so habe ich es nicht gemeint. Ich weiß, wie schwierig Gerhard sein kann. Inzwischen habe ich aber zuweilen das Gefühl, dass er dich respektiert."

Stefan nimmt einen großen Schluck Wein, stellt das Glas vorsichtig zurück und fragt: „Und, was machen wir jetzt?"

„Nichts, wir leben unser Leben. Ich wüsste nicht, weshalb du nicht in die USA gehen solltest."

Auf Stefans Gesicht zeichnet sich langsam ein verlorenes Lächeln ab. „Und das, was einmal zwischen uns beiden war? War das nichts?"

„Das müssen wir vergessen, Stefan. Es hätte nie stattgefunden, wenn ich gewusst hätte, dass ich deine Mutter bin. Mit der Zeit wird es nur noch in unseren Köpfen existieren."

Damit es dort umso mehr Unheil anrichtet, denkt Stefan, und sagt es dann auch.

Sibylle betrachtet ihren Sohn, als sähe sie ihn ganz neu. „Wir haben keine Wahl", sagt sie streng, doch Stefan hört ihr gar nicht zu.

„Toll, einfach weitermachen. Ich bin wahrscheinlich das Zufallsprodukt einer Liebesnacht zweier verklemmter Teenager, aber das lässt sich ja einfach vergessen. Immer nach vorne schauen, sagen die Politiker, wenn sie etwas verbockt haben, und die Verantwortung auf andere abschieben. Wie alt war Jonas überhaupt, als er dich geschwängert hat?"

Er muss so sprechen, denkt sie. Er will mir weh tun. „Zwanzig", sagt sie ungerührt. „Er war kein Teenager mehr, und ich wollte mit ihm schlafen."

„Und nur weil ich Nase, Mund und Hände habe, die ihm ähneln, hast du mich verführt? Höllisch komisch, findest du nicht? Ich fürchte nur, das Lachen bleibt mir im Hals stecken. - Ich kann das nicht."

„Mit der Zeit wird es leichter werden", stammelt sie.

„Scheiße, du musst mir jetzt helfen", schreit er auf. Doch dann sinkt er in sich zusammen, beugt sich vor und schlägt die Hände vors Gesicht. Sein Rücken hebt und senkt sich regelmäßig.

„Stefan." Sibylles Stimme klingt belegt. Nicht schon jetzt, denkt sie. „Bitte, Stefan, du versinkst in Selbstmitleid. Du warst bei Heide besser aufgehoben, als du es bei einer Siebzehnjährigen gewesen wärst. Wir sind alle Zufallsprodukte eines kurzen Moments. Die ganze Welt besteht aus nichts anderem. Also reiß dich zusammen." Sie kommt sich grob und ungerecht vor. Ist es das, was Mütter tun müssen, denkt sie. Ihre Kinder zurechtweisen, auch wenn es sie innerlich zerreißt?

„Ist gut, du hast ja Recht. Soll ich dir die Vollmachten zurückgeben. Ich helfe dir natürlich, aber ich möchte eigentlich nicht der verlängerte Arm meiner Mutter sein. Vielleicht findest du das komisch, aber so denke ich eben."

„Es ist deine Entscheidung."

„Wenn ich in den USA bin, macht die Vollmacht sowieso keinen Sinn. - Und du meinst wirklich, ich kann ab jetzt zwischen drei Vätern wählen: Jonas meinem Erzeuger, der in deinem Kopf immer noch den Platz eines Übermenschen besetzt hält. Dann Karl, der mir in meiner Erinnerung freundlich auf die Schulter klopft, wenn ich mal wieder etwas verbockt habe. Und Gerhard, den ich als Stiefvater bewundern darf, weil er ja schließlich etwas Vorzeigbares aus mir gemacht hat." Stefan lacht laut auf, es klingt gehässig. „Dabei hat er mich immer gehasst, weil er vermutlich ahnte, was für eine Fehlkonstruktion ich bin."

„Sei nicht unfair, zumindest weißt du jetzt Bescheid. Ich hatte entsetzliche Angst, es dir zu sagen."

„Fairness, noch so ein großes Wort, mit dem ich nichts anfangen kann."

Für eine Weile sehen sie hinaus auf die Baumkronen des Josefsparks, die vom Wind ganz leise gewiegt werden. Teenager dribbeln auf dem Asphalt unter dem Basketballkorb, rufen sich Kommandos zu in einer unverständlichen Sprache. Im Sandkasten auf dem Spielplatz sitzen Kinder, die längst ins Bett gehörten und streuen sich gegenseitig Sand auf's Haupt.

Schließlich nimmt Stefan seine Jacke und geht. Er dreht sich noch einmal um, nickt, und schließt die Tür.

Als er gegangen ist, steht sie eine Weile vor dem beschädigten Bild. Dann nimmt sie ein Küchenmesser und sticht wütend in die Leinwand, bis nur noch Fetzen im Rahmen hängen. Sie reißt das Bild von der Wand und trampelt darauf herum. Mit einem Stöhnen rollt sie sich auf der Couch zusammen und weint still in sich hinein.

Freundschaft

„Danke, dass du mich abholst", sagt Stefan, als er Marie in der Empfangshalle des Oliver Tambo Flughafens in Johannesburg umarmt.
„Hey, ich konnte dich doch nicht allein den big five überlassen."
„Was ist das, Zulu-Krieger, oder was?"
Sie schmunzelt. „Gehört nicht in deine Welt aus Besprechungszimmern und Geldtresoren", lacht sie. „Löwen, Leoparden, Elephanten, Nashörner und Büffel, die fünf größten Tiere, die wir noch nicht geschafft haben auszurotten."
Er nickt. „Kämpfst du dagegen?"
„Nein, mir reichen die Kämpfe im Krankenhaus, die sind schlimm genug."
„Schön, dich zu sehen, Marie." Vorsichtig küsst er sie auf beide Wangen.
„Du kannst mich auch auf den Mund küssen. Geschwister tun das, habe ich gelesen. - Für mich bist und bleibst du mein geliebter Bruder, egal, was die anderen über dich reden."
„Du meinst…?"
„Heide hat es mir erzählt."
Gut, denkt er, dann brauche ich nicht darum herum tanzen. „Seit wann bist du jetzt schon in Südafrika? Ein Jahr, zwei? Es kommt mir unendlich lange vor."
„Ein knappes Jahr. Anscheinend hast du vergessen, dass wir uns kurz vor meiner Ausreise noch in der Emeramsmühle getroffen haben. Nicht verwunderlich bei dem Stress, den du in letzter Zeit hattest."
„Schon ein Jahr", sagt er verblüfft. „Natürlich hab ich unser Treffen nicht vergessen, ich dachte nur…. Du hast mich damals ganz schön auseinander genommen. Aber ich hab's überlebt. - Du hast recht, alles ist ein bisschen viel bei mir. Das erzähle ich dir lieber später, hier ist mir zu viel Trubel. Wie geht es weiter?"

„Ich bringe dich zur Lodge. Du kannst dich ausruhen und am Nachmittag komme ich wieder. Dann erzählst du mir alles, oder auch nicht", lacht sie. „Danach gehen wir essen und reden weiter. In der siebten Straße gibt es ein nettes Restaurant, das gehört den Besitzern der Lodge, wo ich dich einquartiert habe."

„Die Website sieht gut aus."

„Die Wirklichkeit ist noch schöner. - Wie lange bleibst du überhaupt, deine e-mail hörte sich ziemlich unentschlossen an. Sicherheitshalber hab ich für eine Woche reserviert, aber du kannst verkürzen oder verlängern, wie du willst. Sie scheinen nicht ganz ausgebucht zu sein."

„Ich dachte, wenn ich zu präzise bin, lädst du mich wieder aus. Eine Woche muss reichen. In München gibt es noch offene Baustellen, und ich will für eine Weile in die USA. Kannst du dir frei nehmen?"

Sie zuckt mit den Schultern, als hätte sie noch nicht darüber nachgedacht. „Lass uns gehen, das Auto steht in der Parkgarage."

„Deins?"

„Nein, ich habe es von einer Freundin geliehen. Obwohl ich eins bräuchte, Johannesburg ist eine Autostadt, aber ich habe mich inzwischen ganz gut an die Minitaxis gewöhnt. Erzähl das nur nicht Mutter, die kriegt sich sonst nicht mehr ein vor Angst."

„Welcher Mutter denn?"

„Blödmann. ICH hab nur eine."

„Aber ich hab zwei", grinst er über beide Ohren. „Warum nimmst du diese Minitaxis? Geldmangel kann es ja wohl nicht sein."

„Du denkst, ich schöpfe aus den Vollen? Leider ist dem nicht so. Die Eltern wollten nicht, dass ich nach Südafrika gehe, also zahlen sie auch nicht. Ist wohl die Angst wegen AIDS oder was ihnen sonst noch alles durch den Kopf geht, wenn sie Südafrika hören. Außerdem meint Vater, er müsse kurz treten, solange dieser Magnus seinen Anteil nicht ausbezahlt hat. Aber für mich sind die Taxen vor allem eine Form von Selbstständigkeit. Ich erfahre mehr über die Menschen, als wenn ich im Auto nur zwischen der Klinik und dem Appartment pendle."

Nachdem sie mit dem Aufzug in den zweiten Stock des Parkhauses gefahren sind, hält Marie vor einem roten Hyundai. „Klein aber fein", sagt sie. „Es hat sogar Klima."

„Warum konnte ich eigentlich nicht bei dir wohnen?", fragt er, nachdem er das Gepäck verstaut hat.

Anstelle einer Antwort schüttelt sie nur den Kopf. „Nicht jetzt, nicht hier", sagt sie. „Ich hasse komplizierte Diskussionen auf Parkplätzen." Aus den Augenwinkeln sieht sie die Andeutung eines Lächelns auf Stefans Gesicht. Er ist älter geworden, denkt sie. Härter, als ich ihn in Erinnerung hatte. Die Falten um die Mundwinkel haben sich vertieft und die Augen haben Ränder, zu früh für sein Alter. Er sieht müde aus, kann auch der lange Flug sein. „Hier gibt es eine Menge Kamikazes auf den Straßen, die Hälfte hat keinen Führerschein, hat mir einer erzählt. Angeber, die sich wichtig tun, ein Wunder, dass nicht noch mehr passiert. Außerdem mag ich den Linksverkehr nicht. Es kommt mir alles verdreht vor."

„Du scheinst aber ganz gut klar zu kommen. Soll ich mir ein Auto mieten? Ich will nicht, dass du mein Privattaxi spielst."

„Ich mache gern den Chauffeur", lacht Marie. „Dann weiß ich wenigstens wo du bist, und du kommst mir nicht abhanden. Mutter würde mich umbringen, wenn dir etwas passiert."

„Hey, ich bin erwachsen."

„Das denken viele, und dann gehen sie in die nächste Bar und bekommen eine übergebraten. - Wir müssen uns nur abstimmen. Ich habe zwar frei diese Woche, aber es kann gut sein, dass sie mich kurzfristig ins Krankenhaus rufen. - Als Fahrer kann ich dich auch mitten in Hillbrow auf die Straße setzen, wenn du dich falsch benimmst." Sie grinst, als gefalle ihr die Idee.

„Bar, nicht übel. - Was ist Hillbrow?"

„Ein Stadtteil, ziemlich genau zwischen Melville, wo du wohnst, und Observatory, wo meine Wohnung liegt. Sehr viele Immigranten, vor allem Nigerianer, wohnen jetzt dort. Eine typisch, schwarzafrikanische Stadt, nur eben mit Gebäuden, die einmal den Weißen gehörten. Ich komme gut klar damit, aber es ist vermutlich wirklich keine gute Idee für dich allein, dort in der Nacht herumzuhängen, komm erst gar nicht auf dumme Gedanken. Du wirst sehen, was ich meine, wenn wir in meine Wohnung fahren. Dort können wir auch streiten, dass die Fetzen fliegen, so wie wir es als Kinder getan haben."

Für eine Weile betrachtet er nur die vorbeirauschende Stadt. „Warum sollten wir streiten? Ich bin hier, um mit dir zu reden. Übrigens hast du abgenommen, es steht dir gut."

Marie lächelt, dreht sich nur kurz zu ihm und sagt: „Ist nicht mein Zutun, liegt wohl eher an der Klinik."

„Ist es so schlimm?"

„Langsam hab ich mich daran gewöhnt. Manches ist schlimm, unerwartet, wir reden später darüber."

„Eigentlich hast du nie gesagt, weshalb du unbedingt in die Dritte Welt wolltest. Dabei sieht es hier aus wie in den USA."

„Hört sich herablassend an. Hier in Gauteng, dem Regierungsbezirk um Johannesburg, wird ein Viertel des schwarzafrikanischen Bruttosozialprodukts erwirtschaftet."

„Sieht trotzdem aus, wie der Süden der USA", beharrt er wie der große Bruder, den sie von früher kennt.

Marie fährt auf der Autobahn nach Norden und nimmt die Ausfahrt Empire Road. Sie biegt auf die Stanley Road, zwängt sich durch eine Großbaustelle und überquert die nächste Kreuzung bei rot. „Ups, sollte ich nicht tun", sagt sie, und biegt in ein ruhiges Wohngebiet ein. Vor einer mit Efeu überwachsenen Mauer hält sie an und atmet erleichtert auf. „Die Lucky Bean Lodge."

„Wo sind wir?", fragt Stefan.

„In Melville, mitten in der Stadt. Die Gegend hieß früher Sophiatown. Es war die Wiege des afrikanischen Jazz. Miriam Makeba hat hier gesungen. Ende der vierziger Jahre haben die Weißen alles platt gemacht."

„Platt gemacht?"

„Slum-Bereinigung hieß das, wenn sie ganze Viertel ausradierten, um sie weißen Baulöwen auf dem Silbertablett zu präsentieren. Die Schwarzen wurden auf Lastwagen ins heutige Soweto gekarrt und auf einer Wiese abgeladen. Es gab dort nichts, außer ein paar Betonkisten ohne Wasser und Strom. Es soll geregnet haben und es war kalt. Ich frage mich, warum sich manche wundern, weshalb die Wunden der Apartheid immer noch nicht verheilt sind."

„Du hörst dich bitter an", sagt Stefan.

„Ich liebe Gerechtigkeit. - Möchtest du meine Klinik sehen? Dann weißt du, von was ich rede. Lass uns aussteigen, nicht dass ich dich mit der Geschichte Südafrikas erschlage, bevor du überhaupt angekommen bist."

„Es sieht gut aus", sagt Stefan, zu müde, um ernsthaft zu diskutieren. Er greift nach der Jacke, nimmt das Handgepäck vom Rücksitz und steigt aus.

„Die Besitzer heißen Samantha und Conway, beide sehr nett", ruft sie ihm hinterher, bevor sie das Auto am Straßenrand parkt.

Marie drückt die halb mit Efeu überwachsene Gegensprechanlage und meldet sich mit Namen und der Reservierung für Stefan. Mit einem metallischen Klicken springt die Tür auf.

„Kommen sie rein", quakt eine weibliche Stimme aus dem Lautsprecher.

Vor ihnen liegt ein lang gestreckter Bungalow, auf dessen weitläufiger Terrasse ein paar Teetische mit bequemen Sesseln aus Weidengeflecht stehen. Eine schlanke Frau, Anfang vierzig, mit nachlässig geschminkten Augen, kommt ihnen entgegen. „Ich hatte sie erst später erwartet, aber ich freue mich trotzdem, dass sie schon hier sind. Leider ist das Zimmer noch nicht fertig, aber wir bieten Ihnen gerne ein Frühstück an, bis alles bereit ist."

„Das wäre wunderbar", sagt Stefan, erleichtert, bleiben zu können.

„Für Sie auch, Marie?", fragt Samantha.

„Danke, ich muss gleich zurück ins Krankenhaus. Passen Sie gut auf ihn auf, er ist der einzige Bruder, den ich habe", lacht sie. „Ich lasse dich jetzt allein", sagt sie, nachdem Samantha gegangen ist. „Der Tag gehört dir, ruh dich aus und gegen sieben bin ich wieder hier. Wir können zusammen essen, wenn du willst. Ein paar Straßen den Hügel hoch, liegt das Lucky Bean Restaurant."

„Mach dir wegen mir keine Sorgen. Der einzige Bruder, wo kommt das denn her?"

Sie zuckt mit den Schultern, verzieht das Gesicht zu einem breiten Grinsen und knufft ihn in die Seite.

„Ok, versteh schon, darüber reden wir später", sagt er. „Dann bis sieben. Warum treffen wir uns nicht gleich im Restaurant. Ein bisschen Bewegung wird mir gut tun. Berg hoch, bis zur Kreuzung und dann die siebte Straße bis ans Ende, hast du gesagt."

„Ja, Ecke siebte und vierunddreißigste Straße. Du kannst es überhaupt nicht verfehlen. Das Restaurant gehört zur Lodge. Ist das wirklich ok? Ich kann dich auch abholen."

„Hey, ich brauche keine drei Mütter um klarzukommen."

Stefan findet das Restaurant auf Anhieb. Er ist viel zu früh dran und schlendert ein paarmal die siebte Straße rauf und runter. Für eine Weile stöbert er durch die Regale eines Mini-Antiquariats und kauft einen Roman von André Brink, den ihm die Verkäuferin empfiehlt. Er setzt sich auf die Terrasse des Lucky Bean und sieht den selbst ernannten Parkwächtern und Verkäufern von Drahtskulpturen zu, wie sie ihre Arbeit verrichten.

Punkt sieben erscheint Marie in ihrem kleinen, roten Auto. Mit einer lockeren Bemerkung reicht sie dem Parkwächter die Autoschlüssel und überquert die Straße. Sie trägt Jeans, Turnschuhe und eine verwaschene, ehemals olivgrüne Windjacke. Die halblangen, braunen Haare hat sie unter einer abgegriffenen Schirmkappe versteckt. Als sie Stefan sieht, winkt sie und strahlt über's ganze Gesicht.

Er steht auf und geht ihr entgegen. „Alles im Lot?"

Marie wiegt nur leicht den Kopf, nimmt ihn bei der Hand und stellt ihn dem Manager des Lokals vor: „Das ist Jeffrey, der beste Jazzkenner in der Stadt. Und das ist mein Bruder Stefan", sagt sie.

„Stefan?", fragt der Mann nach, und reicht ihm die Hand. „Jazzkenner, sie übertreibt gern. Aber ich freue mich trotzdem dich zu sehen, Marie. In letzter Zeit hast du dich ziemlich rar gemacht. Wie lange bleibst du in Südafrika, Stefan? Zum ersten Mal hier?"

„Ja, nur eine Woche."

„Legst du uns etwas Schönes auf?", bittet Marie, und zieht Stefan mit sich. „Wenn wir jetzt anfangen über Südafrika zu reden, dauert es sehr lange", flüstert sie. „Und, wie war dein Tag?"

„Ich hab lange geschlafen, bin im Pool gepaddelt und hab die Geräusche der Stadt aufgesaugt. Was sind das für Vögel, die nur heiser krächzen, anders als unsere Krähen."

„Ich weiß es nicht. Loons, oder so ähnlich heißen sie. - Und dann bist du hierher gegangen?"

„Ja, ein paarmal die siebte rauf und runter. Ein Buch habe ich gekauft. Die Verkäuferin meinte, André Brink wäre einer der renommiertesten südafrikanischen Autoren."

„Lass sehen, *An act of terror*, ich hab davon gehört, es soll gut sein. - Warum kam dein Besuch eigentlich so überstürzt sein?", wechselt sie das Thema. „Wenn du mir mehr Zeit gelassen hättest, hätten wir eine Tour ins Land machen können, aber so…".

Es geht nur noch überstürzt bei mir, denkt er. „Ging leider nicht anders. Ich bin ziemlich außer Balance. - Ich musste einfach reden, und du bist die Einzige, mit der ich das kann, ohne jedes Wort auf die Waagschale zu legen. Als Sibylle gestand, dass sie meine Mutter sei, dachte ich zuerst: So what. Aber dann begann es in mir zu nagen. Wie ein Gift, das tropfenweise wirkt."

„Warum hast du nicht mit Heide gesprochen, sie versteht dich? Manchmal dachte ich, sie liebt dich mehr als mich."

„Das konnte ich ihr nicht antun. - Was hat sie dir erzählt?"

„Nur so Andeutungen. Sie meinte, den Rest würdest du mir schon selbst sagen."

Stefan dreht sich um, als wolle er sicher sein, dass ihnen auch ja niemand zuhört. Dann lehnt er sich zurück und sieht dem Parkwächter zu, wie er für ein paar Cent die Autos einweist. „Eigentlich hatte ich gedacht, Sibylle müsste ein schlechtes Gewissen haben. Aber nein, sie hat mich zusammen gefaltet wie ein nasses Handtuch. Wie eine richtige Mutter eben, als hätte sie es seit Jahren geübt", lacht er gequält, und scheucht den Verkäufer von Drahtfiguren weg, damit er in Ruhe weiterreden kann. „Kannst du dich noch an unser Gespräch in der Emeramsmühle erinnern, wo du mir den Kopf gewaschen hast. So ähnlich ging's mir mit Sibylle. Damals hast du alles vorausgesagt, und so lief es dann ja auch. Gewissermaßen meine ganz persönliche Wahrsagerin. Deshalb bin ich auch hier."

„Damit ich dir den Kopf wasche?", fragt sie. „Es hat nicht geholfen, du wolltest schon damals nichts hören."

„Ich konnte nicht wissen, dass sie meine Mutter ist."

Ich weiß, denkt Marie, aber für Nichtwissen bekommt man nichts. Es gibt Gesetze, die Inzest verbieten. „Wie kommt ihr beide jetzt klar damit?"

„Ich sehe sie kaum noch."

„Will sie in München bleiben? Heide meint, sie überlegt nach Rom zu ziehen."

„Ja, sie spricht fließend italienisch. Als Teenager ist sie dort zur Schule gegangen. Damals hat sie auch meinen Vater kennen gelernt. Ich bin vermutlich das Zufallsprodukt einer Liebesnacht." Er überlegt eine Weile, und sagt dann eher beiläufig. „Ich gehe auch weg, möglichst weit weg. Vielleicht komme ich als geläuterter Mensch zurück."

„Hast du das nötig?"

„Ich weiß nicht mehr, was richtig und falsch ist. Sie haben mir einen Job in den USA angeboten, in New York."

Sie erschrickt, weiß nicht gleich, was sie darauf antworten soll. „Freust du dich?", fragt sie, und spürt, wie ihr die Tränen kommen.

„Was ist?", fragt er.

„Schon gut, es war nur so ein Moment. Ich hatte gehofft, dich öfter zu sehen."

„So langsam habe ich das Gefühl vor lauter offenen Baugruben zu stehen, die ich mir selbst gegraben habe", sagt er, dabei wirkt er wie jemand, dem gerade erst bewusst wird, wie verfahren seine Situation ist. Er nimmt einen Schluck Wein und sieht verstohlen auf Marie. Sie ist meine Schwester, denkt er, du bist verrückt, nicht noch mehr Komplikationen.

Marie betrachtet ihn still. In Gedanken scheint sie weit weg zu sein. Sie merkt nicht, was in Stefan vorgeht. „Wie hast du es überhaupt erfahren?", fragt sie nach einiger Zeit. „Was wurde letztendlich aus der Firma? Als ich wegging, hast du sie noch geleitet."

„Nicht mehr lange. Ich hab's verbaut. Karl wollte auf einmal verkaufen und Gerhard hat mitgezogen. Da war für mich kein Platz mehr. Es ging ihnen nur noch um Geld. Sibylle wurde abgelöst und ich an die Luft gesetzt. Und jetzt fuhrwerkt Jeremy Magnus, den ich als Berater ins Spiel brachte, herum, und sucht versteckte Reserven. Lachhaft, als hätte ich die nicht längst vor ihm gefunden. Vermutlich wird er die Mikro-System mit einer anderen Firma seines Portfolios fusionieren. Wir bräuchten mehr Fleisch auf den Knochen, hat er gesagt, als er mich noch beriet. Kümmert mich alles nicht mehr."

„So ganz scheinst du aber doch nicht raus zu sein. Vater machte so eine Bemerkung."

„Ich hab nur Sibylle geholfen ihren Anteil zu verkaufen. Sie hat mir mehr vertraut als Gerhard. Nicht verwunderlich, immerhin bin ich ja jetzt ihr Sohn. Gesagt hat sie das aber erst hinterher", fügt er sarkastisch hinzu.

„Bist du nicht erleichtert alles hinter dir zu haben? Es war doch nur noch eine Bürde, oder etwa nicht?"

Welche Bürde meint sie? Wahrscheinlich Sibylle, denkt Stefan. „Meinst du den täglichen Trott, aufstehen, eine Schüssel Müsli hineinschaufeln, mit dem Auto zur Arbeit und immer die gleichen Gesichter mit den gleichen Problemen?"

„Ja, auch."

Sie will darüber reden, traut sich aber nicht zu fragen, vermutet er. „Sie hätten mich nicht von heute auf morgen an die Luft setzen brauchen. Ich wäre auch von allein gegangen. Wenn sie mir mehr Zeit gegeben hätten, hätten sie schon gemerkt, dass ich auf dem richtigen Weg war. Magnus tut auch nichts anderes, als meine Strategie umsetzen, nur eben mit mehr Geld. Du meinst, mein Gerede hat mit meinem übersteigerten Ego zu tun, ich seh's in deinen Augen."

„Nein, ich versteh dich gut. Du warst nahe daran zu Grunde zu gehen, das hast du wohl verdrängt. Als wir uns in der Emeramsmühle trafen, hab ich mir große Sorgen um dich gemacht."

„Da ging es mir auch besonders dreckig. Schwamm drüber. - Heide hat mich nach Karls Tod angerufen", wechselt er das Thema. „Sie fragte, wie es mir ginge, als ob ich etwas mit seinem Tod zu tun hätte. Sie war richtig verstört."

„Karl war ihr Freund, die beiden standen sich sehr nahe."

„Ja, aber irgendwie hatte ich das Gefühl, es ginge gar nicht um mich. Dass ihr Karls Tod viel näher ging, als sie zugeben wollte. Fast so, als gäbe es da noch etwas. Sie fragte, wie ich mich fühle, ich hätte ihn schließlich als kleiner Junge sehr gemocht. Als ich meinte, das habe sich gelegt, nachdem er sich auch nicht anders zeigte, als all die anderen, geldgierigen, alten Männer, reagierte sie enttäuscht. Die ganze Zeit hatte ich das Gefühl, als wolle sie mir etwas sagen, bringe es aber nicht übers Herz es auszusprechen. Nach ein paar belanglosen Sätzen über dich und Gerhard war das Gespräch dann zu Ende. Jetzt frage ich mich, weshalb sie überhaupt angerufen hat. Sie wollte nicht wissen, wie es mir geht, so wie sie normalerweise fragt, wenn wir uns länger nicht gesehen haben. Sie fragte, was ich empfinde. Fühle sagte sie, ich erinnere mich genau, als wäre ER mein Vater. Ein blöder Gedanke, aber er geht mir nicht mehr aus dem Kopf."

„Sie waren mal eng befreundet. Ich glaube sogar, sie war eine Zeit lang seine Geliebte, nicht nur seine Assistentin."

„Wer weiß, was damals passiert ist."

„Jetzt sag endlich, auf was du hinaus willst. Du redest kryptisches Zeug, lauter Andeutungen, als hättest du Angst, die Wahrheit zu finden. So hast du früher nie geredet."

„Tut mir leid. Vielleicht kann ich Wahrheit und Täuschung tatsächlich nicht mehr auseinander halten. - Könntest du dir vorstellen, dass Karl mein wirklicher Vater ist? Nicht dieser dubiose Jonas, den Sibylle vorschiebt."

Marie schüttelt vehement den Kopf. „Warum sollte sie dir etwas vorspielen?"

„Karl gibt mir die Geschäftsführung seiner Firma", lässt sich Stefan nicht so einfach abbringen, „als Test für den Sohn gewissermaßen, bevor er sich zu ihm bekennt. Mal sehen, was er wirklich drauf hat, oder so ähnlich. Er tickte so, und dann stirbt er von einem Tag auf den anderen, und lässt mich in seinem Gespinst aus Halbwahrheiten allein. - Du hältst mich für verrückt, ich seh's dir an."

„Nein, ich höre dir zu, frage mich nur, wie das alles zusammen gehen soll. Heide hat gesagt, dass Sibylle deine Mutter ist, und dass sie siebzehn war, als sie dich bekam. Karl hätte ja eine Affäre mit Sibylle haben müssen, lange bevor er die große, anerkannte Koryphäe wurde."

„Genau."

„Und die ganze Zeit hätten es alle gewusst. Nur dich und mich hätten sie im Unklaren gelassen." Marie schüttelt ungläubig den Kopf, als könne sie sich das ganze Konstrukt nicht vorstellen.

„Hör mir zu: Sibylle war noch nicht volljährig, als sie die Beziehung zu diesem Rennfahrer hatte. Ihre Familie war nicht damit einverstanden, wer weiß, was für ein Typ er war. Sie wurde nach München verfrachtet, zu ihrer Tante, wo sie die Schule fertig machen sollte. Sie war wütend und wollte es allen heimzahlen. Eine verletzte Siebzehnjährige ist unberechenbar."

„Was weißt du denn, wie eine Siebzehnjährige Frau tickt", wirft Marie ein.

„Unterbrich mich nicht, das tust du immer", sagt Stefan und spinnt den Faden weiter: „Gleichzeitig hat sie Karl kennengelernt, irgendwie. Er war älter, sah blendend aus, war bereits Arzt, das hat sie beeindruckt. Sie schlief mit ihm, wurde schwanger und wusste nicht mehr von wem das Kind sein könnte. Sie schämte sich, weil sie diesen Jonas wirklich geliebt hat. In ihrer Not hat sie ihn zum Vater gemacht, er konnte sich ja auch nicht mehr dagegen wehren. Mit der Zeit wurde er in ihrer Erinnerung zum Helden. Karl vergaß sie, es war nur eine Nacht und bedeutete ihr nichts. Aber er vergaß sie nicht. Immer, wenn er ein Bild Botticellis sah, dachte er an sie. Als Heide ein Kind adoptieren wollte, bot er seine Unterstützung an und Christian, sein Freund, musste ihm dabei helfen."

„Warum konnte er es nicht selbst tun?"

„Weil er in Südafrika war. Gleich nachdem er Sibylle geschwängert hatte, ist er dahin gegangen."

„Woher weißt du das?"

„Karl hat es mir erzählt. Nicht das schwängern", lacht Stefan gequält. „Und Christian stieß auf mich. Ich war genau das, was er gesucht hatte, gesund, nur ein paar Tage alt und zur Adoption freigegeben. Karl erfuhr zwar, dass die Mutter unterjährig war, vermutlich hielt er sie für ein Flittchen, aber das störte ihn nicht. Er wollte nur wissen, dass keine Erbkrankheiten im Spiel waren. Ärzte ticken nun mal so. Wie er an die Unterlagen kam und warum er sie aufhob, weiß ich nicht."

„Und sie, Sibylle meine ich?", fragt Marie verblüfft.

„Sie wusste von nichts. Als sie Karl Jahre später interviewte, war er es, der sie erkannte. Er verliebte sich in sie, aber langsam keimte eine Vermutung in ihm. Mit ihr darüber reden konnte er aber nicht, war ja auch ziemlich schäbig, was er getan hatte."

„Was für eine Vermutung?"

„Dass er mein Vater sein könnte."

„Aber das passt doch nicht", sagt sie kopfschüttelnd. „Du hast gesagt, er hatte die Unterlagen von der Mutter und dem Jungen. Da wusste er aber nicht, dass es dieselbe Sibylle war mit der er geschlafen hatte."

„Ja, er muss einen DNA Abgleich gemacht haben, anders geht es nicht."

„Er hat dich wie seinen Sohn behandelt", sagt sie nachdenklich.

„Weil er ein schlechtes Gewissen hatte, und weil es ja auch tatsächlich hätte sein können."

„Und Christian?"

„Der hatte von all dem keine Ahnung. Dem hat er nie etwas von der Affäre mit der siebzehnjährigen Sibylle erzählt. Hatte sich ja auch erledigt, nachdem er sie geheiratet hat. - Was denkst du, hört es sich plausibel an?"

Marie betrachtet Stefan, als säße der kleine Junge vor ihr, mit dem sie als Kind alles geteilt hat. Er ist eigens nach Südafrika geflogen, um mit mir darüber zu reden, denkt sie. Wie verwundet muss er sein.

„Willst du meine ehrliche Meinung oder nur ein paar beruhigende Worte?", fragt sie.

„Du hältst mein ganzes Konstrukt für Quatsch, ich seh's dir an."

„Genau, hanebüchener Blödsinn. Taugt nicht einmal für einen Roman."

„Aber irgendwie muss ich doch zustande gekommen sein. Ich bin real, du kannst mich anfassen."

„Stefan, hör auf in dir zu wühlen. Sibylle ist deine Mutter und dieser Rennfahrer dein Vater, so einfach ist es. Alles andere sind Hirngespinste. Karl war kein Freund von Konventionen. Wenn du sein Sohn gewesen wärst, hätte er dich anerkannt, da bin ich fest davon überzeugt. - Warum bist du gekommen, du hättest auch anrufen können."

„Ich wollte dich sehen, du bist die Einzige, mit der ich so etwas besprechen kann. Es geht nicht am Telefon. Löwen, big five, oder was immer, die Stadt und Südafrikas Vergangenheit können mir gestohlen bleiben. Es geht nur um uns beide."

„Ich glaube du spinnst", sagt sie bestimmt. „Warum sollte sie Karl im Nachhinein schützen? Weil sie noch nicht volljährig war, als sie mit ihm schlief? Es macht keinen Sinn. - Und Heide, was hat sie mit all dem zu tun?"

„Sie hat sich gefragt, weshalb es auf einmal so glatt ging mit der Adoption, und irgendwann hat ihr Karl seinen Verdacht gestanden, dass er mein Vater sein könnte. Ab da wollte sie nur noch, dass wir beide nicht zusammen kommen", sagt Stefan.

„Nein, nein, nein." Marie muss sich zügeln nicht zu schreien, denn ein ungeheures Glücksgefühl durchströmt sie. Er ist wegen mir gekommen, und kann es nur nicht sagen, nach allem, was er durchgemacht hat, denkt sie. Er will nicht mit mir verwandt sein, weil er Angst hat, dass ihm etwas ähnliches passiert wie mit Sibylle. „Du siehst Karl überhaupt nicht ähnlich. Du warst immer auf der Suche nach einem Vater, weil du adoptiert warst und mit Gerhard nie klar kamst. Sibylles Geschichte ist wahr, du solltest aufhören zwischen den Zeilen zu lesen."

Stefan knetet seine Hände vor dem Gesicht. Mit Daumen und Zeigefinger zieht er die Unterlippe nach vorne. Dann sagt er ganz lapidar. „Was essen wir?"

„Was ist? Bist du jetzt komplett verrückt? Wir raufen uns die Haare aus, du erzählst mir Räubergeschichten und dabei denkst du an Essen."

„Ich habe eben Hunger. Es ist nichts, die Müdigkeit hat mir das Gehirn vernebelt, wahrscheinlich hast du Recht. Aber wir sollten wirklich bestellen. Mir fallen langsam die Augen zu. Was nimmst du?"

„Ich kann jetzt nicht essen", sagt sie im Aufstehen.

Als sie von der Toilette zurück kommt, meint sie: „Du musst mit ihr reden."

„Mit wem?

„Sibylle natürlich."

„Über was?"

„Über alles, was dir so durch den Kopf geht. Sie ist deine Mutter."

„Nein, nein, ich will sie nicht mehr sehen. Es reißt alles wieder auf. Mutter, Geliebte, was denn noch. Außerdem lebt sie bald in Rom."

„Aber wenn du es nicht tust, wird es in dir wuchern, immer größer werden und dich irgendwann erdrücken. Du musst es tun."

„Es geht nicht. Ich kenne Rom überhaupt nicht."

„Du kommst extra nach Johannesburg, um mir dein Herz auszuschütten, und Rom ist dir zu fremd? Du willst dich nur drücken", lacht sie.

„Ich kann es einfach nicht. Sie hat mich in ihr Bett gezerrt. Sie hätte spüren müssen, dass ich ihr Sohn bin", sagt er trotzig.

„Sie hat es nicht gewusst. Und vielleicht warst es ja auch du, der sie haben wollte, und sie hat sich nur nicht dagegen gewehrt."

„Sind alle Ärzte so tolerant?"

„Nein, nur wenn sie verliebt sind, und sich Sorgen um ihren Patienten machen. Ruf sie an, geh zu ihr, bitte tu es auch für mich."

„Kommst du mit?"

„Nein, das musst du schon allein klären."

Stefan nimmt einen Schluck Wein. „Der ist gut", sagt er, und fügt leise hinzu. „Gerhard will ihr einen Mord an Karl anhängen. Es kommt mir eher wie eine späte Rache vor. Weißt du etwas darüber?"

„Heide hat mir davon erzählt. Ich war völlig entgeistert. Sie versucht ihn davon abzubringen. Wie kommt er überhaupt darauf?"

„Sibylle hat Karl als Letzte gesehen. Am Tag zuvor hatte er sich noch mit Gerhard getroffen, da schien alles in Ordnung zu sein. Den Umständen gemäß halt, es ging Karl am Ende ja wirklich nicht mehr gut. Trotzdem denkt Gerhard, Sibylle hätte Karl sterben lassen, damit er nicht wieder das Sagen in der Firma bekommt. Sie habe Christian viel zu spät gerufen, meint er. Als ob es einen Unterschied machen würde, ob Karl gleich oder ein paar Monate später gestorben wäre. Er hatte so oder so kein gutes Leben mehr."

Abschied

Vor dem Mietwagenschalter am Flughafen Fiumicino hat sich eine lange Schlange gebildet. Geschäftsleute und Touristen allesamt zunehmend genervt. Stefan nimmt sich vor, einen kleinen wendigen Fiat zu mieten, doch als er an die Theke kommt, gibt es nur noch einen viertürigen Smart. Auch recht, denkt er, und legt der jungen Agentin seine alte Firmenkreditkarte vor, die ihm ein paar Prozentpunkte Ermäßigung bringt. Magnus wird sich wundern, welcher seiner Mitarbeiter in Rom war, denkt er. Egal, soll er sich doch aufregen, aber wahrscheinlich merkt er es gar nicht. Die Buchhaltung winkt sowieso alles durch, was von den Wegeners kommt.

Als er das Flughafengelände verlässt, läuft anfangs alles glatt, doch kurz vor der Innenstadt gerät er in einen Stau. Insgeheim ärgert er sich, dass er einen Mietwagen genommen hat, aber er will, nach dem Treffen mit Sibylle, auf der Aurelia nach Norden fahren. Bis zum Argentario sind es nur neunzig Kilometer, die schaffe ich noch heute Abend, wenn Sibylle mich gehen lässt, denkt er.

Zwischen der Tiberinsel und St. Maria in Trastevere liegt die Pension, hat sie gesagt, am besten du gehst zu Fuß. Parkplätze sind rar in der Innenstadt. Das hätte ich tun sollen, denkt er. Da sieht er, wie ein Auto vor ihm ausschert. Er schnappt sich dessen Platz und atmet erst einmal durch. Immerhin das hat geklappt, denkt er, während er das Auto verschließt. Ein paar Häuser weiter findet er das Schild der kleinen Pension, in der sich Sibylle seit Monaten einquartiert hat.

Nicht gerade einladend, denkt er, als er vor der Pension steht. Er ist früh dran und überlegt, ob er noch schnell auf einen Espresso gehen soll. Probeweise drückt er auf den Klingelknopf, doch nichts rührt sich. Als er schon gehen will, hört er das Summen des Türöffners und die schwere Eichentür springt auf. Kehricht liegt auf der ehemals schönen Marmortreppe, deren Kanten teilweise ausgebrochen sind. Von der Wand blättert der Putz ab. An Stelle einer Deckenleuchte ragt nur eine Neonröhre schräg aus dem angekohlten Lampenschirm.

Eine Tür springt auf und er hört eine weibliche Stimme durch das Metallgewirr des uralten Aufzugs im Auge der Wendeltreppe. „Die Pension ist im zweiten Stock. Nehmen Sie bitte nicht den Aufzug, er ist kaputt."

Oben empfängt ihn eine aufgetakelte Schönheit, die ihre besten Tage längst hinter sich hat.

„Ich bin Signora Wegeners Sohn", sagt er. „Sie erwartet mich. Ich glaube, wir beide haben telefoniert. Ihre Stimme kommt mir bekannt vor."

„Ja, aber Frau Wegener ist nicht da. Gut, dass Sie gleich gekommen sind. Möchten Sie warten?"

„Wir sind erst für vier Uhr verabredet. Kann ich inzwischen hier in der Nähe einen Kaffee bekommen?"

„Ja, gleich um die Ecke", sagt sie und lacht, als fände sie die Frage absurd. „Eine Bar finden sie in Rom überall. Ich glaube wir Römer sind in Bars aufgewachsen. Sie können aber auch hier warten, wenn Sie möchten", fügt sie schnell hinzu.

„Danke, ein Kaffee wird mir gut tun. Ich komme aus München und bin sehr früh losgefahren."

„Ah Monaco, wie Sibylle, eine schöne Stadt. Als mein Mann noch lebte, waren wir häufig dort."

„Bei uns heißt es, wir seien die nördlichste Stadt Italiens." Er lacht und geht zur Tür. „Ich bin um vier zurück, falls Sibylle früher kommt."

In der Bar setzt er sich so, dass er die Pension im Auge behalten kann. Eine viertel Stunde vor dem verabredeten Termin sieht er Sibylle auf der anderen Straßenseite. Sie trägt einen Korb mit Lebensmitteln und Gemüse. Die Haare sind Zündholz kurz geschnitten. Selbstbewusst scheint sie ihm trotz ihrer ausgebeulten Leinenhose und dem verwaschenen T-Shirt. Wie aufrecht und schön sie ist, denkt er. Er legt das Geld für den Espresso auf den Tresen, kreuzt die Straße und folgt ihr mit einigem Abstand zur Pension. Als sie den Schlüssel hervorkramt, macht er ein paar schnelle Schritte, greift nach dem Korb und sagt leise: „Sibylle."

Sie erschrickt, als sie seine Stimme hört. „Du bist schon da? Ich hatte dich nicht so früh erwartet", sagt sie, und greift sich schützend an die Brust. „Du lässt mir nicht mal Zeit mich umzuziehen."

„Ich kam gut durch, hatte sogar Zeit auf einen Kaffee, dort in der Bar an der Kreuzung. Ich hab dich gesehen, als du die Straße überquert hast."

„Warum hast du dich nicht gerührt? Du hättest mir beim Tragen helfen können. Dafür darfst du jetzt alles die Treppe hoch schleppen, der Aufzug geht mal wieder nicht." Mit einem Lächeln reicht sie ihm den schweren Korb.

Eher beiläufig nimmt er die feinen Falten um ihre Mundwinkel wahr. Sie sind tiefer geworden, denkt er, nicht verwunderlich nach dem, was sie hinter sich hat. „Erwartest du Gäste?", fragt er, und deutet auf den Korb.

„Nein, ist alles für dich. Ich hoffe doch, du bleibst ein paar Tage."

Hatte ich eigentlich nicht vor, denkt er. „Mal sehen."

Oben winkt sie nur kurz der Empfangsdame und weist auf Stefan. „Ich habe ihn gleich unten aufgegabelt", sagt sie aufgekratzt, und zieht Stefan sofort in ihr Zimmer. „Wenn wir jetzt bei ihr stehen bleiben, kommen wir so schnell nicht wieder los. Sie will schon die ganze Zeit alles über dich erfahren."

„Du hast ihr von mir erzählt?"

„Ja, natürlich. Mütter sprechen gerne über ihre Kinder, sollte ich etwa nicht? Setz dich bitte." Sie spricht hastig, leicht überdreht. „Hat SIE dich angerufen, wegen...?", fragt sie.

„Ja. Ich war froh, dass sie englisch konnte."

„Du hättest auch auf deutsch mit ihr reden können. Sie hat ein paar Jahre in Deutschland gearbeitet, aber sie mag die Sprache nicht, und das Land wohl auch nicht. - Du brauchst dich nicht so seltsam umzusehen. Nichts hier gehört mir, es ist sehr einfach, aber es reicht für das Leben, das ich jetzt führe."

Eher schäbig, denkt Stefan. „Warum tust du dir das an?", deutet er auf die billigen Möbel und abgegriffenen Samtvorhänge, die das Dauerrauschen des Verkehrs nur notdürftig dämmen.

„Es spielt keine Rolle, wie ich wohne, solange ich ein Dach überm Kopf habe." Ein verhuschtes Lächeln erscheint kurz und verschwindet sofort wieder. „Seit Karl sich verabschiedet hat, fürchte ich mich, als bestimme der Tod mein Leben. Jonas, Karl, ich wollte kein weiteres Opfer beklagen. Also dachte ich, er solle mich nehmen, dann wäre der ganze Zyklus vorbei. Kannst du das verstehen?"

Verabschiedet hat, sagt sie, er ist gestorben, denkt Stefan. Und er hat es freiwillig getan. „Warum Gas?"

„Es war alles, was ich hatte, und es kam einfach so über mich. Du verstehst es nicht, weil du noch jung bist. Das ist gut so. Mein Leben war ein einziger Flirt mit dem Abgrund. Nur du hast mich für eine Weile davor bewahrt zu springen."

„Das ist mir zu pathetisch, Sibylle. Brauchst du Geld?"

Sie wirft ihm einen frostigen Blick zu. Weder Hass noch Wut, nicht einmal Nervosität liegen darin. Nur Gleichgültigkeit, als hätte sie mit etwas abgeschlossen, das sie nicht mit ihm teilen kann. „Geld? Nein, ich komme gut klar. Warum bist du gekommen? Am Telefon wolltest du nicht darüber reden."

„Es hörte sich dramatisch an, wie es die Frau am Empfang schilderte, aber jetzt scheinst du in Ordnung zu sein. Und ich wollte dich sehen, bevor ich in die USA gehe. Es könnte sein, dass ich länger dort bleibe. Die Boston Consulting hat mir einen Job angeboten, den ich vermutlich annehmen werde. Es geht nur noch um ein paar Details. - Und dann gibt es noch etwas, Marie. Ich fürchte, es geht über eine Bruder/Schwester Beziehung hinaus. Und ich möchte nicht dasselbe erleben wie mit dir."

Sein Kommen hat nichts mit Zuneigung zu tun, wie bei einem Sohn, der bei seiner Mutter aufgewachsen ist, denkt sie. Wie bei Menschen, die ein unsichtbares Band verbindet. Zwischen uns besteht nur ein Vertrag, der an eine Bedingung geknüpft ist: dass wir beide funk-

tionieren. „Sie ist jünger als du, also kann sie kaum deine Mutter sein", lacht sie kurz auf. Ihre Stimme klingt rau, als sie nachfragt: „Verzeiht sie dir, was zwischen uns war?"
„Ich glaube schon."
„Du glaubst? Hast du es ihr gesagt?"
„Ja."
„Und?"
„Sie hat geweint, aber es dauert vermutlich, bis sich in ihrem Kopf alles reimt. Ist ja auch völlig irre, vielleicht kannst du es mir erklären."
„Bist du deshalb hier?"
„Ja, auch."
Für einen Augenblick leuchtet Sibylles Gesicht auf, doch dann überzieht es sich wieder mit einem Hauch von Traurigkeit. „Ein Kind", sagt sie, und stockt, als scheue sie sich davon zu sprechen. „Ein Kind", beginnt sie erneut, „ist anders, als ein Liebhaber. Es ist fordernd, rechthaberisch, als wüsste es genau, dass es ein Teil von dir ist."
Stefan sieht sie nur an: „Warum hast du es getan? War es die Frau am Empfang, die dich gefunden hat?"
„Nein, ihr Mann, er hätte mich lassen sollen." Irritiert zuckt sie mit den Schultern. „Ich weiß es nicht. Es schien alles so sinnlos, so ausweglos."
„Du hättest mich anrufen können."
„Und dann, was hätte das gebracht." In Gedanken hört sie das ausströmende Gas. Ich hätte Türen und Fenster besser abdichten sollen, denkt sie. „Es gelingt mir nichts mehr, nicht einmal umbringen kann ich mich", sagt sie traurig.
Es ist zwecklos, noch weiter darauf herumzureiten, denkt Stefan. Sie hat es getan, sie hat überlebt, und jetzt muss sie damit umgehen, wie mit dem anderen auch. „Du hast Karl wirklich geliebt", sagt er schließlich.
„Ja, auf meine Weise."

Für eine Weile herrscht Stille zwischen ihnen. Nur das Hupen und gelegentliche Röhren eines schweren Motorrads dringt nach oben.

„Hat dir Magnus das Geld überwiesen?", fragt Stefan, nur um überhaupt etwas zu sagen.

„Ja, ich habe alles den Ärzten ohne Grenzen gespendet", sagt sie, als wäre es eine Kleinigkeit.

„Die ganzen achthunderttausend?", fragt Stefan perplex.

„Ich wollte nichts davon behalten. Es war Karls Geld, und er hätte es vermutlich gut geheißen."

Aber an mich hat sie nicht gedacht, denkt Stefan.

„Doch, sagt sie, ich hab an dich gedacht. Ich seh's dir an, dass es dir durch den Kopf geht. Anscheinend noch so ein Ding, das Mütter können", sagt sie lächelnd.

„Und? Heißt das, du bist verrückt geworden?", fragt er verärgert.

„Nein, nur klarsichtig."

Er steht auf, tritt ans Fenster, zieht die Vorhänge zur Seite und öffnet einen Flügel. Sofort schlägt ihm der Lärm des vorbei rauschenden Verkehrs entgegen. Er schließt das Fenster wieder und setzt sich ihr gegenüber. „Warum hast du mir die Geschichte von Jonas erzählt. Ich bin Karls Sohn, nicht wahr?"

Sie schüttelt vehement den Kopf. „Nein, nein", stammelt sie. „Wie kommst du darauf. Warum glaubst du mir nicht? Jonas ist dein Vater, ich habe keine Zweifel."

„Ich schon."

„Warum?"

„Weil Karl meine Papiere besaß. Weil er mich immer wie einen Sohn behandelte, es war nicht nur Sympathie. Weil er mir die Firma anvertraute, sie war sein Werk, sein Herzblut, als wolle er testen, wie ich damit umgehe. Und weil du einen Grund haben könntest, dass Karl nicht mein Vater sein darf."

„Und der wäre?"

„Marie. Noch ein Inzest wäre wohl zu viel, auch wenn sie nur meine Cousine wäre."

„Du bist verrückt."

„Wie könnte es anders sein."

„Gut, dann reden wir eben." Sie richtet sich auf und setzt sich kerzengerade auf die Kante ihres Stuhls. Die Hände auf den Knien verkrampfen sich, als koste es sie Überwindung alles noch einmal aufzurollen. „Als mich meine Familie überstürzt nach München verfrachtete, wusste ich nicht, dass ich schwanger war. Es ging mir richtig schlecht, ich hatte mich nicht einmal von Jonas verabschieden dürfen. Damals habe ich mir geschworen, es meinem gottesfürchtigen Vater heimzuzahlen." Sie spult es herunter, einen Sermon gleich, den sie nicht mehr hören kann.

„Was hat das mit Karl zu tun?", unterbricht sie Stefan.

„Geduld, ich zermartere mir das Gehirn, aber es gelingt mir nur schwer, alles aus der Versenkung zu holen. Zu viel ist damals passiert, das ich verdrängt habe, weil ich es nicht wahrhaben wollte, geschweige denn mich dauernd daran zu erinnern. Diese Zeit in München war furchtbar, ich spürte, dass etwas in mir wuchs, wie ein Fremdkörper, und ich konnte nicht darüber reden. Es gab einfach niemand, dem ich vertraute. - Das Verhältnis zu meiner Tante war Anfangs eher verspannt, wie hätte es auch anders sein können, und alle meine Freunde saßen in Rom. Eines Abends ging ich in den Nightclub im Bayrischen Hof. Ich wollte tanzen, alles wegwerfen, was mich bedrückte, wenn auch nur für ein paar Stunden. Meine Tante hatte mir Geld gegeben, weil sie spürte, wie verloren ich war. In der Bar traf ich einen Mann. Er sagte, er hätte eine wichtige Prüfung bestanden, aber keiner seiner Freunde hätte Zeit zum Feiern gehabt. Das fand ich komisch, aber er gefiel mir, nannte mich Simonetta, weil ich ihn an eine der Figuren Botticellis erinnerte. Meine Freunde in Rom hatten mich genauso genannt. Wir tranken Wein, redeten. Er erzählte mir, dass er Italien bewundere und ich erzählte ihm von Rom. Dann ging ich mit ihm ins Bett, es bedeutete mir nichts."

„Im Lokal? Habt ihr es dort getrieben?", fragt Stefan. Er erntet einen strengen Blick, doch sie lässt sich nicht aus der Ruhe bringen.

„Er besaß eine kleine Wohnung am Salvatorplatz." Sie spricht jetzt schnell, will es nur noch hinter sich haben. „Ich hätte damals mit jedem geschlafen, nur um meinem verbohrten Vater eins auszuwischen. Wie gesagt, mir hat es nicht viel bedeutet, aber bei Karl muss es etwas ausgelöst haben. Ich kannte nicht einmal seinen Namen. Erst als ich ihn Jahre später interviewte, erkannte er mich wieder. Das hat er mir aber erst kurz vor unserer Hochzeit gestanden."

„Hat er dich deshalb geheiratet?"

„Nein, bestimmt nicht." Sibylle probiert ein Lächeln, das unerwidert bleibt. „Er wusste nichts über mich, als er dem Interview zustimmte. Außerdem hielt er nicht viel von Treue und Ähnlichem. Alles erfundenes Zeug, von Leuten, die andere Leute beherrschen wollen, sagte er gern."

„Wie kommst du jetzt darauf?"

„Weiß ich nicht. Es kam mir nur so in den Sinn."

„Ich versteh gar nichts mehr." Stefan fühlt sich miserabel, das Blut scheint ihm vom Kopf in die Füße zu sacken. „Darf ich hier rauchen?" Er tritt ans Fenster und betrachtet die Fassade gegenüber.

„Eigentlich nicht, aber sie schimpfen mich auch nicht, wenn ich es gelegentlich tue. Gibst du mir auch eine?"

„Gern. Aber wie hängt denn nun alles zusammen? Du warst vierzig, als du Karl interviewt hast. Keiner wusste zuvor, dass ihr schon einmal zusammen wart?"

„Achtunddreißig", korrigiert sie ihn lächelnd. „Es war purer Zufall, dass wir uns wieder über den Weg liefen. Karl war in der Klinik aufgestiegen, er galt als rising star. Bei mir lief es nicht mehr gut, weil ich das oberflächliche Gerede der Leute, ihre Selbstbespiegelung und Effekthascherei, nicht mehr ertrug. Aber darüber konnte ich mit niemand reden. Ich befand mich in einer klassischen Midlife-Krise, und Karls Werben kam mir gerade recht. Später gestand er mir, dass er mich an den Haaren erkannt hätte. Den Haaren von Botticellis Simonetta."

Stefan schüttelt ungläubig den Kopf. „Dieser Berg an strohblonden Flechten", sagt er. „Hast du sie deshalb abgeschnitten, weil du die Erinnerung nicht mehr ertragen konntest?" Als sie nicht darauf eingeht, fragt er nach Jonas, wie der in die Geschichte passt.

Sie geht zum Bett und zieht einen alten Schuhkarton mit Fotos darunter hervor. Für eine Weile kramt sie darin. Schließlich reicht sie ihm die Aufnahme eines jungen Mannes auf einer Dukati vor dem Schild eines italienischen Restaurants. „Er hatte mich zum Essen eingeladen, das erste Mal. Danach haben wir miteinander geschlafen. Vermutlich bist du da gezeugt worden. Die Aufnahme hat ein Freund gemacht. Du siehst Jonas ungeheuer ähnlich."

„Stimmt", sagt Stefan, während er das Foto unsicher beäugt. „Es gibt ihn also doch. Wo ist das? Wie alt ist er da?"

„Zwanzig, glaube ich. Ich ging damals auf die deutsche Schule, sie ist nicht weit von hier, in der Via Aurelia Antica. Da wer auch das Restaurant im Hintergrund, das gibt es immer noch. Jonas war auch an der Schule gewesen. Zwei Jahre über mir und der Schwarm aller Mitschülerinnen. Ich war so unglaublich stolz, dass er sich für mich interessierte. Vermutlich hat der Pedell unsere Beziehung an Mutter verpetzt, weil er mich mochte und nicht wollte, dass ich mich einem Italiener an den Hals werfe. Das hat er mir letzthin erzählt, er ist inzwischen fast neunzig. Dabei kam Jonas aus einer viel älteren Familie als meine."

„Hat Jonas dich verführt?"

Sibylle lächelt verträumt. „Nein, das brauchte er nicht. Wir waren sehr glücklich, aber sie hätten ihm nie erlaubt mich zu heiraten. Eine Deutsche in dieser Familie, das ging einfach nicht. Manchmal denke ich, er hat sich deshalb an dem Alleebaum…", sie bricht einfach ab und starrt aus dem Fenster.

„Aber du hast mich doch in München entbunden, hast du zumindest gesagt."

„Zweifelst du daran?"

„Ich weiß nicht, was ich glauben soll. Manchmal frage ich mich, ob jede Wahrheit auf die ich baue, nur auf einer Unwahrheit basiert." Stefan nimmt Jonas' Bild wieder zur Hand und deutet auf den jungen Mann. „Du hast Recht, ich sehe ihm ähnlich. Er starb, als du bereits aus Rom weg warst?"

„Ich habe es von einer Freundin erfahren."

„Aber wie um alles in der Welt kann sich Karl auch nur einbilden mein Vater zu sein?", sagt Stefan viel zu laut. Er schlägt die Fäuste vor die Stirn und wirft das Foto zurück aufs Bett. „Bitte Sibylle, sag mir die Wahrheit. Es gibt so viele Löcher in deiner Erzählung, ich weiß nicht, was ich glauben soll. Was ist passiert in München? Warum hast du mich zur Adoption frei gegeben? Wie konntest du mit Karl schlafen, du warst schwanger? Und warum hatte er, ausgerechnet er, meine Unterlagen. Was wussten Heide und Gerhard von dem Ganzen darum herum? Ich..."

Sie sieht, wie er leidet. Sie möchte ihn in die Arme nehmen. Er ist mein Sohn, denkt sie, das darf ich doch. Aber ich kann es nicht, nach allem was zwischen uns vorgefallen ist. „Es sind sehr viele Fragen, und du willst auf alle eine Antwort?"

„Ja, und ohne Wehklagen."

„Es kann lange dauern. Am Telefon hast du vom Argentario gesprochen, als hättest du wenig Zeit."

„Der kann warten. Ich bleibe, so lange, bis alles gesagt ist."

Alles gesagt ist, denkt sie. „Ich weiß nicht wo ich anfangen soll. Wahrscheinlich bringe ich auch einiges durcheinander. Bitte unterbrich mich, wenn es zu wirr wird." Sie zieht ein Taschentuch aus dem Ärmel ihres T-Shirts und tupft sich die Augen. „Manchmal denke ich, Karl hat das ganze Theater mit dir und mir, als Manager seiner Firma, nur inszeniert, um uns näher zusammen zu bringen. Ich sollte wohl selbst erkennen, dass du mein Sohn bist. Aber, dass ich mich in dich verlieben könnte, damit hatte er wohl nicht gerechnet. Und als es dann passierte, und ich es ihm auch noch gestand, gab er auf. Es gab andere Affären vor dir, die hakte er ab, weil er wusste, dass ich immer zu ihm zurückkehren würde. Nur diesmal hatte er sich in seinem eigenen Geflecht verheddert und kam nicht mehr heraus. In seinen Augen hatte er damit versagt. Karl liebte es, die Dinge zu gestalten, aber diesmal war es ihm gründlich misslungen."

„Du fantasierst, Sibylle. Er gab nicht wegen uns auf, er war todkrank."

„Vielleicht", sagt sie verträumt. „Ich habe ihn nicht erkannt bei unserem Interview, wie sollte ich auch, es war ewig lange her seit unserem ersten Treffen. Nach dem Interview rief er immer wieder an und lud mich zum Essen ein. Ich wollte anfangs nicht, es verstieß gegen mein Berufsverständnis, aber schließlich gab ich nach. - In dieser einen Nacht…. Vermutlich hielt er mich für eine leichte Beute, dabei war ich es, die sich ihm hingab. Simonetta hatte er mich genannt. Die Haare, du weißt schon."

„Warum hast du sie abgeschnitten?"

„Ich konnte sie nicht mehr ertragen. - Vielleicht war es auch mein leichter italienischer Akzent", sagt sie, als wäre sie in Gedanken immer noch bei ihrem ersten Treffen mit Karl. „Wer weiß das schon." Sie zögert einen Moment und ergänzt. „Ich war im zweiten Monat, da können Paare noch zusammen sein, ohne, dass es dem Kind schadet."

„Wo habt ihr es getrieben?", fragt Stefan.

„Er besaß eine kleine Wohnung." Sibylle betrachtet Stefan, als hätte ihr sein gehässiger Ton missfallen. Er will es wissen, denkt sie, also bring es jetzt auch zu Ende. „Er war bereits Arzt, mit Heide verbunden, wie ich später erfuhr. Hatte gerade die Approbation erhalten und ich war ein Ausrutscher nach zu viel Wein. Ich war siebzehn und fühlte mich geehrt. - Bei unserem dritten Abendessen, als er mich plötzlich Simonetta nannte, erinnerte ich mich wieder. Zuerst wollte ich ihn nicht mehr sehen, aber er gab nicht auf. Er erzählte mir, dass er unsere erste Begegnung nie vergessen hatte. Ich glaubte ihm, weil mir die Vorstellung gefiel, all die Jahre in seinem Kopf gewesen zu sein."

„Es hört sich reichlich kitschig an", sagt Stefan. „Und Heide, sie hat nie etwas geahnt?"

„Ich weiß es nicht. Es gab aber so eine kühle Distanz zwischen uns, die ich mir nicht erklären konnte, weil ich sie eigentlich mag."

„Und Karl? Hat er je mit dir über mich gesprochen?"

„Neben seinen geschäftlichen Sorgen nur einmal, mehr in Andeutungen, die ich nicht verstand. Es gab keinen Grund für mich, Karl mit dir in Verbindung zu bringen. Ich wusste immer, dass Jonas dein Vater war. Aber Karl muss geglaubt haben, dass du sein Sohn sein könntest. Er hat sich für dich verantwortlich gefühlt, vielleicht hat er deshalb deine Unterlagen aufgehoben, und dafür gesorgt, dass du bei guten Leuten unterkamst."

„Hat er mich an Heide verschachert, weil er sich schuldig fühlte, eine Siebzehnjährige verführt zu haben?"

„Verschachert, wie kommst du darauf? Karl hat Christian gebeten zwischen dem Krankenhaus und Heide zu vermitteln, weil er wusste, wie sehr sie sich ein Kind wünschte. - Und verführt hat er mich auch nicht." Sibylle reagiert verärgert. Wie kann er nur so etwas sagen, denkt sie. Er muss sich betrogen fühlen, umgeben von Lügnern. Sie spürt, wie ihre Lippen zu zittern beginnen, dass sie nicht mehr lange durchhält, bevor die Tränen kommen. Aber sie will nicht, dass er sieht, wie sie leidet. „Nein", fügt sie noch hinzu. „Er wollte nur, dass du bei guten Menschen aufwächst."

„Und warum hast du geglaubt, dass er mein Vater sein könnte? Du hast so eine Andeutung gemacht."

Mein privater Inquisitor, denkt sie. „Es war dumm von mir, überhaupt darüber zu sprechen. Karl hatte mir von seinem Verdacht erzählt, dass wir beide deine leiblichen Eltern sein könnten. Das war nachdem ich ihm gestanden hatte, dass ich mit dir schlief. Aber ich habe es als völlig überzogene Eifersucht abgetan. Ich wollte es einfach nicht sehen. Und dann fand ich deine Unterlagen in seinem Safe. Damals wurde mir erst klar, dass zumindest ein Teil seiner Befürchtung stimmen könnte. Der Teil, der mir heute noch zu schaffen macht.

Dabei bin ich glücklich, einen Sohn zu haben, egal, von wem er letztlich abstammt."

„Auf der Hochzeit und auf Karls Begräbnis hat dich Heide angesehen, als würde sie dich hassen. Ich hab das nicht verstanden", geht Stefan gar nicht darauf ein. „Karl hat mich wie einen Sohn gefördert, vor Gerhards Wutausbrüchen beschützt und darauf bestanden, dass ich studiere, obwohl ich gar nicht wollte", sagt er mehr zu sich selbst.

„Vielleicht hat Heide etwas geahnt. Sie wird gelitten haben. Sie hatte Karls Kind abgetrieben und geglaubt, kein anderes bekommen zu können. Karl hat mir einmal erzählt, dass er ihr die Adoption vorschlug, weil er spürte, wie traurig sie war. Vielleicht fühlte er sich auch für ihre Abtreibung verantwortlich, ich weiß es nicht."

„Hat er alles arrangiert, weil er dir gegenüber ein schlechtes Gewissen hatte?"

„Ich weiß es nicht. Kurz vor seinem Tod hat er versucht, mir etwas zu sagen, aber ich habe ihn sofort unterbrochen, weil ich sah, wie er litt. Er stand schon lange unter Morphium und musste die Dosis laufend erhöhen, um die Schmerzen ertragen zu können."

„Du hast ihn sterben lassen, ohne ihm zuzuhören", sagt Stefan verwirrt. Vielleicht hat Gerhard mit seiner Vermutung doch recht, denkt er. „Was soll ich jetzt tun?"

„Nichts, Stefan. Erlösung gibt es, sie entsteht aus Schmerz, habe ich irgendwo gelesen. Wir müssen darauf hoffen, dass sich die Erinnerung an unsere Körper in Nebel auflöst."

„Kannst du dir erklären, was uns beiden passiert ist?"

„Nein, jede Nacht denke ich daran, finde aber keine Antwort." Sie zupft an einem Ohrläppchen und lächelt verlegen. „Oder vielleicht doch. Wir Frauen sind anders, manipulativ. Instinktiv benützen wir euch Männer. Vielleicht habe ich dich als Ersatz von Jonas gesehen. Gehasst, für all das, was ich glaubte, dass er mir angetan hatte. Dabei war es gar nichts, was ich nicht auch wollte. Aber dass er sich einfach verdrückte, ohne sich zu verabschieden, habe ich ihm nie verziehen."

„Er hat sich nicht verdrückt, er hat sich umgebracht, zumindest hast du das gesagt. Ich weiß nicht mehr, was ich glauben soll."

„Ja."

„Ich frage mich immer noch, warum du nie mit Heide gesprochen hast, sie hätte dich besser verstanden als ich."

„Nein, nein, das ging nicht. Sie hatte all das, was mir verwehrt wurde. Deine Kindheit, sie hat dich geformt. Du warst ihr Alles, manchmal dachte ich, sie liebt dich mehr als Marie. Es gab nichts zu besprechen. Ich wäre bestenfalls ein ungläubiger Zuhörer gewesen und hätte es nicht ertragen."

„Du hast immer nur an dich gedacht."

„Ja, wahrscheinlich. Wie konnte ich wissen, dass ich in die Familie meines Sohnes einheirate. Es bringt mich um, wenn ich daran denke. Immer noch. - Ich glaube es ist besser, du gehst jetzt."

„Glaubst du, wir beide könnten irgendwann einmal eine gemeinsame Basis finden. So eine Art Freundschaft, oder etwas Ähnliches, wenn uns die Mutter/Sohn-Rolle nun mal verwehrt ist?"

Sie schüttelt den Kopf und gräbt die Hände in die Haare, eine Geste, die in seinen Augen leicht übertrieben wirkt. „Ich kann mir nicht vorstellen, dass das geht. Und ich möchte es auch nicht. Du sollst mich aus deinem Gedächtnis verdammen, sonst mache ich dein Leben auch noch kaputt. Ich bin schuldig, Stefan, damit muss ich leben. Trotzdem bin ich um jede Minute dankbar, die ich mit dir verbringen konnte." Sie steht auf und wuschelt in seinen Haaren. „Es ist besser, du gehst jetzt. Siehst du, ich wiederhole mich, so weit ist es mit mir bereits. Vergiss mich nicht ganz. Später..., später würde ich dich gerne ab und zu sehen. Und bleib mit Marie zusammen, sie liebt dich."

Stefan steht auf und tritt erneut ans Fenster. Er sieht lange auf die Straße, ohne etwas zu sehen. Als er sich umdreht sagt er: „Du hast recht, es ist wohl besser ich gehe. Was ist das für eine Kirche, dort drüben?"

„Santa Maria in Trastevere, ich bin oft dort. Die Fresken haben mich schon als junges Mädchen beruhigt. Und jetzt ist es, als wären sie mein zuhause."

Im Auto sitzt er eine Weile und starrt vor sich hin. Die Gedanken überstürzen sich, ohne ein klares Bild zu ergeben. Ich muss weg von hier, denkt er. Vielleicht geht es mir besser, wenn ich genügend Abstand habe. Er programmiert Porto Santo Stefano in sein Smartphone und sieht zu, wie es die Route auf der Aurelia, entlang der Küste aufbaut. Genau richtig, denkt er, und fährt los.

In einer halben Stunde hat er die Stadt hinter sich. Es ist Vollmond, eine klare, warme Nacht. Der Verkehr fließt ruhig. Er fährt zügig, ohne groß auf den Routenplaner zu achten. Als er das Radio einschaltet hört er gerade noch, wie John Lee Hooker seinen Song beendet: *That's why we are so late coming home.* Im ersten Moment ist Stefan irritiert, weiß nicht wo er sich befindet, dann kommt die italienische Stimme des Moderators, der ein weiteres Lied Hookers ankündigt: *I like the way you walk....* Kurzzeitig sieht er Marie vor sich, spürt ihren Duft, als säße sie neben ihm.

Vor der Ausfahrt nach Capalbio sieht er das Schild zu Nicki di Saint Phalles Open Air Museum. Er biegt ab und stellt sich auf den Parkplatz vor der Anlage. Nicht weit vom Eingang entfernt sieht er auf dem Hügel eine ihrer Figuren, deren Spiegel im Mondlicht einer schimmernden Rüstung gleichen.

That's why we are so late coming home, denkt er, aber immerhin. Er kippt den Autositz nach hinten und starrt noch lange in den Sternenhimmel, bis er endlich einschläft.

Zur selben Zeit öffnet Sibylle das Fenster ihres Zimmers in Trastevere. Die Luft ist rein und klar. Die Tageshitze strömt nur noch schwach aus dem Fenstersims. Über dem Turm von Santa Maria in Trastevere steht ein bleicher Mond. Sie denkt an den Sex mit Stefan. Wenn sie an seiner Seite vor sich hin dämmerte und nicht mehr wusste, von woher, aus welcher Stadt, die Geräusche der Autos, Schritte und Gespräche zu ihr drangen. Sie spürt, wie sich verschiedene Momente ihres Lebens ineinander verschieben. Ein fremdes Zeitempfinden ergreift Besitz von ihr und ihrem Körper, bei dem sich Vergangenheit und Gegenwart überlagern, aber nicht ineinander aufgehen. Das Gefühl kennt sie, hat es schon ein paarmal empfunden. Manchmal genießt sie den Augenblick, wenn all die verschiedenen Gestalten ihres Lebens Revue passieren.

Sie atmet tief durch, nimmt das Bild, das sie und Jonas auf seiner Dukati zeigt, und zerreißt es in kleine Stücke, die sie aus dem Fenster wirft.

Jahre später steigt Stefan auf einen Hügel hinter dem Bauernhof, wo Karl und Sibylle geheiratet haben. Das Gehöft gehört jetzt ihm. Es ist Frühling, in der Ferne glitzert der Staffelsee. Noch sind wenige Menschen auf den halb verschneiten Wegen unterwegs. Weiter oben, am Fuß der Berge, hat die Schneeschmelze begonnen. Im Schilf des Sees krallt sich das Eis noch fest, während auf den Wiesen die ersten Krokusse sprießen.

Er denkt an seine Mutter, die in den Weiten Australiens verschwunden ist. Ich hätte es schon damals spüren müssen, als mich Heide ihr vorstellte. Aber vermutlich war ich, wie alle anderen, von ihrer Schönheit geblendet.

Stefan ist aus München angereist, um die Hochzeitsvorbereitungen zu überwachen. Er blickt auf die riesige Scheune seines Bauernhofs, die all die Gäste aufnehmen soll. Er denkt an Marie, an Frühlingsregen, weich und entgegenkommend, wie ihr Körper. Sie wird meine Frau, war meine Geliebte und Schwester. Wie viel mehr kann man von einem Partner erwarten.

Er dreht sich um, geht ins Haus und gibt dem Verwalter die letzten Anweisungen.

Die Eisheiligen fallen dann heftig aus, rau und abweisend, als wolle der Winter ein letztes Mal zeigen, dass er nicht geschlagen ist. Zweifel wachsen, ob der Obstgarten zur Hochzeit auch wirklich in seiner ganzen Pracht erblüht sein wird. Doch dann taucht die Sonne das Alpenvorland in einen traumhaften Garten und es besteht kein Anlass zur Sorge. Nur Sibylle hat er nicht erreicht. Marie wollte sie bei der Hochzeit dabei haben, alle sollten sehen, dass Stefan ihr gehört. Aber die Einladungskarte kam zurück, Absender unauffindbar, hieß es.

„Freunde?", fragte Stefan, als sie die Einladungen verschickten.

„Ein paar in Südafrika, aber sie werden wohl nicht kommen."

„Warum?"

„Sie haben nicht genügend Geld für die Reise."

„Dann übernehmen wir doch den Flug", schlug er vor, und wunderte sich, als sie abwehrend den Kopf schüttelte. „Was ist falsch daran?"

„Sie haben mich anders in Erinnerung. Ich habe mit ihnen Braai gegessen, bin mit ihnen im Sammeltaxi gefahren. Sie würden es nicht verstehen, geschweige denn gut heißen."

„Ich glaube, du täuscht dich. Menschen verändern sich."

„Wie du? Du warst einmal ein halb verhungerter Student, der eine Software-Bude gegründet hatte, um dann die Firma meiner Familie in den Sand zu setzen", lacht sie und gibt ihm einen Klacks.

Zur Hochzeit biegt sich die Tafel unter dem Walnussbaum vor dem Hof. Das Silberbesteck glänzt in der Sonne und der Catering Service funktioniert wie geschmiert. Die Gerichte, eine Mischung aus bodenständig bayrisch und einem Hauch von Toskana, schmecken wie Sommer. Alle sind voll des Lobes und als die Musik die ersten Lieder aus den siebziger Jahren anstimmt, zieht ein Hauch von Nostalgie, wie zarter Nebel, durch die Reihen.

Marie trägt ein schlichtes, cremefarbenes Seidenkleid. Die langen, zu Flechten verwobenen, kastanienbraunen Haare, glänzen in der Sonne. Ein Kranz aus Gänseblümchen, bedeckt das Gesicht einer Frau voller Energie.